**Fantasy**

Herausgegeben von Friedel Wahren

# Das Schwarze Auge

Das Schwarze Auge

CHRISTIAN JENTZSCH

# DER SPIELER

*Zweiundzwanzigster Roman
aus der
aventurischen Spielewelt*

Herausgegeben
von
ULRICH KIESOW

**Originalausgabe**

WILHELM HEYNE VERLAG
MÜNCHEN

HEYNE SCIENCE FICTION & FANTASY
Band 06/6022

Redaktion: Friedel Wahren
Copyright © 1996
by Wilhelm Heyne Verlag GmbH & Co. KG, München,
und Schmidt Spiele + Freizeit GmbH, Eching
Printed in Germany 1996
Umschlagbild: Krzysztof Wlodkowski
Die Karte auf Seite 6 zeichnete Ralf Hlawatsch
Umschlaggestaltung: Atelier Ingrid Schütz, München
Technische Betreuung: M. Spinola
Satz: Schaber Satz- und Datentechnik, Wels
Druck und Bindung: Presse-Druck Augsburg

ISBN 3-453-11941-X

# Inhalt

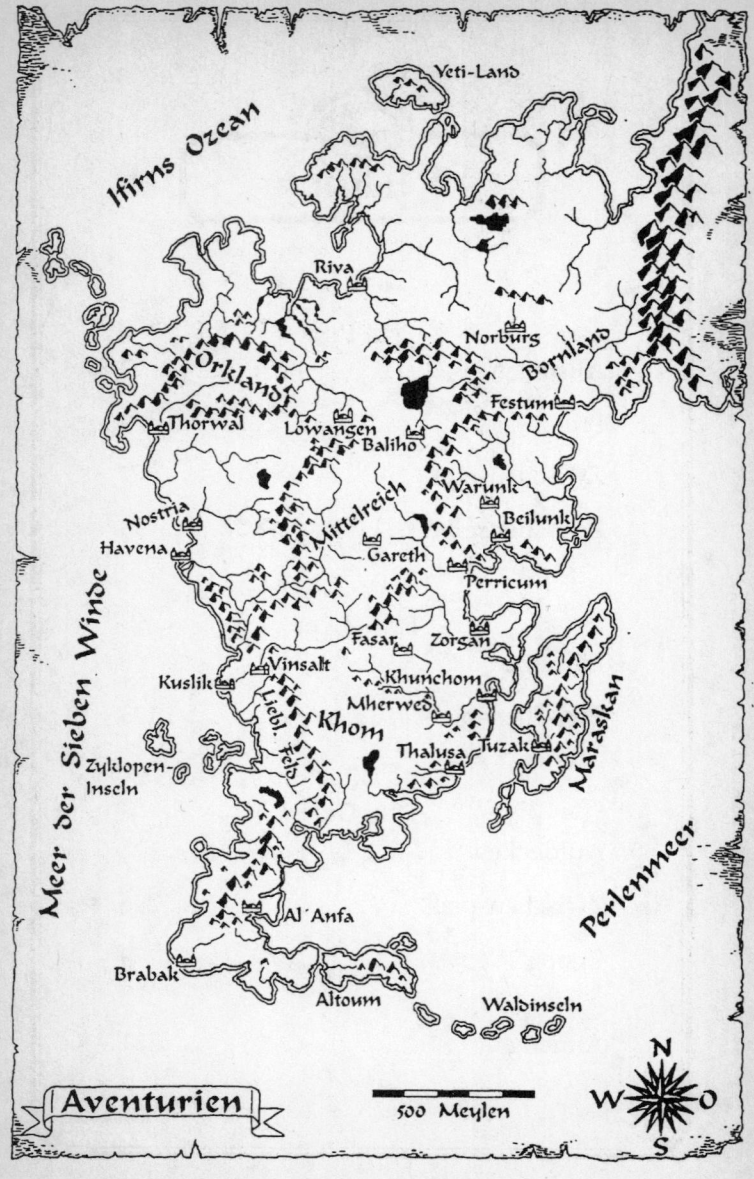

Ifirns Ozean

Yeti-Land

Riva

Norburg

Bornland

Orkland

Festum

Thorwal

Lowangen

Baliho

Warunk

Beilunk

Mittelreich

Nostria

Gareth

Havena

Perricum

Fasar

Zorgan

Kuslik

Vinsalt

Khunchom

Liebl. Feld

Mherwed

Khôm

Maraskan

Thalusa

Tuzak

Meer der Sieben Winde

Zyklopen-Inseln

Al'Anfa

Brabak

Altoum

Waldinseln

Perlenmeer

N
W — O
S

Aventurien

500 Meylen

**TEIL EINS**

# Austeilen

# Prolog

Sein Plan war perfekt. Er hatte die Ungerechtigkeiten, die Demütigungen, die Zurücksetzungen lange genug ertragen – genaugenommen sein Leben lang. Seit der Geburt hatte er hinter seinem um fünf Jahre älteren Bruder zurückstehen müssen, hinter dem Erstgeborenen, dem Erben aller Titel und Ehren und nicht zuletzt des gesamten Vermögens und Besitzes der Familie.

Damit allein hätte er sich abgefunden, davon war er überzeugt. So war nun einmal der Brauch: Der Erstgeborene bekam alles, die Nachgeborenen gingen leer aus.

Aber solange er zurückdenken konnte, hatte sein Bruder ihn spüren lassen, wer der zukünftige Herr im Hause sein würde, wem die Gunst des Vaters gehörte, wer der Ältere war – und der Stärkere.

Unwillkürlich wanderten seine Gedanken in die Kindheit zurück. Jedes Spielzeug, das ihm etwas bedeutet hatte, hatte ihm sein Bruder weggenommen oder zerbrochen. Er mußte an die kleine Puppe aus Holz denken, die er als Vierjähriger über alles geliebt hatte. Eines Tages war sie einfach verschwunden gewesen. Er hatte Rotz und Wasser geheult, war zu seiner Mutter gelaufen und hatte zum ersten und auch zum letzten Mal den Fehler begangen, seinen Bruder zu beschuldigen. Natürlich hatten seine Eltern nicht ihm geglaubt, sondern ihrem Liebling, dem Stolz der Familie, dem Erstgeborenen. »Dein Bruder täte niemals so etwas«, hatten sie gesagt. Und um allem die Krone aufzusetzen, hatte er sich bei seinem hämisch grinsenden Bruder für – wie sein Vater es nannte – ›diese ungerechtfertigten Vorwürfe‹ entschuldigen müssen. Selbstverständlich hatte ihn sein Bruder hinterher auch noch verprügelt, weil er gepetzt hatte.

Später hatte er sich dann gefragt, warum seine Eltern seinen Bruder so sehr vorzogen, warum sein Bruder alles durfte und alles bekam und er nichts. Eine Zeitlang war er sogar davon überzeugt gewesen, es müsse an ihm liegen. Schließlich mußte die ungleiche Behandlung einen Grund haben. War er vielleicht ein durch und durch böser Junge? Hatte er, ohne es zu wissen, etwas wirklich Schlimmes angestellt? Verdiente er möglicherweise die Zurücksetzung?

Irgendwann, er war gerade zehn geworden, hatte ihm sein Bruder den Grund genannt. Sie hatten sich gestritten, aber an dem Tag hatte sein Bruder keine Lust gehabt, ihn zu verprügeln. »Häng dich doch auf!« hatte sein Bruder ihm zugerufen. »Kein Mensch würde dir eine Träne nachweinen, am allerwenigsten Mutter und Vater. Die wollten dich sowieso nicht haben. Und als es dann doch passiert war, wollten sie eine Tochter. Du warst die größte Enttäuschung ihres Lebens.«

In den Monaten nach dieser Eröffnung hatten sich in seiner Umgebung immer häufiger merkwürdige Vorfälle ereignet. Zunächst war ihm das nicht weiter aufgefallen, weil es nichts Besonderes war, wenn in seinem Beisein einmal eine Tasse oder ein Teller zersprang. Zersprungenes Geschirr zog sich wie ein roter Faden durch sein Leben, aber niemand, am allerwenigsten er selbst, hatte sich je etwas dabei gedacht.

Das hatte sich geändert, als ihm ein Buch über Magie unter die Finger gekommen war. Im Gegensatz zu seinem Bruder konnte er mit zehn Jahren schon flüssig lesen, und als eines Abends gleich vier Teller auf einmal zersprungen waren, hatte er zwei und zwei zusammengezählt und sich am darauffolgenden Tag zu einem alten Magier geschlichen, der seine Familie früher oft besucht hatte.

Der Alte hatte ihn einer Prüfung unterzogen und ihm dann geraten, bei einer *Academia* vorzusprechen. Das war jedoch völlig ausgeschlossen. Er hatte Angst davor, seinen Eltern von seiner Begabung zu erzählen – er fürchtete sich davor, was sie sagen würden, da sie sich immer sehr abfällig über Magie äußerten –, und so hatte er schließlich den Alten gebeten, ihn heimlich zu unterrichten.

Der alte Magier hatte eingewilligt, und er hatte sich mit einem wahren Feuereifer auf das Studium der Arcana gestürzt. Die Welt der Magie war zugleich Flucht und Verheißung für ihn gewesen. Flucht vor der unablässigen Demütigung, die sich sein Leben nannte, und Verheißung von Macht, der Macht nämlich, diesen und allen anderen Demütigungen einmal ein Ende zu bereiten. Wie oft hatte ihn sein Bruder gehänselt, wenn er ein Buch gelesen hatte, ihn als Bücherwurm und Stubenhocker verspottet, und wie oft hatte ihm sein Bruder angedroht, ihn zu verprügeln, falls er ihn bei den Eltern verpetzte.

Ja, sein Bruder war schon immer ein Taugenichts gewesen. Mit sechzehn hatte er sich regelmäßig Geld vom Vater erbettelt und es später auch gestohlen, um es bei Wein, Weib und Spiel zu verprassen. Mit zwanzig war er in allen Lasterhöhlen der Stadt bekannt und ein regelmäßiger und gerngesehener Gast.

Und jetzt, mit sechsunddreißig, nachdem ihre Mutter vor zwei Jahren gestorben war und ihr Vater sich darniederlag und nur darauf zu warten schien, seiner Frau in Borons Hallen zu folgen, hatte sein Bruder sich offenbar fest vorgenommen, das Familienvermögen mit vollen Händen zum Fenster hinauszuwerfen.

Im Grunde hatte es ihn schon gar nicht mehr gekümmert, denn mittlerweile war er zu einem recht guten Magier geworden und hatte sich vorgenommen, das

Haus seiner Eltern zu verlassen, sich ein paar Jahre die Welt anzusehen und sich dann irgendwo als Soldmagier oder Lehrer niederzulassen. Gute Magier waren immer begehrt.

Doch dann war etwas geschehen und hatte das Faß zum Überlaufen gebracht. Hin und wieder, wenn er sich von seinen Studien erholen mußte, wenn er sich ablenken wollte, wenn er glaubte, das Leben nicht mehr ertragen zu können, und Trost und Entspannung suchte, ging er in ein Bordell.

Natürlich war es sein Bruder gewesen, der ihn darauf gebracht hatte. Eines Abends war der Tunichtgut in sein Studierzimmer gestolpert – angetrunken, wie ihm sofort aufgefallen war – und hatte auf ihn eingeredet, er vergeude sein Leben, vergrabe sich in seinen Büchern, ob er sich nicht auch einmal amüsieren wolle, er brauche nur mitzukommen, und so weiter und so fort.

Schließlich hatte er dem Drängen seines Bruders nachgegeben, nur um ihn endlich zum Schweigen zu bringen und diese Stimme nicht mehr hören zu müssen, die immer einen schrillen Ton annahm, wenn er sich aufregte. Später hatte er sich dann eingestanden, daß wohl auch ein wenig Neugierde im Spiel gewesen war.

Jedenfalls war sein Bruder mit ihm schnurstracks in eines der besten Bordelle der Stadt gegangen, ins Badehaus *Bellona*. Die freundliche und gelöste Atmosphäre dort hatte ihm gut gefallen, und die Erfahrung, die er dort in jener Nacht machte, hatte sein Leben ohne jeden Zweifel bereichert.

Dafür war er seinem Bruder aufrichtig dankbar – so dankbar, daß er ihm einen schnellen Tod gewähren und ihn nicht leiden lassen würde.

Im Laufe der Jahre hatte er auch andere Bordelle aufgesucht als das Badehaus *Bellona*, unter anderem die *Sechzehn Ministerinnen*, und dort war er ihr begegnet.

Sie nur anzusehen hatte Wünsche in ihm geweckt, deren Vorhandensein er bisher nicht einmal geahnt hatte. Wie im Fieber hatte er die hohe Summe bezahlt, war in ihre ›Kanzlei‹ (denn diesen befremdlichen Namen trugen die Kammern der Kurtisanen in jenem Freudenhaus) gestürzt, er hatte sie genommen, hatte jeden Herzschlag genossen, und dann ...

Dann hatte er sich vor ihr erniedrigt, hatte einer Hure, einer dreckigen kleinen Hure, gestanden, daß er sie liebte, daß er sie für sich haben wollte, hatte ihr angeboten, sie aus dem Sumpf ihres Lasters zu holen. Sie hätte nur ja zu sagen brauchen.

Aber nein, auch sie hatte ihn gedemütigt, als sie ihm hohnlächelnd erklärte, sie hätte bereits einen Liebsten, und er könne zwar ihren Körper, nicht aber ihre Liebe kaufen.

Er hatte sofort einen Hellsichtzauber gewirkt, auf dessen Beherrschung er besonders stolz war, und in den Gedanken der Hure den Namen ihres Liebhabers gelesen. Da war ihm die Ironie der Situation aufgegangen – und wie sich alles zu einer einzigen unermeßlichen Demütigung für ihn zusammenfügte und daß er die Ungerechtigkeit nicht mehr länger ertragen würde.

In den folgenden Wochen hatte er sich, von gelegentlichen Besuchen bei seiner Angebeteten abgesehen, ausschließlich der Vertiefung seiner Kenntnisse der Daimonologia und der Magica conjuratio gewidmet, da ihm klar war, daß er einen mächtigen Verbündeten und magische Hilfe brauchte, wenn er sein Vorhaben zu einem erfolgreichen Ende führen wollte.

Und vor zehn Tagen hatte er es getan: Er hatte Blakharaz beschworen, den von der wabernden Lohe, den finsteren Herrn der Rache, den schwarzen Mann mit dem Stab der tausend Augen.

Ein eisiger Schauer der Befriedigung durchrieselte ihn, als er daran dachte, wie leicht es gewesen war, den Erzdämon zu beschwören, wie leicht der Pakt mit ihm geschlossen war und wie ihm der Niederhöllische geholfen hatte, seinen Plan voranzutreiben und in die Tat umzusetzen.

Er hatte seinen Bruder auf die Seite genommen und ihm eine Möglichkeit aufgezeigt, das viele Geld wiederzugewinnen, das er an den Spieltischen verloren hatte, und natürlich war dieser sofort darauf eingegangen.

Sein Bruder war ein Narr, ein dummer, einfältiger, leichtgläubiger Trottel! Kein Wunder, daß er sich beim Spiel das Fell über die Ohren ziehen ließ. Wie dieser Tölpel glauben konnte, daß er ihm aus reiner Bruderliebe dabei helfen wolle, sein Geld zurückzugewinnen, war ihm schleierhaft.

Wie dem auch sein mochte, im Augenblick seines Todes würde er seinen Irrtum zweifellos erkennen. Oder ob er sogar dazu zu dumm war?

Er selbst war aus einem ganz anderen Holz geschnitzt. Der Pakt mit dem Erzdämon war gewiß eine heikle Sache, da machte er sich nichts vor. Er brauchte ihn, um seine Rache zu vollziehen, und deshalb hatte er seine Seele aufs Spiel gesetzt, aber seine Studien hatten ihn zu der Überzeugung gebracht, daß sich der Pakt während der Namenlosen Tage werde lösen lassen. Ein Unterfangen, das wohl schwierig, nicht aber unmöglich war, und er traute es sich zu.

Er schüttelte verwundert den Kopf. Nicht einmal seine nächsten Verwandten hatten auch nur den Hauch einer Ahnung, welch große Fortschritte er in den arkanen Künsten gemacht hatte, was nur bewies, wie gleichgültig er ihnen war.

Er atmete tief durch, und sein Gesicht erstarrte zu einer Maske der Entschlossenheit. Wenn alles nach Plan lief, und daran konnte kein Zweifel bestehen, waren seine Schwierigkeiten in einer Woche endgültig und dauerhaft gelöst.

# 1. Kapitel

Wir wissen alle, daß fünf Dukaten viel Geld sind, Halgor, aber wir sind nicht hier, um Euch beim Überlegen zuzusehen. Fünf Dukaten sind geboten. Ihr könnt passen oder mitgehen, meinetwegen könnt Ihr auch erhöhen, nur entscheidet Euch endlich.«

*Phex bewahre mich vor den witzigen Bemerkungen gereizter Adliger!* Wie immer, wenn Baldur von Hohenstein, der Sohn des alten Barons von Hohenstein, aufgeregt oder gereizt war, bekam seine Stimme einen quengeligen Unterton. Er war Mitte Dreißig, und seine Augen waren hellblau und wäßrig, das Haar war strohblond. Wäre sein Gesicht nicht so verlebt gewesen, hätte man ihn durchaus als gutaussehend bezeichnen können, wenngleich seine beiden oberen Schneidezähne etwas zu groß waren und ein wenig schief standen. Er hatte weiche, fast weibliche Züge und war wie ein Geck herausgeputzt, obwohl es auch zu dieser nächtlichen Stunde noch sehr warm war: Zu einer schwarzen Kniebundhose mit schneeweißen Strümpfen trug er eine lange dunkelblaue Samtjacke, die mit goldenem Brokat abgesetzt war, und darunter ein weißes Rüschenhemd.

Wir spielten natürlich Boltan, mancherorts auch nach der höchsten erreichbaren Kartenkombination Fünfas genannt. Boltan wird mit einem gewöhnlichen Inrah-Kartensatz von zweiundsiebzig Karten gespielt, je zwölf in den Farben der sechs Elemente. Es gibt viele Möglichkeiten, Boltan zu spielen, aber wir spielten die einfachste. Jeder Spieler muß einen Grundeinsatz leisten und bekommt dafür fünf Karten. Der Wert eines

Blattes ist um so größer, je mehr Karten gleichen Wertes es enthält. Die Spieler können der Reihe nach für ihr Blatt bieten. Es gewinnt derjenige Spieler, der das meiste Geld bietet; bieten aber mehrere Spieler die gleiche Summe, so gewinnt das beste Blatt. Normalerweise einigen sich die Spieler vor Spielbeginn auf einen Höchstbetrag, um den ein Spieler die bisher gebotene Summe überbieten kann, und auf eine erlaubte Höchstanzahl von Erhöhungen pro Bietrunde. Für diese Runde galt ein Höchstbetrag von zehn Dukaten bei höchstens sechs Erhöhungen pro Bietrunde. Damit handelte es sich um ein auch für die Kreise, in denen ich mich hier bewegte, recht stattliches Spiel. Zudem ist es allgemein üblich, den Höchstbetrag im Laufe einer Spielrunde aufzustocken, wenn die Verlierer der Drang überkommt, all das, was sie über den Abend verloren haben, auf einen Schlag zurückzugewinnen, und die Gewinner die Gelegenheit wittern, ihren Gewinn schnell zu vervielfachen.

Die fünf Dukaten waren Baldur von Hohensteins Einsatz, doch mein langes Überlegen galt nicht ihm und seinen Karten, da ich ziemlich sicher war, ein besseres Blatt zu haben als er. Auch der Zwerg Drogosch, Sohn des Darbuin, Besitzer von *Levthans Horn*, einem der bekanntesten und besten Bordelle der Stadt und damit auch Gastgeber jenes Abends, und Karnia ›die Nelke‹, die sich ihr Vermögen im Gewürzhandel verdient hatte, konnten mir in diesem Spiel nicht gefährlich werden, das verriet mir mein nahezu untrügliches Gefühl für die Karten. Die Frage war die, wie gut Baronin Gunhild von Greifenhorsts Blatt sein würde. Vermutlich hatte sie einen Drilling, aber wie hoch? Und was war mit Yasper dem Geldverleiher, der im Spiel nur schwer zu durchschauen war?

Schließlich fand ich mich damit ab, daß ich mit solchen Überlegungen nicht weiterkam, und vertraute auf meine Intuition. Ich würde den Einsatz des jungen Barons bringen und um den erlaubten Höchstbetrag erhöhen. Drei Stapel zu je fünf Golddukaten wanderten in die Mitte des Tisches. »Ich halte Eure fünf Dukaten und erhöhe um zehn, Baron.«

Nach einem kurzen Blick auf ihr Blatt zählte die Baronin fünfzehn Dukaten von dem ungeordneten Münzhaufen vor sich ab, legte das Geld in die Mitte und verkündete mit ruhiger Stimme: »Ich halte.«

Die Baronin war eine gutaussehende und überaus elegante Enddreißigerin. Ihr langes pechschwarzes Haar umrahmte ein energisches Gesicht mit haselnußbraunen Augen. Sie trug ein schlichtes, aber raffiniert geschnittenes dunkelgrünes Kleid, als einzigen Schmuck eine unauffällige Goldbrosche über der linken Brust und dazu einen goldgefaßten Smaragd in jedem Ohr.

Ihre Kleidung und der Schmuck harmonierten im übrigen ganz ausgezeichnet mit der Einrichtung des Spielzimmers, das etwa fünf mal fünf Schritt maß und natürlich von dem großen Tisch aus dunklem Mahagoni beherrscht wurde, an welchem wir saßen. Die Stühle aus demselben Holz waren an den Lehnen mit kunstvollen Schnitzereien verziert. Beide Fenster waren hinter schweren dunkelroten Samtvorhängen verborgen, und die Wände waren mit Gobelins geschmückt, auf denen rahjagefällige Szenen dargestellt waren. Als Lichtquelle diente ein riesiger Kerzenleuchter aus Holz und Messing, der über dem Tisch an der Decke hing und auf dem vierundzwanzig dicke Kerzen brannten. An den Wänden waren sechs weitere, kleinere Leuchter angebracht, so daß wir uns über mangelnde Beleuchtung nicht beklagen konnten. Auf mehreren geschmackvollen kleinen Tischen an den Wänden standen Karaffen mit Wein und Wasser, Obstschalen und verschiedene kleinere Schälchen mit Süßigkeiten und Backwerk. Alles in allem spielten wir in äußerst gediegener Atmosphäre.

Die spielerischen Fähigkeiten der Baronin waren überdurchschnittlich, wenngleich nicht überragend, und sie war nicht nur am Spieltisch eine höchst angenehme Gesellschafterin.

Seitdem ihr Mann, der Baron von Greifenhorst, vor fast zehn Jahren den Verletzungen erlegen war, die er bei einem Jagdunfall davongetragen hatte, herrschte sie allein über ihre kleine Baronie in der Grafschaft Hartsteen und hatte die Heiratsansinnen unzähliger Freier abgelehnt. Vor etwa drei Jahren hatte ich sie gewissermaßen als Ausgleich für eine ziemlich beträchtliche Summe, die ich an sie verloren hatte, um die Gunst einer Nacht gebeten, die sie mir auch gewährt hatte. Es war nicht bei dieser einen Nacht geblieben, aber mittlerweile waren wir nur noch gute Bekannte.

Drogosch und Karnia paßten wie erwartet, und nun war Yasper an der Reihe. Der olivhäutige Mann zupfte nachdenklich an seinem pechschwarzen Spitzbart, dann durchbohrte er mich und die Baronin mit einem Blick seiner kalten graublauen Augen.

Yasper stand in dem Ruf, einer der skrupellosesten Wucherer im ganzen Reich zu sein. Er kannte unzählige Schlagetots und Halsabschneider, Gesindel, dessen er sich bediente, um seinen bedauernswerten Schuldnern im Verzugsfall unmißverständlich klarzumachen, daß es gesünder für sie sei, ihre Schulden bald zu begleichen. Andererseits räumte Yasper jedem Kredit ein, und man konnte mit ihm über seinen Zinssatz reden. Tatsächlich soll es schon Leute gegeben haben, die ihn auf zwanzig Prozent drücken konnten – pro Woche, versteht sich.

Yasper betrachtete seine Karten, schob sie zusammen und legte das dünne Päckchen vor sich auf den Tisch. Dann starrte er versonnen auf die Stapel von Dukaten und Silbertalern vor sich. Schließlich nahm er die Karten wieder auf, fächerte sie auseinander, warf einen kurzen Blick darauf, schob sie wieder zusammen, seufzte schwer und sagte: »Also gut. Eure fünfzehn Dukaten. Und weitere zehn von mir.« Er zählte das Geld mit geübten, gewandten Bewegungen ab, schob es in die Mitte und lehnte sich gleichmütig zurück.

Baldur von Hohenstein verzog mürrisch das Gesicht. Dann setzte er eine betont gelangweilte Miene auf und warf seine Karten mit einem lässigen Schlenker des Handgelenks in die Mitte des Tisches. »Ich passe«, sagte er mit einem angewiderten Unterton.

»Ich halte, Yasper.« Weitere zehn Dukaten von mir wanderten zu dem mittlerweile mehr als ansehnlichen Haufen in der Mitte.

»Wer dem Mägdlein ein Kind macht, der muß es auch freien«, ließ sich die Baronin vernehmen, die ebenfalls mitging und dazu anzüglich grinste. »Und jetzt zeigt Euer Blatt, Yasper.«

Mit einer schwungvollen Geste deckte Yasper seine Karten auf. »Drei Ritter. Zeigt mehr, wenn Ihr könnt.«

Meine drei Siebener waren nicht gut genug, um Yasper zu schlagen, also schob ich die Karten zusammen und warf sie in die Mitte. »Zu gut für mich, Yasper.«

Die Lippen der Baronin formten sich zu einem triumphierenden Lächeln. »Drei Magier, Yasper. Herzlichsten Dank, daß Ihr noch einmal erhöht habt.«

»Gern geschehen, Euer Hochgeboren«, sagte Yasper achselzuckend. »Phex ist mit den Mutigen, aber Wagemut und Tollkühnheit sind zweierlei Dinge.«

»Könnten wir vielleicht mit dem Spiel fortfahren?« meldete sich Baldur von Hohenstein zu Wort. Der junge Baron, der an diesem Abend gewiß schon zweihundert Dukaten verloren hatte, klang ungeduldig. »Wer gibt?«

In den nächsten Stunden verlief das Spiel recht ereignislos. Die Einsätze hielten sich in Grenzen, und das galt auch für die Gewinne und Verluste der Spieler, da niemand eine ausgesprochene Glücks- oder Pechsträhne hatte. Schließlich einigten wir uns darauf, jeder noch ein Spiel zu geben und dann abzubrechen. Von Hohenstein hatte mittlerweile einen Teil seines Verlusts ausgeglichen und lag vielleicht noch hundertundzwanzig Dukaten zurück. Die Baronin hatte etwa hundert Dukaten gewonnen, die anderen, ich eingeschlossen, standen mehr oder weniger pari.

Ich gab das vorletzte Spiel. Nachdem jeder Spieler seinen Grundeinsatz von einem Silbertaler in die Tischmitte gelegt hatte, teilte ich an jeden Spieler fünf Karten aus, verdeckt und einzeln, und als ich mein Blatt aufhob, überkam mich das Kribbeln, das jeden Spieler befällt, wenn er gute Karten bekommt. Drei Wahrsagerinnen! Die Baronin, die eröffnete, bot einen Dukaten, und Drogosch erhöhte um einen Dukaten auf zwei. Karnia und Yasper gingen mit. Baldur erhöhte um zwei Dukaten auf insgesamt vier. Ich erwog kurz, um den Höchstbetrag aufzustocken, entschloß mich dann aber, mich bescheiden im Hintergrund zu halten und nur die Bietrunde in Gang zu halten, indem ich die bisher gebotenen vier Dukaten brachte und um weitere zwei erhöhte.

Die Baronin ging mit, und Drogosch erhöhte um weitere vier Dukaten auf insgesamt zehn. Karnia und Yasper paßten.

Als Baldur von Hohenstein zwölf Dukaten in die Tischmitte legte und somit Drogoschs Einsatz noch einmal um sechs Dukaten überbot, war es an der Zeit, Inventur zu machen und mir meine weitere Vorgehensweise zu überlegen. Der junge Baron hatte offenbar ein gutes Blatt und Drogosch vermutlich ebenfalls. Die Baronin würde passen. Daher hatte es wenig Zweck, noch einmal um einen kleinen Betrag zu erhöhen, zumal in dieser Runde bereits fünfmal erhöht worden war und somit nur noch eine Erhöhung möglich war.

»Eure vier, Drogosch, Eure sechs, Baron, und weitere zehn von mir.« Ich schob zwanzig Dukaten in die Mitte.

Die Baronin paßte tatsächlich. Drogosch und der Baron, die nicht mehr erhöhen konnten, gingen mit und schlossen die Bietrunde damit ab. Nun war es an der Zeit, Karten zu tauschen.

»Wie viele neue?« fragte ich Drogosch. Drogosch legte eine Karte ab und hob den Daumen. Ich gab ihm eine neue. »Für mich zwei«, meldete sich der junge Baron, dessen Stimme ein wenig rauh klang. »Und für mich ebenfalls zwei«, sagte ich, während ich zwei Karten ablegte und zunächst von Hohenstein und dann mir selbst zwei neue gab.

»Drogosch, Euer Gebot«, forderte ich den Bordellbesitzer zum Bieten auf. Er hob seine Karten auf, warf einen kurzen Blick darauf, kraulte sich den wohlgestutzten kupferroten Bart und schob schließlich einen Münzturm in die Mitte des Tisches. »Zehn Dukaten«, sagte er ruhig.

Baldur leckte sich unruhig die Lippen. Er nahm seine Karten, mischte sie und fächerte sein Blatt dann vorsichtig Karte für Karte auf, während er es ganz dicht vor dem Gesicht hielt. Da ich ihn genau beobachtete, entging mir das kurze Aufblitzen in seinen Augen dennoch nicht. Es bedurfte zwar keines weiteren Beweises, daß er sein Blatt verbessert hatte, aber das leichte Zittern seiner Hände, als er sein Blatt zusammenfaltete und zwanzig Dukaten in die Mitte des Tisches legte, sagte mehr als alle Bände der Bibliothek von Bosparan. »Eure zehn und noch einmal zehn.«

Ich hob meine Karten auf, warf einen kurzen Blick auf die beiden neuen Karten, legte sie beiseite und schob sechs Stapel zu je fünf Dukaten in die Mitte. »Ich bin dabei und erhöhe um weitere zehn.«

»Zuviel für mich.« Drogosch warf sein Blatt in die Mitte und lehnte sich in Erwartung der bevorstehenden Auseinandersetzung zurück.

Baldur von Hohenstein ließ sich Zeit. Er trank einen Schluck Wein aus seinem Pokal und tupfte sich die Lippen geziert mit einem weißen Spitzentaschentuch ab. Dann beugte er sich vor und zählte das vor ihm liegende Geld. Schließlich griff er in eine Tasche seiner kostbaren Brokatjacke, holte einen offensichtlich gutgefüllten Beutel heraus und legte ihn vor sich auf den Tisch.

»Ich mache Euch einen Vorschlag, Halgor«, sagte er. »Ich habe hier insgesamt zweihundertzwanzig Dukaten und Kleingeld und bin bereit, alles auf mein Blatt zu setzen – das heißt, natürlich nur, wenn es Euch conveniert«, fügte er nach einer kurzen Pause spöttisch hinzu. »Ich weiß, daß ich nur um zehn Dukaten erhöhen darf, aber ich weiß auch, daß Ihr ein mutiger Mann seid und mein Angebot gewiß nicht ausschlagen werdet. Nun, was sagt Ihr?«

Solche Angebote waren nicht unüblich, wenn nur noch zwei Spieler boten. Ich überlegte nicht lange. Dieser eingebildete, humorlose Stutzer, der noch dazu ein schlechter Spieler war, hatte schon lange eine Lektion verdient. »Ich bin mit einer Erhöhung um zweihundert Dukaten einverstanden«, sagte ich. »Das wären dann zweihundertundzehn Dukaten für Euch.«

»Kein schlechter Einsatz«, murmelte Karnia die Nelke anerkennend. Ihre Lippen zuckten ein wenig, und ihre Augen hatten einen gierigen und beinahe wollüstigen Ausdruck angenommen. Sie war eine üppige und in allen Dingen sehr impulsive Frau, die stets ein wenig nach Gewürznelken roch, was ihr auch den Beinamen eingetragen hatte. Geld schien sie körperlich zu erregen. Mir kam der Gedanke, daß sie wahrscheinlich nicht nur impulsiv, sondern auch überaus leidenschaftlich war.

Yasper rieb sich erwartungsvoll die Hände. Vielleicht witterte er ein unerwartetes Geschäft, falls sich einer von uns beiden übernahm. Drogosch blieb ebenso ruhig wie die Baronin.

Ein triumphierender Ausdruck huschte über das Gesicht des jungen Barons. »Dann gilt es also.« Er zählte das Geld sorgfältig ab und legte es in die Mitte. »Eure zehn und weitere zweihundert.« Er musterte mich gespannt. »Euer Gebot, Halgor.«

Ich ließ ihn zappeln. »Das war die dritte Erhöhung in dieser Bietrunde, und selbstverständlich habt Ihr bei Eurem Gebot auch berücksichtigt, daß es mir freisteht, Euch nun noch einmal um zweihundert Dukaten zu überbieten … Euer Hochgeboren.« Der feine Spott, den ich mit der kleinen Pause und der leichten Betonung in die förmliche Anrede legte, ließ Baldur erröten. »Oder etwa nicht?«

Ich musterte ihn kalt. Zum erstenmal schien so etwas wie Unsicherheit in ihm aufzuflackern, denn er wand sich ein wenig, bevor er mir antwortete: »Gewiß, Halgor. Aber ich habe nicht mehr Geld bei mir. Ihr müßtet mit einem Schuldschein vorliebnehmen. Andererseits wißt Ihr, daß ich für das Zehnfache gut bin. Also spart Euch die Worte und zeigt lieber Euer Geld.«

Drogosch lächelte breit und überlegen. Karnia bedachte mich mit einem feurigen Blick, der mir sagte, daß der Abend mit dem Spiel nicht zu Ende sein müsse. Yasper leckte sich die Lippen und rutschte unruhig auf seinem Stuhl hin und her. Die Baronin schien äußerlich völlig ungerührt, als ginge sie das alles nichts an, doch ich wußte, daß es in ihrem Innern ganz anders aussah.

»Schön«, sagte ich. »Belassen wir es dabei. Ich setze Eure zweihundert und will sehen.«

Baldur von Hohenstein nahm seine Karten und deckte eine nach der anderen auf, während er seinen stechenden Blick auf mir ruhen ließ. »Eine Familie«, sagte er schneidend. »Drei Asse und zwei Fünfer.«

Ich rührte mich nicht. Karnia und Yasper tuschelten miteinander. Offenbar hatten sie soeben ihre eigene kleine Wette darüber abgeschlossen, ob ich dieses Blatt schlagen konnte oder nicht. Dann fixierte ich den jungen Baron, der unter meinem Blick noch unruhiger wurde, als er es ohnehin schon war.

»Nun, was ist? Zeigt mehr, wenn Ihr könnt!« Der junge Baron funkelte mich an, dann fuhr er fort: »Ihr schweigt. Also gebt Ihr Euch wohl geschlagen!« Seine Hände zuckten zum Geld in der Mitte des Tisches. Da hob ich die Hand.

»Nicht so voreilig, Euer Hochgeboren! Eure Familie reicht nicht.« Und damit deckte ich meine vier Wahrsagerinnen auf.

In dem kleinen Raum herrschte plötzlich Grabesstille. Baldur von Hohenstein war weiß geworden, und auf seiner Wange zuckte ein Muskel. Ich beugte mich vor, um meinen Gewinn einzusammeln, als der junge Baron plötzlich aufsprang.

»Ihr seid ein phexverfluchter Betrüger, Halgor!« rief er. »Wir wissen alle, daß Ihr in der Gosse von Meilersgrund geboren wurdet und dort Eure Laufbahn als schändlicher Falschspieler, Schelm und Gaukler begonnen habt! Dafür werdet Ihr mir büßen!«

Bevor ich etwas sagen konnte, fuhr Drogosch dazwischen. »Achtet auf Eure Worte, Euer Hochgeboren. Da ich dieses Spiel ausgerichtet habe, verbürge ich mich dafür, daß alles mit rechten Dingen zuging. Das Spiel war anständig, ebenso wie es die beteiligten Spieler waren.«

»Um Euch zu schlagen, brauche ich nicht zu betrügen«, fügte ich hinzu, worauf aus dem ohnehin schon blassen Gesicht des Barons die letzte Farbe wich. Dann schien er sich plötzlich zu besinnen. Er faßte sich an den Kopf, setzte sich wieder, ergriff seinen noch halbgefüllten Pokal mit Wein und trank ihn gierig aus. Diesmal wischte er sich den Mund mit dem Handrücken ab, bevor er tief Luft holte und sagte: »Ihr habt natürlich recht, Drogosch.« An mich gewandt, fuhr er fort: »Mein Betragen war unverzeihlich, Halgor. Natürlich seid Ihr ein Ehrenmann, sonst säßet Ihr nicht an diesem Tisch. Ich bitte Euch, nehmt meine Entschuldigung an.«

Die Worte schienen ihm nicht leicht über die Lippen

zu kommen, und mir war, als schwänge Häme darin mit, aber ich war dennoch angenehm überrascht, daß dieser junge Stutzer tatsächlich die nötige Haltung besaß, sich bei einem hergelaufenen Emporkömmling zu entschuldigen. »Es ist schon vergessen«, sagte ich. »Aber wenn Ihr es im Spiel zu etwas bringen wollt, dann lernt, Euer Temperament zu zügeln.«

»Ihr habt gewiß recht, Halgor, aber für Eure Bemerkung, Ihr könntet mich schlagen, ohne zu betrügen, verlange ich eine Revanche«, sagte Baldur von Hohenstein, dessen Tonfall jetzt berechnend klang. »Seid Ihr dazu bereit?«

Ich nickte. »Jederzeit.«

»Dann schlage ich übermorgen vor. Drogosch, wärt Ihr bereit, wieder unser Gastherr zu sein?«

Der Zwerg nickte knapp.

»Gut. Und vielleicht könnten wir in größerer Runde spielen. Acht bis zehn Personen wären mir sehr recht. Und, Drogosch, vielleicht könntet Ihr auch für einen Geber sorgen?«

Drogosch nickte wiederum und sagte: »Das dürfte keine Schwierigkeit sein, Euer Hochgeboren. Also übermorgen um dieselbe Zeit.«

»Vielen Dank.« Baldur von Hohenstein erhob sich und verabschiedete sich mit einer übertriebenen Verbeugung. »Meine Damen, meine Herren, es war mir ein Vergnügen.« Dann wandte er sich ab und verließ das kleine Spielzimmer.

»Tja, das war es dann wohl für heute«, sagte Karnia die Nelke. »Wie steht es, Halgor, habt Ihr nicht Lust, noch einen Kelch mit mir zu leeren?«

Vor ein paar Wochen noch hätte ich ihr Angebot ohne Zögern angenommen, aber ich war zum erstenmal in meinem Leben bis über beide Ohren verliebt, und so gab ich nur zurück: »Vielleicht ein andermal, Karnia. Für heute ist mein Bedarf an Abenteuern gedeckt.«

## 2. Kapitel

Ich hatte es nicht weit bis zu meiner Liebsten.
Viele hätten wahrscheinlich die Nase gerümpft, wenn ich ihnen gesagt hätte, daß sie als Kurtisane in Tispia Lussians *Sechzehn Ministerinnen* arbeitete, aber das war mir völlig gleichgültig.

Sie hieß Marisha, war eine heißblütige Novadi und hatte eine milchweiße Haut, langes blauschwarzes Haar und weich gerundete Formen. Sie war eine der Attraktionen des Hauses, und das nicht nur wegen ihrer Schönheit, sondern vor allem wegen ihres unbändigen Stolzes und ihrer Klugheit, aber wir hatten uns nicht bei der Ausübung ihres Berufs kennengelernt, sondern auf dem Markt. Ich war zufällig Zeuge geworden, wie sie mit einem Zwerg um den Preis für einen wunderschönen goldenen Armreif feilschte, und war sofort von ihrer Schönheit, ihrem Temperament und nicht zuletzt ihrem Verhandlungsgeschick verzaubert gewesen. Daraufhin waren wir ins Gespräch gekommen, und ich schien ihr ebenso gefallen zu haben wie sie mir, da sie mich für den nächsten Tag zu einem gemeinsamen Mittagsmahl in der Gaststätte *Madamal* einlud. Dort hatten wir uns verraten, mit welchen Beschäftigungen wir uns unser Brot erwarben. Offensichtlich waren beide nicht besonders ehrbar, und vielleicht war das ein Grund dafür, daß wir uns vom ersten Augenblick an prächtig verstanden.

Was mich an ihrem Beruf zunächst viel mehr störte als das Wissen, daß sie anderen Männern gefällig war, und die Eifersucht auf diese anderen, war die Tatsache, daß ich sie sofort haben konnte, wenn ich in die *Sechzehn Ministerinnen* ging und dafür bezahlte. Was ich natürlich nicht tat, denn genau wie sie wollte ich mehr.

Zunächst sahen wir uns immer nur tagsüber, da sie abends und nachts arbeitete. Aus irgendeinem Grund scheuten wir beide vor einer engeren Bekanntschaft zurück und verbrachten unsere gemeinsame Zeit damit, über den Markt zu streifen, in Tavernen zu gehen oder uns einfach nur das bunte Treiben der Stadt anzusehen. Und wir sprachen miteinander.

Nach gut einer Woche konnte ich mich den Tatsachen nicht mehr verschließen: Ich war über beide Ohren bis nach Brabak in Marisha verliebt, und ich hoffte und betete inständig, daß auch sie in mich verliebt sei. Und ich begehrte sie und mußte sie besitzen, sofort.

Also hatte ich die *Sechzehn Ministerinnen* aufgesucht.

In Tispia Lussians Haus war es üblich, daß man zum einen bei der Oberrätin, der Dame des Hauses selbst, eine Taxe entrichtete, deren Höhe von der Dauer des Aufenthalts abhing, davon, wie ausgiebig man sich in den Bädern tummelte oder dem Wein zusprach, und davon, wie viele andere Gäste sich ebenfalls um eine Audienz bei der entsprechenden Ministerin bemühten. Danach mußte man mit der Kurtisane über ein Bestechungsgeld verhandeln, um schließlich in den Genuß der ministeriellen Gunst zu gelangen. Die begehrtesten Kurtisanen waren also auch die teuersten, was in der Regel dazu führte, daß sich die Nachfrage für eine Ministerin und damit auch ihre Taxe von Woche zu Woche änderte.

Nicht so bei Marisha. Als ich zum erstenmal an den Empfang getreten war, um eine außerordentliche Audienz bei ihrer Excellenz der Dame Marisha zu ersuchen, die voraussichtlich die ganze Nacht in Anspruch nehmen würde, hatte ich dafür den erstaunlichen Preis von sechs Golddukaten entrichten müssen, und an diesem Preis hatte sich in den nachfolgenden Wochen nichts geändert.

Was die Höhe ihrer Taxe anging, so wurde die nur noch von der einer Auelfe übertroffen, die sich, aus welchen Gründen auch immer, von ihrer Sippe getrennt hatte oder ausgestoßen worden war, um sich bei der Oberrätin als Kurtisane zu verdingen. Der überragende Ruf, in dem die *Sechzehn Ministerinnen* standen, gründete sich in erster Linie auf die Elfe und Marisha, wenngleich ich gerechterweise zugeben muß, daß der Anteil der Elfe daran ein wenig höher einzuschätzen ist als der Marishas. Marisha hatte mir einmal erzählt, die Elfe – sie hieß Shanna – sei in der Regel auf Tage im voraus gebucht.

Wie auch immer, ich hatte die sechs Dukaten bezahlt und war zu Marisha gegangen.

»Marisha«, sagte ich, »ich habe unten für eine lange Audienz mit dir bezahlt, weil ich mich so sehr nach dir sehne, daß ich an nichts anderes mehr denken kann. Aber ich werde dich nicht kaufen. Ich will dich und nicht deine Dienste. Ich will immer mit dir zusammen sein, und ich hoffe, daß du genauso fühlst. Aber ich zahle dir keinen Heller.«

Sie lächelte, legte sich aufs Bett und rekelte sich verführerisch. Ihre spärliche und fast durchsichtige Kleidung (wenn das kurze Gewand diese Bezeichnung überhaupt verdiente) trug nicht gerade zu meiner Beruhigung bei.

»Ich habe noch nie weniger als fünf Dukaten für eine Nacht bekommen«, antwortete sie, und mir sank der Mut. Aber ich war Spieler und glaubte zu wissen, daß sie jetzt nur mit mir spielte.

»Keinen Heller, Marisha. Entweder du liebst mich so wie ich dich, oder wir lassen es bleiben.«

»Vier Dukaten und fünf Silbertaler.«

Als sie bis auf einen Dukaten heruntergegangen war

und ich es nicht mehr aushielt, hatte ich gesagt: »Also gut, Marisha. Einen Kreuzer.«

»Abgemacht«, hatte sie damals gerufen und war mir um den Hals gefallen.

»Wie ist das Spiel gelaufen?« fragte Marisha, nachdem wir uns ausgiebig begrüßt hatten.

»Gar nicht schlecht«, antwortete ich. »Zuerst ziemlich fade, ohne große Gewinne oder Verluste, aber am Ende hat dann dieser hochnäsige Baron von Hohenstein noch Federn gelassen. Alles in allem habe ich über dreihundert Dukaten gewonnen. Wenn das so weitergeht, haben wir unser Ziel bald erreicht. Übermorgen steigt bei Drogosch wieder ein großes Spiel. Acht bis zehn Leute werden da sein, wahrscheinlich hohe Einsätze. Mit etwas Glück kann ich vielleicht noch mehr als heute gewinnen.«

»Aber riskier nicht zuviel. Wieviel Geld fehlt uns eigentlich noch?«

Wir waren übereingekommen, so lange weiterzuarbeiten, bis wir genug Geld beisammen hatten, und uns dann aus unseren Berufen zurückzuziehen. Mein Vermögen belief sich mittlerweile auf zweitausend Dukaten, und Marisha besaß tausend. Unser gemeinsames Ziel waren mindestens fünftausend Dukaten. Diese Summe würde reichen, um angenehm und in Freuden leben zu können und darüber hinaus ein ehrbares Geschäft zu eröffnen, zum Beispiel eine Taverne. Insgeheim träumte ich davon, ein Haus der Spiele zu eröffnen, wo der Gast sein Glück bei allen nur erdenklichen Spielen versuchen konnte, aber im Augenblick waren das alles noch Luftschlösser.

»Meiner Schätzung nach fehlen uns noch mindestens zweitausend Dukaten«, sagte ich. »Wie gewinnträchtig verliefen denn deine Geschäfte?«

»Nicht so gut.« Marisha verzog widerwillig das Gesicht. »Dieser aufdringliche Kerl, von dem ich dir schon erzählt habe, war wieder da. Er sagt immer, er liebt mich und will mit mir leben, und dann verlangt er immer von mir, daß ich ihm sage, wie sehr ich ihn liebe, aber das tue ich nicht. Ich habe ihm schon vor Wochen gesagt, daß ich einen Liebsten habe und daß er meine Dienste kaufen kann, nicht aber meine Liebe, und das hat ihn ziemlich getroffen, aber er läßt trotzdem nicht locker.«

Das gefiel mir ganz und gar nicht. Der Gedanke, daß Marisha anderen Männern gefällig war, machte mir ohnehin von Tag zu Tag schwerer zu schaffen. Ein Kunde, der mehr wollte als Marishas Körper, hatte uns gerade noch gefehlt. »Wie heißt er?«

»Das weiß ich nicht. Er hat seinen Namen noch nie genannt.«

»Dann beschreib ihn. Wie sieht er aus?«

»Er ist um die dreißig, blond, blaue Augen, mittelgroß. Nicht sonderlich gutaussehend. Keine besonderen Merkmale. Aber er könnte ein Magier sein.«

»Ein Magier?« Ich horchte auf. »Wie kommst du darauf?«

»Einmal hat er so komische Bewegungen mit den Händen gemacht und dazu vor sich hin gemurmelt, aber da weiter nichts geschehen ist, habe ich mir nichts dabei gedacht.«

»Wann war das?«

»An dem Tag, als ich ihm sagte, ich hätte schon einen Liebsten.«

»Gleich morgen gehst du zu Tispia und bittest sie, daß sie dir diesen Burschen vom Hals hält.«

Marisha atmete tief durch. »Ja, du hast recht. Morgen rede ich mit ihr.«

Ich war noch nicht zufrieden. »Wenn Tispia sich bocksbeinig stellt, sag mir Bescheid. Wie oft kommt der Bursche eigentlich zu dir?«

Marisha runzelte die Stirn. »Ein- oder zweimal die Woche. Aber an keinem bestimmten Tag.«

»Gut. Dann werde ich in der nächsten Woche in deiner Nähe bleiben. Wenn er kommt, zeigst du ihn mir, dann rede ich mit ihm.«

Marisha beugte sich vor und gab mir einen Kuß. »Ja, tu das.« Dann sah sie mich verführerisch an. »Möchtest du etwas trinken?«

Ich zog sie an mich. »Vielleicht später.«

# 3. Kapitel

In der letzten Woche des Rahja, wenn die Namenlosen Tage vor der Tür stehen, herrscht eine eigenartig widersprüchliche Stimmung in Gareth – vielleicht auch in allen anderen Städten –, die man erlebt haben muß, um sie sich vorstellen zu können. Dem Kalender nach ist Frühsommer, und eigentlich müßte es angenehm warm und frisch sein, aber statt dessen lastet tagsüber eine drückende Schwüle auf der Stadt. Zwar soll es schon Jahre gegeben haben, da das Wetter dem Kalender entsprach, aber ich kann mich an kein solches Jahr erinnern.

Natürlich setzen die Hitze und vor allem der schier unerträgliche Gestank nach Unrat den Leuten zu, von dem die Rinnsteine überquellen, ohne daß sich jemand auf die Straße traut, um ihn fortzukehren, aber der schicksalsergebene, geduckte Eindruck, den viele machen, ist gewiß nicht nur auf das Wetter und den Gestank zurückzuführen. Was die Leute bedrückt, ist die Aussicht auf die fünf Namenlosen Tage, in denen das Böse leibhaftig auf Dere umgehen soll, und diese Erwartung liegt wie ein Leichentuch über der Stadt – wenigstens tagsüber.

Denn abends und nachts wird die Befürchtung vieler, in diesem Jahr könnten die Namenlosen Tage das Ende der Welt oder auch nur großes persönliches Unglück bringen, offenkundig von der Erkenntnis verdrängt, daß bis dahin noch ein wenig Zeit bleibt, kostbare Zeit, in der man sich des Lebens freut, mit Freunden und Bekannten feiert, trinkt, lustig ist und anderen Vergnügen und Lastern frönt.

In den Tavernen, Schenken, Wirtshäusern, Gaststätten und Weinkellern geht es hoch her. Leute, denen das ganze Jahr über kaum ein Wort über die Lippen kommt, erzählen die halbe Nacht absonderliche Geschichten über absonderliche Dinge, die sich angeblich in früheren Jahren während der Namenlosen Tage zugetragen haben. Jeder kennt diese und andere Geschichten, hat er sie doch im letzten Jahr und auch in den Jahren zuvor schon gehört oder gar selbst erzählt. Aber das ist unwichtig. Erzählen macht durstig, Zuhören auch, und je mehr Bier und Wein durch die Kehlen rinnt, desto mehr Ausschmückungen erfahren die alten Geschichten, bis sie sich schließlich in einem ganz neuen Gewand zeigen.

Und die Spieltische der Stadt – und davon gibt es nicht wenige – sind vollbesetzt, und ich bin davon überzeugt, daß sich schon weit mehr Menschen in der Woche vor den Namenlosen Tagen durch leichtsinniges Verspielen ihres Vermögens selbst zu Grunde richteten, als während der Namenlosen Tage selbst von einem großen Unglück heimgesucht wurden.

In diesem Punkt weiß ich wohl, wovon ich rede, da ich meinen Lebensunterhalt mit dem Spiel verdiene und den traurigen, aber deshalb nicht minder befriedigenden Ruhm für mich in Anspruch nehmen darf, mehr Menschen in Gareth um ein Vermögen erleichtert zu haben als jeder andere Spieler, Gaukler oder Schelm. Die Leute nennen mich ›Halgor das As‹ oder auch nur ›das As‹, und es gibt nicht wenige, die mich für den besten Boltanspieler in Gareth und Umgebung halten.

Man sollte meinen, daß dies die Leute davon abhalten müßte, sich mit mir an einen Spieltisch zu setzen, aber das Gegenteil ist der Fall. Viele spielbesessene Adlige und wohlhabende Bürger reißen sich geradezu um das Vorrecht, ihre Dukaten an ›das As‹ zu verlieren, um dann vor ihren Freunden damit zu prahlen, welch hohe Summen sie von mir gewonnen hätten, wäre da nicht dieses eine unglückliche Spiel gewesen, bei dem sie ihres Gewinns – und eines Teils ihrer eigenen Barschaft obendrein – wieder verlustig gegangen seien.

Natürlich bin ich nicht als ›das As‹ auf die Welt gekommen. Baldur von Hohenstein hatte meine Herkunft bei seinem Ausbruch vor zwei Tagen recht treffend beschrieben. Ich stammte aus Meilersgrund, dem elendsten der Elendsviertel von Gareth. Meine Mutter hatte sich ihr mehr als bescheidenes Auskommen mit Kartenlegen und Wahrsagen verdient, meinen Vater habe ich nie kennengelernt.

Wir hausten damals in einem dunklen Loch, zwei winzige Zimmer im ersten Stock eines heruntergekommenen zweistöckigen Backsteinhauses in einer stinkenden Gasse mit Blick auf einen abfallübersäten Hinterhof; aber wenigstens hatten wir ein Dach über dem Kopf. Für dieses Privileg zahlte meine Mutter unserem Verpächter einen Silberling für die Woche und legte ihm darüber hinaus dann und wann die Karten. Für einen Silbertaler konnte man fünf Stein Schwarzbrot kaufen, und in den ersten Jahren, als ich noch zu klein gewesen war, um hier und da auch einen Heller zu verdienen, hatten wir oft genug nichts zu beißen gehabt, aber meine Mutter war der festen Überzeugung, ein vernünftiges Dach über dem Kopf sei wichtiger als ein voller Bauch.

Natürlich besaß ich kein Spielzeug. Als Kind spielte ich entweder draußen auf der Straße – was nichts anderes hieß, als daß ich mit den anderen Kindern aus der Gegend die Abfälle nach brauchbaren Dingen wie genießbaren Essensresten oder dergleichen durchstöberte –, oder ich beschäftigte mich zu Hause mit den Karten meiner Mutter. Dies war das einzige, was sie mir mitgeben konnte, und so hatte sie mir schon frühzeitig die Karten und ihre Bedeutung erklärt und mir einfache Kartenspiele gezeigt.

Die Karten hatten mich begeistert, und mit acht Jahren verfügte ich bereits über eine beachtliche Fingerfertigkeit und beherrschte auch die meisten einfacheren Falschspielertricks.

Zwei Jahre später starb meine Mutter. Mittlerweile verdiente ich mir auf den Märkten mit einfachen Neppereien wie dem Hütchenspiel, Kartenlegen und ähnlichen Dingen den einen oder anderen Heller und manchmal auch Silbertaler, und da ich es mir leisten konnte, behielt ich unsere alte Wohnung, für die ich jetzt allerdings fünfzehn Heller die Woche zahlen mußte.

Wahrscheinlich wäre ich mein Leben lang nicht aus Meilersgrund hinausgekommen und hätte mein bescheidenes Leben auch weiterhin mit kleinen Betrügereien gefristet, wäre nicht Mordecai auf mich aufmerksam geworden, ein Spieler mit einem nicht nur in Meilersgrund legendären Ruf, den alle Welt nur unter dem Namen ›die Goldene Hand‹ kannte.

Ich saß wieder an meiner angestammten Ecke auf dem Markt und versuchte die Marktgänger dazu zu bewegen, sich an der Kartenvariante des Hütchenspiels zu beteiligen. Jeder kennt dieses Spiel. Zunächst hat der Gaukler drei Karten offen vor sich liegen – ich bevorzugte das As des Feuers, die Wahrsagerin der Luft und den Magier des Eises. Wenn sich ein Spieler gefunden hat – mehr braucht es zu diesem Spiel nicht –, dreht der Gaukler die Karten mit der Bildseite nach unten und vertauscht sie vor den Augen der Spieler, denen nun die Aufgabe zukommt, sich die Lage einer dieser drei Karten zu merken – bei mir war diese Karte immer das As des Feuers. Hat der Gaukler sein Verwirrspiel beendet, wettet jeder Mitspieler einen Betrag auf jene Karte, die er für die gesuchte hält. Hat er richtig gewählt, gewinnt er den Betrag seines Einsatzes hinzu, andernfalls verliert er ihn.

Es ist nicht schwer, die Leute an der Nase herumzuführen und sie dazu zu bringen, auf die falsche Karte zu setzen. Aber das wissen die meisten Leute ebenfalls, und wenn sie ein paarmal verloren haben, obwohl sie hätten schwören können, auf die richtige Karte gesetzt zu haben, verlieren sie schnell das Interesse oder wittern Betrug. Die Kunst besteht einerseits in der richtigen Darbietung und andererseits im richtigen Verhältnis von gewonnenen zu verlorenen Spielen. Mit anderen Worten: Man muß die Leute ab und zu gewinnen lassen.

Bei diesem Spiel kann ein Partner eine große Hilfe sein. Natürlich ist dieser Partner für die Leute nicht als solcher zu erkennen. Er tut so, als habe er den Gaukler noch nie gesehen, und wenn die Menge der Umstehenden unentschlossen ist, schlägt seine Stunde. Er tritt vor, wagt ein Spiel — und gewinnt. Er wagt noch ein Spiel – und gewinnt wieder. Da bei diesen Spielen alles mit rechten Dingen zugeht und die Zuschauer natürlich im Geist mitspielen, kommen sie zu dem Schluß, daß sie auch gewonnen hätten – wenn sie mitgespielt hätten. Man sollte nicht glauben, wie leicht die Leute sich auf diese Weise ködern lassen.

An diesem Tag saß ich also wieder an meiner Ecke. Die Geschäfte gingen eher schlecht als recht – ich arbeitete ohne Partner, und da kaum jemand sein Geld einmal riskieren wollte, war auch die Zuschauermenge mager und das Geschäft nicht minder. Ich gab mir alle Mühe, die wenigen Umstehenden zu einem Spiel anzuregen, als plötzlich ein Mann vor mich trat. Er sah gut aus, obwohl er bereits Anfang Fünfzig sein mußte, und war gut gekleidet, doch ich hatte nur Augen für zwei Dinge.

Das waren zum einen seine Hände: schlank, feingliedrig, die Finger lang und geschmeidig, die idealen Hände für einen Spieler und Gaukler. Um diese Hände beneidete ich ihn sofort, besaß ich selbst doch nur zwei ganz gewöhnliche Hände, die mir meine Arbeit nicht gerade leicht machten und die meine Mutter früher oft genug als ›Patschepratzen‹ bezeichnet hatte. Und zum anderen seine Augen: Hellgrün und klar, schien ihr Blick alles ergründen und alles durchdringen zu können.

Ich hatte zwar schon von Mordecai gehört, ihn aber niemals selbst gesehen, und so wußte ich nicht, daß er es war, der vor mir stand. Ich wußte nur, daß ich mich anstrengen mußte, wenn ich diesem Mann sein Geld abnehmen wollte.

»Ich setze einen Silbertaler«, sagte Mordecai mit nicht sehr lauter, aber dennoch durchdringender und tragender Stimme. Mit einem Zipfel meines Verstandes nahm ich wahr, daß Bewegung in die Umstehenden kam und einige Passanten stehenblieben, während mir die Höhe der genannten Summe einen heftigen Schreck versetzte.

»Das ist zuviel, Herr, das übersteigt meine Mittel«, sagte ich ein wenig kläglich.

»Also gut, fünf Heller.« Der Tonfall des Mannes machte deutlich, daß er keinen Widerspruch mehr dulden würde.

Ich begann mein Ritual und verfiel in meinen üblichen Singsang. »Angenommen, Herr. Wir spielen um einen halben Silbertaler! Also, merkt Euch das As des Feuers, laßt die Karte nicht aus den Augen, achtet genau auf die Bewegungen meiner Hände.« Ich hatte das As des Feuers bereits beim Umdrehen der Karten mit der Wahrsagerin vertauscht, so daß der Mann, falls ihm dieser Umtausch entgangen war – was ich hoffte –, nun der Wahrsagerin folgen und auf die falsche Karte setzen würde. Ich gab mir Mühe, indem ich die Karten herumwirbelte, schneller als bei einem gewöhnlichen Publikum, aber gerade recht für ihn und seinen scharfen Blick, so daß er die falsche Karte nicht aus den Augen verlieren konnte.

Meine Hände waren kaum zur Ruhe gekommen, als er auch schon auf eine Karte zeigte – die richtige.

Mir brach der Schweiß aus, als ich ihm die fünf Heller auszahlte.

»Noch einmal, Bursche, aber gib dir diesmal mehr Mühe, das hätte ja ein Blinder geschafft«, sagte er mit volltönender Stimme.

Diesmal zog ich alle Register. Meine Hände huschten wieselflink über das abgewetzte Holztischchen. Irgendein Instinkt riet mir jedoch, nicht zum äußersten zu gehen und das Feuer-As ganz herauszunehmen, indem ich es durch eine zweite Wahrsagerin oder einen Magier ersetzte. Ich hatte das Gefühl, daß der Mann vor mir einen solch unverfrorenen Betrug durchschauen und mich bloßstellen würde, indem er einfach auf eine Karte tippte und dann rasch die beiden anderen aufdeckte, bevor ich reagieren konnte.

Doch an diesem Tag schien ich meinen Meister gefunden zu haben, denn wiederum zeigte er ohne Zögern auf die richtige Karte.

Ich war verloren, das wußte ich, als ich ihm die nächsten fünf Heller ausbezahlte. Dann trat Mordecai einen Schritt von meinem Tisch zurück, und mir fiel plötzlich auf, daß die Umstehenden meine blitzschnellen Handbewegungen in den letzten beiden Spielen gar nicht mitbekommen haben konnten, weil sein Körper ihnen den Blick auf meine Hände versperrt hatte. Jetzt waren der kleine Tisch, die Karten und meine Hände wieder für alle zu sehen.

Plötzlich hatte ich eine Eingebung. Ich sah zu dem Mann hoch, unsere Blicke trafen sich, und er zwinkerte mir zu.

»Nur zu, Junge, du kannst mich nicht täuschen, ich setze noch einmal fünf Heller.«

Ich spielte für die Menge, die mittlerweile zu beachtlicher Größe angewachsen war, so daß sie meinen Handbewegungen folgen konnte. Natürlich gewann Mordecai wieder. Und noch einmal.

Beim nächsten Spiel überraschte er mich, indem er

offenbar absichtlich auf eine falsche Karte setzte und verlor. Ein ungläubiges Aufstöhnen aus den Reihen der Zuschauer, die offenbar alle auf die richtige Karte gesetzt hätten, veranlaßte Mordecai, sich umzudrehen und zu sagen: »Der Junge hat mich mit einem Trick abgelenkt, ich hätte besser aufpassen sollen. Ich glaube, ich höre jetzt auf, sonst verliere ich alles wieder.«

Damit lüftete er seinen Hut und ging, aber er hatte seinen Platz vor dem Tisch kaum verlassen, als sich auch schon mehrere Leute aus der Menge nach vorn drängten, um ihr Glück zu versuchen.

An diesem Tag machte ich alles richtig, indem ich immer wieder im richtigen Augenblick verlor, und als ich am frühen Abend meinen Tisch zusammenklappte, hatte ich mehr als zwölf Silbertaler verdient, bei weitem die höchste Tageseinnahme in meinem bisherigen Leben.

Auf dem Nachhauseweg mußte ich an den gutgekleideten Mann mit den schlanken Händen und dem durchdringenden Blick denken, dem ich meinen unerwarteten Reichtum verdankte, und plötzlich, als wäre er aus dem Boden emporgewachsen, stand er neben mir. »Du bist gut, Junge«, sagte er. »Aus dir könnte etwas werden. Wie heißt du, und was kannst du außer dem, was du heute gezeigt hast?«

»Ich heiße Halgor«, erwiderte ich, »und meine Stärke sind die Karten. Aber, wenn Ihr die Frage gestattet, wer seid Ihr?«

»Vielleicht hast du schon von mir gehört. Man nennt mich die Goldene Hand, und wie du habe ich mein Leben hier in Meilersgrund begonnen, aber jetzt komme ich nur noch selten um der alten Zeiten willen in dieses Viertel, und man kennt mich hier kaum noch.«

Dieser Tag war der Wendepunkt in meinem Leben, denn Mordecai nahm mich in die Lehre. Ich lernte lesen und schreiben, ich lernte den Umgang in der feinen Gesellschaft, und ich lernte alle Tricks, die Mordecai kannte.

# 4. Kapitel

Spielen mag für viele ein Vergnügen sein. *Erfolgreiches* Spielen hat mehr mit harter Arbeit und weniger mit Glück oder Vergnügen zu tun, als gemeinhin angenommen wird. Die richtige Vorbereitung ist für einen Spieler genauso wichtig wie für einen Kämpfer vor der Schlacht, und zwar aus zweierlei Gründen: Zum einen hat ein Spieler auf Dauer nur dann Erfolg, wenn er am Spieltisch ganz und gar bei sich ist und alle Sinne scharf sind wie ein Tuzakmesser. Zum anderen sind Spieler im allgemeinen sehr abergläubisch und daher bestrebt, nach einem erfolgreichen Spiel alle Dinge zu wiederholen, die sie vor oder während des Spiels getan haben. Wenn also ein Spieler vor einem Spiel, bei dem er eine ungewöhnlich hohe Summe gewonnen hat, zum Beispiel gegen seine sonstige Gewohnheit einen längeren Nachmittagsspaziergang gemacht hat, wird er diesen Spaziergang vor seinem nächsten Spiel wiederholen. Viele Spieler entwickeln im Lauf der Zeit eine Art Ritual, das sie vor jedem Spiel peinlich genau befolgen. So auch ich.

Wie immer am Tag eines wichtigen Spiels schlief ich sehr lange. Natürlich wohnte ich längst nicht mehr in Meilersgrund, obwohl ich die kleine Wohnung dort, für die ich dem Besitzer einmal im Jahr zehn Dukaten Miete zahle, der Erinnerungen wegen immer noch habe. Irgendwann war ich dazu übergegangen, mich in Herbergen einzuquartieren, weil das praktisch und überaus bequem war. Seit etwa einem Jahr bewohnte ich ein Zimmer in der Herberge *Kaiserborn*, die nur ein paar Schritte von den Kaiserthermen entfernt liegt, in denen ich sehr häufig zu Gast war, insbesondere vor einem Spiel. In der Herberge steigen ansonsten vorzugsweise ältere und vermögende Bürger ab, die sich von den regelmäßigen Bädern in den Thermen die Linderung aller möglichen echten und eingebildeten Gebrechen versprechen. Daher kreisten die morgendlichen Gespräche im Speisesaal ständig um Krankheiten aller Art, was, so merkwürdig es sich anhören mag, eine ungemein beruhigende Wirkung auf mich hatte.

Nach einem ausgiebigen Frühstück zog ich mich an und machte einen Spaziergang zum Phex-Tempel – zum wirklichen, nicht etwa zum öffentlichen. Der öffentliche Phex-Tempel ist in einem normalen Bürgerhaus an der Kaiser-Reto-Straße untergebracht und steht allen offen, insbesondere den Händlern, die dort ihre Gebete verrichten und mit dem Fuchs um ihr Glück feilschen. Der Standort des wirklichen Phex-Tempels ist mehr oder weniger geheim und wechselt zudem ständig, da er eine Menge lichtscheues Gesindel anzieht. Der echte Phex-Tempel war zur Zeit im Hinterzimmer einer übel beleumundeten Spelunke untergebracht, und nachdem ich meine Gebete gesprochen und eine erkleckliche Spende geleistet hatte, kehrte ich in die lichteren Gegenden Gareths zurück und suchte geradewegs die Kaiserthermen auf, wo ich mich bei einem wohltuenden Bad entspannte. Früher hatte ich danach für gewöhnlich die Dienste der durchweg gutaussehenden und – machte man ihnen ein kleines Geschenk – auch äußerst willigen Bademeisterinnen in Anspruch genommen, aber seitdem ich Marisha kannte, verschwendete ich keinen Gedanken mehr daran.

Erfrischt und ausgeruht kehrte ich in meine Herberge zurück, wo ich sorgfältig meine Kleidung für den heutigen Abend auswählte. Ich zog ein schlichtes weißes Seidenhemd mit Dreiviertelarm, eine leichte Lederweste und eine bequeme Baumwollhose an, dazu Sandalen.

Die Auswahl der Kleidung war nicht nur aus Gründen des persönlichen Wohlbefindens wichtig. Für jemanden, der sich seinen Lebensunterhalt mit dem Spiel verdient, ist ein makelloser Ruf das A und O. Er kann es sich nicht leisten, daß auch nur der Schatten des Verdachts auf ihn fällt, er sei ein Falschspieler. Den meisten begüterten Gelegenheitsspielern macht es nichts aus, hin und wieder ein paar Dukaten zu verlieren, aber niemand will betrogen werden.

Es gibt viele Möglichkeiten des Betrugs. Die erste ist das Verbergen von Schlüsselkarten am Körper und in der Kleidung, insbesondere in den Ärmeln, um sie bei Bedarf einzusetzen. Daher achtete ich darauf, beim Spiel keine Hemden mit bauschigen langen Ärmeln zu tragen.

Die zweite Möglichkeit ergibt sich für einen geschickten, fingerfertigen Spieler beim Mischen und Austeilen. Ein paar Asse unter das Spiel zu mischen und sich selbst die Karten von unten auszuteilen, ist nicht sonderlich schwer. Daher wird bei einem Spiel mit besonders hohen Einsätzen, wie das heutige eines sein würde, meistens jemand als Geber verpflichtet, der sich am eigentlichen Spiel nicht beteiligt.

Die dritte Möglichkeit ist die Magie. Für den Magiekundigen gibt es Möglichkeiten, sich durch Hellsicht-, Illusions- und Beherrschungszauber Vorteile zu verschaffen. Aus diesem Grund wird bei einem hochkarätigen Spiel oft auch ein Magus bezahlt, der dem Spiel beiwohnt, um die Anwendung von Magie zu entlarven oder zu unterbinden.

Was mein Geld betraf, von dem ich heute einiges benötigen würde, so hatte ich den größten Teil meines Vermögens schon vor langer Zeit bei Drogosch deponiert, der trotz seines zwielichtigen Rufs einer der ehrlichsten und vertrauenswürdigsten Männer ist, die ich kenne. Schließlich empfiehlt es sich nicht, größere Summen in Herbergszimmern herumliegen zu lassen oder auf der Straße mit sich herumzutragen. Also nahm ich nur einen Beutel mit ein paar Silbertalern mit, da ich vor Spielbeginn noch ein warmes Abendessen zu mir nehmen wollte.

Das tat ich im *Roten Schleier*, wo ich mir mit den Darbietungen der Gaukler und Musikanten die Zeit bis Spielbeginn vertrieb. Mittlerweile verspürte ich wie vor jedem großen Spiel längst jenes Kribbeln in der Magengegend, das erst wieder verschwände, wenn ich die Karten meines ersten Blattes in der Hand hielte.

Gespannt und voller Vorfreude traf ich einige Minuten vor der festgesetzten Zeit in *Levthans Horn* ein, wo ich mir zunächst von Drogosch tausend Dukaten aus meiner bei ihm deponierten Barschaft von zweitausend Dukaten auszahlen ließ. Dann gesellte ich mich zu den anderen Spielern, die sich bereits in dem dafür vorgesehenen Raum versammelt hatten.

Das Spielzimmer – ein anderes als bei unserer letzten Partie – wurde von einem großen runden Tisch beherrscht, der mit grünem Filz bespannt war. Der Tisch war von elf bequemen Stühlen und fünf kleinen Beistelltischchen umgeben, auf denen die Spieler, von denen sich jeweils zwei ein Tischchen teilten, ihre Getränke und ähnliche Dinge abstellen konnten. In einer Ecke stand ein weiterer Tisch mit Weinkelchen, gefüllten Karaffen, kleinen Wasserpfeifen, einem schwarzen Samtbeutel und einer Silberschale. Abgesehen davon war der fensterlose Raum leer.

Für die Beleuchtung sorgten wiederum ein riesiger Leuchter an der Decke und an den Wänden verteilte Kerzenhalter.

Die Spieler kannte ich alle, wie mir nach einem raschen Rundumblick klarwurde: Karnia die Nelke, die Baronin von Greifenhorst, Yasper der Geldverleiher, Baldur von Hohenstein und Drogosch hatten an dem

Spiel vor zwei Tagen teilgenommen und waren auch heute wieder anwesend.

Etwas abseits in einer Ecke, als gehöre sie nicht dazu, stand Zelda die Hexe, eine Berufsspielerin wie ich. Als sie noch jung war, hatte sie ihren Beinamen durch ihr umwerfendes Äußeres verdient, aber inzwischen hatte sie die Fünfzig längst hinter sich gelassen und trug den Namen wegen ihres phänomenalen Kartengespürs.

Selina, eine ehemalige Abenteurerin, die laut eigenem Bekunden in jungen Jahren einen großen Schatz gefunden und daraufhin ihre Abenteurerkarriere beendet hatte, um sich den angenehmen Dingen des Lebens zu widmen, schenkte sich gerade einen Kelch Wein ein, während sie sich leise mit Worto unterhielt, einem bekannten Waffenhändler. Natürlich, dachte ich, eine ehemalige Abenteurerin und ein Waffenhändler finden immer Gesprächsstoff. Vermutlich disputierten sie gerade über die Vor- und Nachteile irgendwelcher Mordwerkzeuge.

Letzter in der Runde war Graf Ansgar von Eberswald. Der Graf war in Baldur von Hohensteins Alter, aber die beiden Adligen hätten nicht verschiedener sein können. So weich und weibisch von Hohenstein wirkte, so männlich und forsch trat Ansgar von Eberswald auf. Über das Jahr war der Graf dem Vernehmen nach ein tugendhafter Mann ohne jedes Laster, doch in der Woche vor den Namenlosen Tagen schien er ein anderer Mensch zu werden, der all das in wenigen Nächten nachzuholen trachtete, was jener, mit dem er den Namen teilte, über das Jahr versäumt hatte.

Während ich die Anwesenden noch musterte, trat Drogosch zum Spieltisch und klatschte in die Hände. Das unterschwellige Gemurmel erstarb.

»Ich bitte die verehrten Anwesenden um Aufmerksamkeit. Wenn es den Herrschaften recht ist, werde ich heute nicht mitspielen, sondern das Amt des Gebers übernehmen. Mein Preis dafür, für die Ausrichtung des

Spiels, die Getränke und die Entlohnung des Magus sind zehn Dukaten für einen jeden, die im voraus zu entrichten sind ...«

Alle Anwesenden, ich selbst eingeschlossen, traten der Reihe nach wortlos zum Getränketischchen, zählten zehn Dukaten ab und legten sie in die offenbar dafür vorgesehene Silberschale.

»Der Grundeinsatz bei unserem heutigen Spiel beträgt einen Dukaten, der Höchsteinsatz hundert. Höchstens neun Erhöhungen pro Bietrunde sind gestattet.«

Mir lief ein kalter Schauer über den Rücken. Hundert Dukaten waren gemessen an meinem Vermögen eine gewaltige Menge Geldes – und nicht nur gemessen an dem meinen. Die Hexe besaß gewiß noch weniger als ich, vielleicht tausend Dukaten. Das Vermögen der Hohensteins hatte unter den Eskapaden Baldurs in der Vergangenheit ziemlich gelitten, und ich glaubte nicht, daß die Hohensteins über mehr als fünftausend Dukaten verfügten. Die Mittel Karnias, Wortos, Yaspers und der Baronin bewegten sich in etwa in demselben Rahmen. Was Selina und Graf Eberswald betraf, so kannte ich ihre Vermögensverhältnisse nicht. Wahrscheinlich waren sie reicher als die anderen, aber auch für sie waren hundert Dukaten eine hohe Summe.

»Die Karten sind selbstverständlich neu. Es stehen ausreichend Spiele zur Verfügung. Wenn es den Anwesenden recht ist, werde ich jetzt den Herrn Magus hereinbitten.«

Drogosch wartete einen Augenblick lang, und als keiner der Anwesenden einen Einwand erhob, ging er zur Wand und zog dort an einer Schnur, die offenbar mit einer Klingel verbunden war, denn ein paar Augenblicke später klopfte es an der Tür, und ein pfiffig aussehender, unauffällig gekleideter dunkelhaariger Mann unbestimmbaren Alters mit braunen Augen trat ein.

»Das ist Thanos«, sagte Drogosch. »Thanos wird abseits des Tisches sitzen und das Spielgeschehen überwachen.«

»Was ist mit unseren Plätzen, Drogosch?« meldete sich Zelda die Hexe zu Wort.

»Das Los wird entscheiden, Hexe«, antwortete der Zwerg.

Die Anwesenden nickten zustimmend.

»Wir werden alle eine Karte ziehen«, sagte Drogosch. »Wer die höchste Karte gezogen hat, sucht sich als erster einen Platz aus, dann folgt derjenige mit der zweithöchsten und so weiter. Wenn die Herrschaften mich bitte zum Tisch begleiten wollen.«

Drogosch nahm den Samtbeutel von dem Getränketischchen, trat zum Spieltisch und leerte den Inhalt darauf aus. Natürlich handelte es sich um Kartenspiele, insgesamt zwölf, alle in Pergament gewickelt und versiegelt. Wir inspizierten die Siegel, die alle unversehrt waren. Dann steckte Drogosch alle Spiele bis auf eines wieder in den Beutel und erbrach das Siegel des einen Spiels. Die Pergamentumhüllung wanderte ebenfalls in den Beutel. Drogosch mischte das Spiel geschickt, indem er den Packen in zwei Hälften teilte, jeweils eine Hälfte in jede Hand nahm und die Karten rasch ineinanderschnurren ließ. Das wiederholte er ein paarmal. Dann legte er den Stapel mit der Bildseite nach unten auf den Tisch und breitete ihn so aus, so daß eine lange Kartenreihe auf dem Tisch lag.

»Bitte.«

Jeder Spieler zog eine Karte. Baldur von Hohenstein hatte ein As und damit die erste Wahl. Nachdem er sich einen Platz ausgesucht hatte, war ich mit meiner Wahrsagerin an der Reihe, und ich wählte den Platz ihm gegenüber. Dann folgten die anderen, bis Drogosch schließlich den letzten frei gebliebenen Platz einnahm.

Drogosch rückte auf seinem Stuhl herum, bis er eine bequeme Stellung gefunden hatte. Dann nahm er die

Karten und mischte erneut, während die Spieler Beutel zückten, Geld abzählten und es je nach Temperament zu ordentlichen kleinen Stapeln oder zu stattlichen Haufen vor sich auftürmten.

»Also gut, meine Herrschaften. Ich bitte um den Einsatz für das erste Spiel.«

# 5. Kapitel

Der erste Spieler, der an diesem Abend die Segel strich, war Worto der Waffenhändler. Zunächst deutete nichts auf ein ungewöhnliches Spiel hin, doch dann hatten Worto und Selina ständig erhöht, bis alle außer diesen beiden paßten. Worto hatte Selina gefragt, ob sie mit einer Erhöhung um fünfhundert Dukaten einverstanden sei. Selina hatte nur genickt und ihrerseits um weitere fünfhundert Dukaten erhöht. Worto hatte schwitzend gleichgezogen und dann mit seinen vier Siebenen gegen Selinas vier Ritter verloren. Da der Abend schon bis dahin nicht sehr glücklich für ihn verlaufen war und sich seine Verluste mittlerweile auf gut tausendfünfhundert Dukaten beliefen, stieg er aus dem Spiel aus und verließ das Spielzimmer.

Kaum eine halbe Stunde später hatte es die Hexe ereilt. Zelda hatte den ganzen Abend über sehr vorsichtig gespielt und kaum hohe Einsätze riskiert. Sie hatte insgesamt drei, vier Spiele gewonnen und ungefähr pari gestanden, als sie nacheinander zwei Spiele verlor, obwohl sie ein gutes Blatt hatte, eines gegen mich, das andere gegen Baldur von Hohenstein. Nachdem ihr Kapital damit auf unter fünfhundert Dukaten zusammengeschrumpft war, unternahm sie zwei Spiele später einen für sie eher ungewöhnlichen Versuch, ihre Verluste zurückzugewinnen, indem sie mit schlechten Karten zweimal um den Höchsteinsatz erhöhte. Doch Graf Ansgar von Eberswald hatte zu gute Karten, um sich davon beeindrucken zu lassen, und da ihr nach diesem Spiel kaum mehr als hundert Dukaten geblieben waren, hatte sie ebenfalls beschlossen, es bei ihren Verlusten bewenden zu lassen und aus dem Spiel auszusteigen. Auch die Hexe hatte es vorgezogen, dem Spiel nicht weiter zuzusehen, und sich sofort verabschiedet.

Wortos und Zeldas Entscheidung verdiente höchsten Respekt. Jeder, der einmal gespielt hat, weiß, wie schwer es ist, den rechten Zeitpunkt zum Aufhören zu finden, wenn man verliert – wenn man gewinnt, hat man keinen Grund zum Aufhören.

Wie gut man als Spieler auch sein mag, man kann nicht immer gewinnen. Andererseits kommt es durchaus nicht selten vor, daß man zunächst verliert und später dann die Verluste wettmacht und sogar noch gewinnt.

Für einen Spieler, der verliert, ist es also von entscheidender Bedeutung, den Zeitpunkt zu erkennen, zu dem seine Verluste so hoch geworden sind, daß er keine begründete Hoffnung mehr hat, sie noch wettmachen zu können, weil dazu ein Übermaß an Glück gehören würde.

Wortos Entscheidung, aufzuhören, war ganz offensichtlich richtig, da er eine ansehnliche Summe verloren hatte, die sich nicht mit zwei oder drei durchschnittlichen Spielen wettmachen ließ, und da er bis zum Zeitpunkt seines Ausscheidens nicht sonderlich viel Glück gehabt hatte, konnte er auch nicht davon ausgehen, daß Phex ihm nun plötzlich seine Gunst erweisen würde.

Zeldas Verluste waren zwar geringer und in zwei, drei gewöhnlichen Spielen aufzuholen, aber sie hatte kaum noch Geld und hätte sich mindestens fünfhundert Dukaten leihen müssen, um weiterspielen zu können. Und der Abgrund, der sich damit vor ihr aufgetan hätte, war finster und bodenlos. Wenn sie verlor, hatte sie fünfhundert Dukaten Schulden, und um diese Schulden zu begleichen, würde sie sich wieder etwas leihen müssen, damit sie spielen und gewinnen konnte.

Und wenn Phex kein Einsehen hatte, war das Leben eines Spielers schneller ruiniert, als man glaubte.

Viele Spieler endeten so – und meist nur deshalb, weil sie einmal nicht rechtzeitig vom Spieltisch aufgestanden waren.

Von den sieben verbliebenen Spielern hatte Selina am meisten gewonnen, vielleicht tausendfünfhundert Dukaten. Ich selbst war mit einem Gewinn von etwa dreihundert Dukaten bis zu diesem Zeitpunkt nicht unzufrieden. Baldur von Hohenstein hatte zu meiner Überraschung fast ebensoviel gewonnen.

Und er schien tatsächlich so etwas wie eine Glückssträhne zu haben. Das nächste bemerkenswertere Spiel gewann er mit einer Familie gegen Selina und Yasper, die beide hohe Drillinge hatten und zweihundertfünfzig Dukaten an ihn verloren.

In der nächsten Stunde geriet ich in eine rechte Flaute. Ich gewann zwar ab und zu ein paar kleinere Summen, so daß es für mich insgesamt bei einem kleinen Gewinn blieb, aber mit dem eigentlichen Spiel hatte ich nicht viel zu tun.

Auch die Baronin von Greifenhorst war nicht gerade vom Glück verfolgt und hatte Mühe, sich mit kleineren Gewinnen über Wasser zu halten. Zwar sind viele Leute, die sich mit dem Spiel nicht auskennen, der Ansicht, Boltan sei halsabschneiderisch und gehöre verboten, aber diese Leute übersehen immer, daß jedem Spieler zwei mächtige Waffen zur Verfügung stehen, um seine Verluste, so er denn welche erleidet, in Grenzen zu halten: Er kann jederzeit passen, und er kann jederzeit aus dem Spiel aussteigen. Wenn er dann noch die goldene Regel befolgt, sich nie mit Leuten an einen Spieltisch zu setzen, die er nicht zumindest über Dritte kennt und die ihm in ihren finanziellen Möglichkeiten nicht hoffnungslos überlegen sind, hat er kaum etwas zu fürchten – außer sich selbst.

Ich rechnete damit, daß die Baronin irgendwann die Nerven verlieren und versuchen würde, das Glück zu zwingen, indem sie hohe Einsätze auf schlechte Karten wagen oder auch mit mittelmäßigen Blättern Höchstbeträge setzen würde, aber sie war eine bessere Spielerin, als ich geglaubt hatte, da sie dieser Versuchung sehr wohl widerstand.

Statt dessen war es Yasper, den es als nächsten traf. Drogosch hatte für Karnia gegeben, was bedeutete, daß ich eröffnete, da ich links neben Karnia saß. Ich hatte keine besonderen Karten und setzte fünf Dukaten. Yasper erhöhte um zwanzig, und Graf Eberswald ging ebenso wie Baldur von Hohenstein mit. Die Baronin von Greifenhorst paßte, Selina brachte den geforderten Einsatz von fünfundzwanzig Dukaten, und nach einigem Nachdenken bot Karnia nicht nur die geforderten fünfundzwanzig, sondern erhöhte um fünfzig Dukaten.

Ich paßte ohne großes Bedauern, und nachdem Yasper und Graf Eberswald die fünfzig Dukaten gebracht hatten, stieg auch Baldur von Hohenstein aus. Selina blieb ebenfalls im Spiel.

Yasper, Selina und Karnia nahmen zwei neue Karten, während sich Graf Eberswald mit einer begnügte. Yasper eröffnete die neue Bietrunde mit dem Höchsteinsatz von hundert Dukaten. Nachdem der Graf gepaßt hatte und Selina mitgegangen war, erhöhte Karnia um hundert Dukaten und Yasper um weitere hundert, woraufhin auch Selina mit einem Seufzer des Bedauerns ausschied.

Karnia schob ihre Karten zusammen, legte sie vor sich auf den Tisch und fixierte Yasper mit ihren dunkelbraunen Augen. »Also gut, mein Lieber«, sagte sie ganz ruhig. »Wir wollen das Spiel doch nicht unnötig aufhalten. Natürlich setze ich Eure hundert Dukaten, und ich würde auch um hundert erhöhen. Aber ich mache Euch einen Vorschlag. Ihr dürft die Summe, um die ich erhöhe, selbst bestimmen. Wieviel soll ich setzen? Zweihundertfünfzig? Fünfhundert? Ihr braucht es mir nur zu sagen. Da ich sicher bin, daß mein Blatt besser ist als Eures, bin ich bereit, jeden Betrag zu setzen. Also?«

Auf Yaspers Stirn hatten sich feine Schweißperlen gebildet, denn jetzt saß er in der Klemme. Natürlich konnte er Karnias Vorschlag ablehnen, darauf bestehen, daß sie nur um die erlaubten hundert Dukaten erhöhte, und sich ihr Blatt dann ansehen oder auch passen. Andererseits hatte Yasper offensichtlich ebenfalls ein gutes Blatt und witterte einen fetten Gewinn. Hinzu kam, daß er an Ansehen, vor allem aber an Selbstvertrauen verlieren würde, wenn er nicht auf Karnias Angebot einging.

Seine Miene verriet jedoch nichts von diesen Überlegungen, die er jetzt zweifellos anstellte, während sein Blick zwischen seinen und Karnias Karten hin und her huschte, die immer noch vor ihr auf dem Tisch lagen, als wolle er durch den Rücken der Karten sehen.

Geldgier und falscher Stolz ließen ihn alle Vorsicht über Bord werfen, und da er sich einmal entschieden hatte, Karnia zu trotzen, tat er dies mit Macht. »Gut, Karnia, Ihr habt Euer Angebot gemacht. Aber ist Euch Euer Blatt auch tausend Dukaten wert?«

»Ist das jetzt ein ernsthaftes Angebot, oder klopft Ihr nur auf den Busch?« fragte Karnia mit ausdrucksloser Miene.

»Nein, es ist mir ernst. Ich halte tausend Dukaten.«

»Nun, wenn Ihr es unbedingt wollt.«

Karnia zählte sorgfältig das Geld ab und sagte schließlich: »Also bitte. Eure hundert und tausend von mir. Ihr seid an der Reihe.«

Karnias offensichtliche Gelassenheit verfehlte ihre Wirkung auf Yasper nicht. Im Grunde hatte er sich schon verpflichtet, die tausend Dukaten zu bringen, aber natürlich stand es ihm immer noch frei, den Schwanz einzuziehen und zu passen.

Und das schien er nun auch in Erwägung zu ziehen. Seine Lippen zuckten ein wenig, und die Schweißperlen auf seiner Stirn wurden dicker. Schließlich krümmte er sich ein wenig, als plagten ihn Magenschmerzen, faltete seine Karten zusammen und warf sie in die Mitte. »Ich glaube Euch«, murmelte er, um dann wie von der Maraske gestochen aufzuspringen und nach Karnias Karten zu greifen.

Die Gewürzhändlerin, die offenbar halb und halb mit einem solchen Zug gerechnet hatte, kam ihm jedoch mit einer flinken Handbewegung zuvor und schnappte ihm die Karten unter den Fingern weg.

»Nun, nun, Yasper«, sagte sie gelassen. »Wenn Euch soviel daran liegt, meine Karten zu sehen, hättet Ihr die tausend Dukaten setzen sollen. Aber ich mache Euch einen Vorschlag: Für hundert Dukaten bin ich bereit, Euch einen Blick darauf werfen zu lassen.«

»Bei Phex, Karnia, ich muß wissen, was Ihr hattet! Sagt es mir!«

Karnia reichte Drogosch ihre Karten, der bereits damit begonnen hatte, für das nächste Spiel zu mischen. »Gut, Yasper, weil Ihr es seid. Ich hatte drei Vieren. Nun, hattet Ihr ein besseres Blatt?«

Natürlich hatte Yasper ein besseres Blatt gehabt, aber wahrscheinlich log Karnia, um Yasper noch mehr aus der Fassung zu bringen, was ihr nur zu gut gelang. Obwohl sich seine Verluste in diesem einen Spiel in Grenzen hielten und er dadurch, daß er gepaßt hatte, möglicherweise größeren Schaden für seinen Beutel abgewendet hatte, schien ihm die Art und Weise, wie Karnia ihn ausmanövriert hatte, doch einen schweren Schlag versetzt zu haben.

In den nächsten Spielen wirkte er zerstreut, setzte unvernünftig und schien von dem einen Gedanken besessen zu sein, es der Gewürzhändlerin heimzuzahlen, da er seine Einsätze ganz nach den ihren richtete. Karnia nutzte das aus, indem sie einige Male um hundert Dukaten erhöhte, um dann, wenn außer Yasper noch andere Spieler mitgingen, mit vergnügtem Lächeln zu passen, und da Yasper in diesen Fällen nie die besten Karten hatte, verlor er in kurzer Zeit eine beachtliche Summe.

Schließlich sah Yasper ein, daß er sich mit seinem Spiel nur selbst schadete, aber an diesem Abend gab es für ihn kein Zurück mehr. Weitere drei Spiele später fügte Yasper sich in das Unvermeidliche und stieg mit einem Gesamtverlust von weit über tausend Dukaten aus dem Spiel aus.

# 6. Kapitel

Nach Yaspers vorzeitigem Abschied hatte es zunächst den Anschein, als geschähe nicht mehr viel. Thanos bat darum, die Runde verlassen zu dürfen, und nachdem er uns versichert hatte, daß keiner der übrigen Spieler der Magie kundig sei und auf solche Weise betrügen könne, erteilten wir ihm die gewünschte Erlaubnis.

Wir alle spielten jetzt sehr vorsichtig, und die Einsätze blieben niedrig, so daß es ein ziemlich zähes Ringen war.

Ich hatte mich bereits damit abgefunden, daß ich das angestrebte Ziel, tausend Dukaten zu gewinnen, heute nicht mehr erreichen würde und schon zufrieden sein müßte, nichts verloren zu haben, als ich endlich einmal ein gutes Blatt bekam: erstaunlicherweise wiederum drei Wahrsagerinnen, gerade wie bei meinem letzten Spiel gegen Baldur von Hohenstein.

Drogosch hatte für Karnia gegeben, so daß ich eröffnen mußte. Ich beschloß, es gemächlich anzugehen, und setzte zehn Dukaten. Der Graf ging mit, und Baldur von Hohenstein erhöhte um zehn Dukaten. Selina ging mit – und, nach längerem Überlegen, auch die Baronin von Greifenhorst. Die Nelke erhöhte um zwanzig Dukaten.

Das versprach ein bemerkenswertes Spiel zu werden. Ich schob die dreißig Dukaten in die Mitte, die ich noch zu bringen hatte, und weitere dreißig hinterher.

»Das sind sechzig Dukaten für Euch, Graf, wenn Ihr mitgehen wollt«, meldete sich Drogosch zu Wort, doch der Graf hatte seine Karten bereits zusammengelegt und in die Mitte des Tisches geworfen.

»Und fünfzig für mich, Drogosch, ich weiß«, meldete sich Baldur von Hohenstein zu Wort, in den jetzt Leben kam. Er trank einen Schluck aus seinem Weinkelch und rieb sich nachdenklich das Kinn. Dann zählte er hundert Dukaten ab und schob sie in die Mitte. »Ich erhöhe noch einmal um fünfzig.«

Die Baronin von Greifenhorst paßte. Selina wandte sich fragend an Drogosch. »Wieviel wären das für mich?«

»Hundert Dukaten, wenn Ihr mitgehen wollte, Selina. Und achtzig für Euch, Karnia«, sagte er, an die Nelke gewandt.

Selina ließ sich Zeit. Hundert Dukaten waren eine Menge Geld, und sie schien ihrem Blatt nicht das größte Vertrauen entgegenzubringen. Schließlich schob sie widerwillig ihre Karten zusammen und legte sie fast zärtlich in die Mitte, wo bereits Graf von Eberswalds und Baronin von Greifenhorsts Karten lagen.

»Nun«, sagte Karnia fröhlich, »dafür sind wir ja schließlich hier, oder?« und schob achtzig Dukaten in die Mitte.

Im Geist überschlug ich noch einmal, was bisher an Einsätzen zusammengekommen war: dreihundertsechzig Dukaten, vierhundertzehn, wenn ich die fünfzig Dukaten des Barons noch setzte, davon hundertzwanzig von mir. Nicht schlecht.

Ich zählte hundertfünfzig Dukaten ab und verkündete gelassen: »Ich erhöhe noch einmal um hundert.«

Der Baron zögerte keinen Augenblick lang. »Was Euch recht ist, soll mir billig sein. Eure hundert und noch einmal hundert von mir.«

Karnias Miene war nun nicht mehr ganz so fröhlich, als sie die zweihundert Dukaten in die Mitte schob. »Ich hoffe nicht, daß mich die Herren jetzt in die Zange nehmen«, bemerkte sie ein wenig säuerlich.

»Keine Angst, Karnia«, sagte ich mit einem anzüglichen Schmunzeln, während ich lediglich die hundert Dukaten des Barons bot und die Runde damit beendete, »da müßt Ihr Euch jemand anders suchen.« Selina kicherte verhalten, aber weder der Baron noch Karnia reagierten auf meine Bemerkung. Beide blickten mit gerunzelter Stirn in ihr Blatt.

Ich nahm zwei neue Karten, der Baron eine und Karnia ebenfalls zwei. Ich legte meine beiden neuen Karten auf die drei alten, hob die Karten als Stapel auf und fächerte sie langsam auseinander, während ich aus den Augenwinkeln meine beiden Konkurrenten beobachtete. Der Baron sah sich seine neue Karte nicht an, sondern legte sie nur zu den vieren, die er behalten hatte, verschränkte die Arme und wartete. Karnia hob die erste ihrer neuen Karten auf und warf einen kurzen Blick darauf, um mit der zweiten ebenso zu verfahren. Dann stieß sie einen kleinen Seufzer aus, legte die beiden Karten zu den dreien, die sie behalten hatte, und verschränkte ebenfalls die Arme, um mich erwartungsvoll anzusehen.

»Euer Gebot, Halgor«, forderte mich Drogosch auf.

Ich konzentrierte mich jetzt ganz auf mein Blatt, und als ich den ersten richtigen Blick auf meine Karten warf, mußte ich meine ganze Selbstbeherrschung aufbieten, um mich nicht von der Überraschung zu einer verräterischen Regung hinreißen zu lassen – ich hielt fünf Wahrsagerinnen in der Hand!

Wilde Freude durchbrauste mich. Dieses Spiel würde mir jetzt schon einen Gewinn von fast siebenhundert Dukaten einbringen, aber mit etwas Glück würden daraus vielleicht zweitausend.

Ich faltete meine Karten zusammen und registrierte dabei befriedigt, daß meine Hände ganz ruhig waren und nicht im geringsten zitterten. »Hundert Dukaten«, sagte ich gelassen, während ich das Geld in die Mitte schob.

Ich hatte kaum ausgeredet, als Seine Hochgeboren bereits das Geld abzählte und mit gespielter Beiläufigkeit kundtat: »Und weitere hundert von mir.«

Karnia überlegte nicht lange. Ihr Blick wanderte von mir zu von Hohenstein und wieder zu mir zurück, dann seufzte sie tief und warf ihre Karten mit einem eleganten Schlenker des Handgelenks in die Tischmitte. »Ohne mich.«

Ich konnte mich noch ganz genau an die Szene von vor zwei Tagen erinnern, und jetzt war ich es, der sich Zeit ließ. Ich genoß die Situation und wollte sie möglichst lange auskosten. Nachdem ich einen Schluck Wasser getrunken hatte, lehnte ich mich zurück und fixierte Baldur von Hohenstein, der meinen Blick überraschenderweise mit spöttischer Herausforderung erwiderte.

»Also gut, Baron«, sagte ich schließlich. »Ich mache Euch einen Vorschlag. Ich bin bereit, tausend Dukaten auf mein Blatt zu setzen ... wenn Ihr nichts dagegen habt«, wiederholte ich unseren Dialog von vor zwei Tagen, diesmal jedoch mit vertauschten Rollen. »Ich weiß, daß ich nur um hundert Dukaten erhöhen darf, aber ich weiß auch, daß Ihr ein mutiger Mann seid und mein Angebot gewiß nicht ausschlagen werdet. Nun, was sagt Ihr?«

Der Baron schien die Situation ebenfalls zu genießen – nun, sollte er, das bittere Erwachen würde noch früh genug für ihn kommen. Er leckte sich die Lippen und hob sein Blatt auf, um es ausgiebig zu betrachten. Dann faltete er es wieder zusammen und musterte mich durchdringend. »Ich bin mit einer Erhöhung um tausend Dukaten einverstanden«, sagte er mit leicht zitternder Stimme. »Das wären dann eintausendundeinhundert Dukaten für Euch.«

Die tausendeinhundert Dukaten waren fast alles, was ich auf dem Tisch liegen hatte. Nachdem ich das Geld abgezählt hatte, blieben mir vielleicht noch dreißig Dukaten. »Also bitte, Baron«, sagte ich. »Ich habe meinen Einsatz gemacht. Euer Gebot.«

Und diesmal ließ er mich zappeln. »Selbstverständlich habt Ihr bei Eurem Gebot auch berücksichtigt, daß es mir freisteht, Euch nun noch einmal um tausend Dukaten zu überbieten, Halgor. Oder etwa nicht?«

Das waren beinahe dieselben Worte, mit denen ich ihn vor zwei Tagen gereizt hatte, und plötzlich überfiel mich ein dumpfes Gefühl drohenden Unheils, ein Gefühl, als stünde ich vor einem tiefen Abgrund und sei kurz davor, einen Schritt zu weit zu gehen.

Ich schüttelte das Gefühl ab. Ich hatte fünf Wahrsagerinnen. Es gab überhaupt nur zwei Blätter, mit denen der Baron mich schlagen konnte. Nein, ich würde dieses Spiel gewinnen.

Ich blieb gelassen. »Selbstverständlich, Euer Hochgeboren. Tut Euch keinen Zwang an. Drogosch weiß, daß ich für weitere tausend gut bin.«

Drogosch nickte kurz und sagte: »Er hat die Summe bei mir hinterlegt, Baron. Solltet Ihr gewinnen, kann ich Euch das Geld noch heute ausbezahlen.«

»Gut.« Der Baron nickte und zählte Geld ab. »Das sind tausend Dukaten«, verkündete er großspurig und schob das Geld in die Mitte. »Und das«, fuhr er fort, während er in eine Innentasche seiner weinroten Samtjacke griff und einen Beutel zückte, »sind weitere tausend. Nun, Halgor, wie ist es? Haltet Ihr mein Gebot?«

Zum erstenmal fiel mir die Stille in dem Raum auf. Alle Anwesenden schienen den Atem anzuhalten. Karnias Wangen hatten sich gerötet, während die Baronin von Greifenhorst totenbleich geworden war. Drogosch und der Graf wirkten äußerlich ungerührt, und nur Selina hatte sich entspannt zurückgelehnt und beobachtete das Schauspiel mit offensichtlichem Vergnügen. Möglicherweise hatte ich ihr Vermögen zu niedrig angesetzt, da sie die Höhe des Einsatzes als einzige tatsächlich kalt zu lassen schien.

Nun, mit diesem Spiel würde ich mein Vermögen mehr als verdoppeln und damit mein Ziel praktisch erreichen. Und der Abend war noch nicht vorbei. »Ich halte«, sagte ich mit heiserer Stimme. »Und nun zeigt Euer Blatt, Baron.«

Der Baron beugte sich vor. »Vier Asse, Halgor«, sagte er, während er vier seiner Karten aufdeckte. Kein schlechtes Blatt. »Zeigt mehr, wenn Ihr könnt.« Dabei musterte er mich mit so viel Häme, daß mir ein eiskalter Schauer über den Rücken lief.

»Fünf Wahrsagerinnen«, gab ich zurück und deckte mein Blatt auf, während Karnia und die Baronin gemeinsam einen lauten Seufzer ausstießen. »Reicht Euch das, Baron?« Ich beugte mich vor, um meinen Gewinn einzustreichen.

»Nicht ganz«, sagte er mit so schneidender Stimme, daß ich in der Bewegung innehielt. Ich sah auf. Er hielt die eine Karte hoch, die er noch nicht aufgedeckt hatte, und legte sie dann mit einer verschnörkelten, schwungvollen Bewegung zu den anderen vier.

Ich starrte verständnislos auf die Karte, die ich nur allzugut kannte. Wie war das möglich? Ich konnte es nicht fassen, ich konnte es nicht begreifen. Wie hatte das geschehen können? *Phex, warum hast du mich verlassen?*

Und dann wurde mir plötzlich klar, daß ich alles verloren hatte. Mein ganzes Vermögen. Zweitausend Dukaten. Denn die Karte, die Baldur von Hohenstein umgedreht hatte, war das As des Feuers.

# 7. Kapitel

In der Totenstille des Zimmers dröhnte mir mein Puls-schlag wie Donner in den Ohren, und die Schärfe meiner Sinne schien sich um ein Vielfaches gesteigert zu haben. Dagegen hatte ich die Gewalt über meinen Körper anscheinend verloren. Ich war unfähig, mich zu bewegen, und meine Gedanken irrten ziellos im Kreise.

Dann beugte sich Baldur von Hohenstein mit einem dünnen Kichern vor, um seinen Gewinn einzustrei-chen, und der Bann war gebrochen.

Ich war vollkommen erledigt, mittellos, mußte wie-der ganz von vorn anfangen. Nein, das konnte nicht sein, durfte nicht sein. Ich brauchte nur ein wenig Geld. Die dreißig Dukaten, die mir geblieben waren, reichten nicht, um im Spiel zu bleiben, aber im Spiel bleiben mußte ich, wenn ich zumindest einen Teil mei-nes Verlusts zurückgewinnen wollte.

Und das wollte ich in diesem Augenblick mehr als alles andere auf der Welt. Baldur von Hohenstein hatte einfach unverschämtes, unbegreifliches Glück gehabt. Ich brauchte lediglich fünfhundert Dukaten, dann, davon war ich überzeugt, würde ich wenigstens einen Teil meines Verlusts zurückgewinnen.

Wäre Yasper noch im Spiel gewesen, hätte ich mir das Geld sofort von ihm geliehen. Bedauerlicherweise hatte sich der Geldverleiher aber bereits verabschiedet, so daß mir diese Möglichkeit nicht offenstand.

Und da fiel mir Marisha ein. Natürlich, Marisha besaß tausend Dukaten. Zweifellos würde sie mir die fünfhundert leihen. Schließlich hatte ich nur unglaubliches Pech gehabt. Ich würde zu ihr gehen und sie fragen. Wenn alles gutginge, könnte ich in einer knappen Stunde mit dem Geld wieder hier sein und weiterspielen.

Ich riß mich zusammen und sagte so gelassen, wie es mir nur möglich war: »Ich lege eine Pause ein. Ich denke, daß ich in einer Stunde weiterspielen werde – wenn die Damen und Herren nichts dagegen haben.«

»Gewiß, gewiß«, murmelte Baldur von Hohenstein. »Ein harter Schlag für Euch, ich weiß. Ich an Eurer Stelle müßte mich auch erst einmal davon erholen. Vielleicht ist Phex Euch in einer Stunde besser gesonnen.« Sein spöttisches Lächeln wies seine Worte als das aus, was sie waren: blanker Hohn.

Noch ist nicht aller Tage Abend, dachte ich, als ich mit zusammengebissenen Zähnen den Raum verließ.

Kaum hatte ich die Tür des Spielzimmers hinter mir geschlossen, als mir ein neuer Gedanke kam: War bei diesem Spiel tatsächlich alles mit rechten Dingen zugegangen? Wann hatten bei einem Boltan-Spiel jemals fünf Wahrsagerinnen gegen fünf Asse verloren? Doch welche Möglichkeiten für einen Betrug gab es?

Eines war klar: Wenn Baldur von Hohenstein betrogen hatte, konnte er eine solche Täuschung nicht allein ins Werk gesetzt haben. Und es gab nur zwei Personen, die ihm hätten helfen können: Drogosch als Geber und Thanos der Magier.

Die Möglichkeit, daß Drogosch Baldur von Hohenstein bei einem Betrug geholfen hatte, schied von vornherein aus. Drogosch mochte ein habgieriger Zwerg und der Besitzer eines Bordells sein, aber er gäbe sich nicht zu einem solchen Betrug her. Zum einen deshalb, weil er ein Ehrenmann war, aber zum anderen – und dieser Punkt war entscheidend – weil immer die Möglichkeit bestand, daß ein derartiger Betrug aufflog, und der Schaden, der seinem Ruf damit zugefügt worden wäre, wäre vernichtend gewesen.

Nein, Drogosch konnte nicht an einem Betrug beteiligt sein, schon gar nicht in seinem eigenen Haus – wenigstens nicht freiwillig.

Dieser neue Gedanke ließ mich innehalten. Konnte Drogosch zu einem abgekarteten Spiel gezwungen worden sein? Die nötigen Kenntnisse für einen solchen Betrug besaß er ganz zweifellos. Plötzlich kam es mir merkwürdig vor, daß Drogosch sich nicht selbst am Spiel beteiligt, sondern nur die Aufgabe des Gebens übernommen hatte. Gewiß wäre es ihm nicht schwergefallen, eine andere Person für das Geberamt zu finden. Und Drogosch ließ sich sonst nie die Gelegenheit entgehen, an einem guten Spiel teilzunehmen.

Aber wer konnte Drogosch gezwungen haben? Baldur von Hohenstein? Was hätte der gegen Drogosch in der Hand haben sollen? Das klang alles sehr unwahrscheinlich.

Ich ließ diese Frage für den Augenblick unbeantwortet und wandte mich der zweiten Möglichkeit zu: Thanos der Magier. Gewiß standen dem Magier einige Möglichkeiten zu Gebote, einen Betrug einzufädeln, aber damit riskierte er auch eine ganze Menge. Vielleicht steckte Thanos in einer finanziellen Klemme und war vom Baron bestochen worden.

Fragen über Fragen. Ich beschloß, dem Magier einen kurzen Besuch abzustatten und ihm ein wenig auf den Zahn zu fühlen, bevor ich zu Marisha ging, um mir Geld von ihr zu leihen.

Ich erkundigte mich am Empfang nach dem Aufenthaltsort des Magiers, und die zuständige Dame sagte mir, der Magier habe vor einer Weile das Haus verlassen, um sich im Park des Rahja-Tempels ein wenig die Beine zu vertreten.

Der Park lag mehr oder weniger auf dem Weg zu den *Sechzehn Ministerinnen,* und der kleine Umweg würde mich nicht viel Zeit kosten. Ich verließ *Levthans Horn* und ging die Kaiserthermen entlang, bis ich den

Parkeingang unmittelbar gegenüber vom *Roten Schleier* erreichte. Es war noch nicht einmal Mitternacht, und die Straßen und der Park, der sich besonders bei Liebespaaren großer Beliebtheit erfreute, waren noch ziemlich belebt.

Ich blieb im Parkeingang stehen und hielt Ausschau nach dem Magier. Mir wurde plötzlich klar, daß eine längere Suche im ausgedehnten Parkgelände hoffnungslos war, und wenn ich den Magier nicht durch Zufall hier im Eingangsbereich entdeckte, sollte ich doch zunächst zu Marisha gehen, um mir das Geld von ihr zu borgen. Wahrscheinlich war Thanos ohnehin wieder im *Horn*, wenn ich zurückkehrte, und dann blieb immer noch Zeit, ihm ein paar Fragen zu stellen.

Ich wollte mich gerade abwenden, als mich eine Stimme aus dem Schatten einer nahe gelegenen Baumgruppe innehalten ließ.

»Sucht Ihr vielleicht jemanden... Halgor, nicht wahr?«

Ich tat ein paar Schritte in den Park hinein, da ich den Sprecher vom Eingang aus nicht erkennen konnte. Und dort zwischen den Bäumen saß der Magier Thanos auf einer Bank. Nun, das konnte mir nur recht sein.

»Ah, Thanos, Ihr seid es. Entspannt Ihr Euch von der Arbeit und laßt ein wenig die Beine baumeln?«

»Ja. Und was ist mit Euch? War Phex Euch nicht wohlgesonnen? Oder habt Ihr nur eine Pause eingelegt, um neue Kraft zu schöpfen?«

»Beides, Thanos, beides«, antwortete ich wahrheitsgemäß, um dann fortzufahren: »Sagt, Thanos, ich kenne Drogosch schon recht lange, habe Euch aber noch nie bei ihm gesehen. Arbeitet Ihr schon lange für ihn?«

»Nun, wenn er die Dienste eines Magus braucht, wendet er sich in der Regel an mich.« Er hielt kurz inne, als denke er nach, dann sagte er: »Ich arbeite nicht ausschließlich für ihn, aber wir kennen uns bereits seit einigen Jahren. Warum fragt Ihr?«

Mittlerweile hatte ich mich der Bank genähert. Thanos saß mit übereinandergeschlagenen Beinen da und betrachtete mich neugierig. Natürlich war ich auf diese Frage vorbereitet. »Nun, ich mache mir Gedanken darüber, wieso Ihr sicher sein könnt, daß ein Spiel nicht vielleicht doch magisch beeinflußt wird.«

Zu meiner Überraschung antwortete der Magier, ohne zu zögern. »Ich kann nie völlig sicher sein. Niemand kann in Dingen der Magie über irgend etwas völlige Sicherheit haben.« Für einen Augenblick hielt er inne, dann sagte er zögernd: »Ihr habt hoch verloren, und jetzt argwöhnt Ihr, daß nicht alles mit rechten Dingen zugegangen ist…«

»Nun ja… Die Umstände waren einigermaßen merkwürdig«, räumte ich ein.

»Ich könnte nachprüfen, ob im Spielzimmer irgendwelche Spuren zu finden sind«, erbot sich der Magier. »Ein kleiner Zauber, keine große Sache…«

»Ich weiß nicht recht.« Die ganze Sache gefiel mir immer weniger. Thanos machte einen ehrlichen, hilfsbereiten Eindruck, aber mich beschlich ein ungutes Gefühl, das mit jedem Augenblick stärker wurde. Eine innere Stimme flüsterte mir immer eindringlichere Warnungen zu.

Der Magier winkte ab. »Ich muß mich ohnehin davon überzeugen. Der Zweifel, den Ihr angemeldet habt, fällt auf mich zurück. Sollte tatsächlich jemand an den Karten herumgepfuscht haben, muß ich das in Erfahrung bringen.«

Während der Magier die Augen schloß und sich zu sammeln schien, schwoll das warnende Flüstern in meinem Kopf zu einem unüberhörbaren Schrei an, aber gerade als ich mich darauf besonnen hatte, die Warnung zu beherzigen und mich aus dem Staub zu machen, öffnete Thanos die Augen, streckte die offene rechte Hand in meine Richtung aus und murmelte ein paar Worte.

Augenblicklich überfiel mich eine ungeahnte Schwäche, und die Beine knickten unter mir weg. Thanos hatte sich bereits mit einer geschmeidigen Bewegung von der Bank erhoben und ging auf mich zu. Er hatte einen stumpfen Gegenstand in der Hand, und als er den Arm hob, sah ich, daß es sich um einen Knüppel handelte.

Ich wollte die Arme hochreißen, um den Kopf zu schützen, doch es war bereits zu spät. *Also doch Betrug*, dachte ich noch, bevor die Waffe auf meinen Schädel niedersauste und alles um mich herum in tiefster Schwärze versank.

# Zwischenspiel

So weit, so gut. Halgor das As, der Spieler, sein Nebenbuhler bei der unvergleichlichen Kurtisane Marisha, lag bewußtlos vor ihm. Bisher war alles fehlerlos nach Plan gelaufen, was nachträglich betrachtet doch einigermaßen erstaunlich war, wenn er bedachte, wieviel vom Verhalten seines Bruders abgehangen hatte.

Der Tölpel hatte tatsächlich alles richtig gemacht und seine Rolle sogar viel besser als erwartet gespielt.

Er lachte boshaft in sich hinein. Nach Baldurs unglaublicher Vorstellung vor zwei Tagen hatte nichts mehr mißlingen können.

Er schüttelte den Kopf. Wie einfältig diese angeblich so vorsichtigen und gerissenen Spieler doch waren! Sie zu täuschen war ein Kinderspiel gewesen. Der echte Thanos schlief tief und fest und würde sich nach dem Aufwachen an nichts mehr erinnern. Die Illusion, mit der er sich als Thanos ausgegeben hatte, war makellos gewesen.

Und zu jenem Zeitpunkt war Drogosch längst instruiert gewesen. Er hatte einen *Imperavi Animus* gegen ihn gewirkt, einen schwierigen Zauber, zumal wenn man ihn gegen einen Zwerg zur Anwendung brachte, und er hatte den Zauber nur dank der Hilfe des Finsteren vollständig gemeistert. Und so hatte Drogosch auf seinen Befehl hin das Spiel gegeben, dessen Ausgang von vornherein feststand, als er, Wolfherr von Hohenstein, den richtigen Zeitpunkt für gekommen gehalten hatte.

Er kicherte wieder. Baldur schwelgte jetzt gewiß im Hochgefühl seines Triumphs. Aber auch seinen Bruder erwartete noch eine hübsche Überraschung, wenn er sich wie vereinbart nach Spielende hier mit ihm traf. Diese Nacht würde er genießen. Bei allen Dämonen, wie er sich auf seine Rache freute!

Doch zunächst mußte er noch ein paar Vorkehrungen treffen. Er packte den bewußtlosen Spieler, schleifte ihn tiefer in den Schatten des kleinen Gehölzes, so daß er von zufällig vorbeikommenden Spaziergängern nicht gesehen werden konnte, und fesselte und knebelte ihn. Dann setzte er sich wieder auf die Bank und wartete, während sich in seinen Eingeweiden ein angenehmes Gefühl der Wärme ausbreitete und sich sein Gesicht zu einer Maske grausamer Häme verzog. Als er in ein lautes, keckerndes Gelächter ausbrach, beschlich ihn selbst für einen kurzen Augenblick ein Grausen vor der unbarmherzigen Kälte, die darin mitschwang.

Er hätte damit rechnen müssen, daß Baldur seine eindringliche Ermahnung, das Spiel eine halbe Stunde nach seinem großen Sieg über Halgor zu beenden und sich wie abgesprochen hier mit ihm zu treffen, in den Wind schlüge. Sein eigener Zeitplan war hervorragend aufgegangen. Eine Viertelstunde nachdem er Halgor ausgeschaltet hatte, war die Wirkung des Zaubers erloschen, der ihm Thanos' Aussehen verliehen hatte, und seitdem war fast eine Stunde verstrichen. Der Spieler war zwischendurch aus seiner Bewußtlosigkeit erwacht, und um kein unnötiges Wagnis einzugehen, hatte Wolfherr ihm eine weitere Behandlung mit dem Knüppel angedeihen lassen.

Als sein Bruder schließlich fröhlich pfeifend im Eingang des Parks erschien, kochte Wolfherr vor Wut. Doch dann geschah etwas Merkwürdiges: Mit jedem Schritt, den Baldur näher kam, wurde Wolfherr ruhiger, während ihn zugleich eine grimmige Vorfreude ergriff. Endlich war es soweit. In wenigen Augenblicken würde er seinem Bruder das heimzahlen, was dieser ihm in all den Jahren angetan hatte. Seine Hand umklammerte den Dolch in der Jackentasche. Mit einem raschen Rundumblick überzeugte er sich davon, daß sich keine Spaziergänger in unmittelbarer Nähe befanden.

»Wolfherr, du hättest dabeisein sollen«, plapperte Baldur aufgeregt los. »Dieser hochnäsige Spieler hat einen Denkzettel bekommen, den er so schnell nicht vergessen wird.« Baldur kicherte weibisch. »Ich glaube fast, er hat alles verloren, was er besaß. Geschieht ihm ganz recht.«

»Du hast deine Sache wirklich großartig gemacht«, sagte Wolfherr, dem bei diesen Worten beinahe übel wurde. Er erhob sich und ging seinem Bruder mit offenen Armen entgegen.

Als er Baldur in die Arme schloß, hatte er ein Gefühl, als stünde die Zeit still. Er spürte Baldurs Herz an seiner Brust schlagen, spürte seinen Atem an der Wange, spürte den erhitzten Körper, und plötzlich durchzuckte ihn eine Erregung, wie er sie noch nie empfunden hatte. All das lag jetzt in seiner Hand, das Herz, das in wenigen Sekunden zu schlagen aufhören würde, der Atem, der erlöschen würde, die Wärme, die diesen Körper in einigen Stunden verlassen haben würde. Die Rache war sein.

Seine rechte Hand glitt in die Jackentasche und umschloß den Griff des Dolchs. Dann flüsterte, hauchte er Baldur fast zärtlich ins Ohr: »Du bist tot, Bruder. Dies ist meine Rache für ein Leben der Demütigung.«

Im letzten Augenblick, kurz bevor sich der Dolch in Baldurs Herz bohrte, spürte Wolfherr, wie der Bruder erstarrte. Wolfherr löste sich aus der Umarmung, und einen Augenblick später war die Klinge bis zum Heft in Baldurs Brust verschwunden, dessen Gesicht sich zu einer Grimasse fassungslosen Erstaunens verzogen hatte.

*Du bist tot, du bist tot*, frohlockte Wolfherr innerlich, als er den Dolch mit einem heftigen Ruck aus Baldurs Brust riß und gleichzeitig zwei Schritte zurücksprang, um nicht von dem hervorspritzenden Blut besudelt zu werden. Dabei beobachtete er seinen Bruder ganz genau, und so entging ihm auch nicht der Augenblick, als dessen Augen sich trübten und blicklos wurden, als das Leben aus ihm wich und er schlaff wie ein nasser Sack zusammenbrach und reglos liegenblieb.

Von diesem Augenblick hatte er geträumt, wahrscheinlich sein ganzes Leben lang, aber er hätte nie gedacht, daß die Tat so befriedigend wäre, so erregend, so erfüllend.

Er riß sich zusammen. Er hätte später noch Zeit genug, in seinem Wonnegefühl zu schwelgen, jetzt gab es noch eine Menge für ihn zu tun.

Er eilte in das Gebüsch, wo der Spieler lag. Ja, das sogenannte As – Wolfherr mußte über diesen nun doch eher unpassenden Namen grinsen – war noch bewußtlos. Er löste dem Spieler Fesseln und Knebel und schleifte ihn zu seinem Bruder.

Etwa dreihundert Schritt entfernt waren jetzt zwei Spaziergänger aufgetaucht, wahrscheinlich ein Liebespaar. Da der Ort des Geschehens von weitem nicht einzusehen war, blieb Wolfherr dennoch genügend Zeit, die Szene zu vollenden, deren Ausgestaltung er sich genau überlegt hatte.

Er packte den Kopf seines Bruders an den Haaren und riß ihn hoch, dann stieß er ihm den Dolch in die linke Schulter, zog ihn wieder heraus und ließ ihn einfach zu Boden fallen, um gleich darauf Baldurs Kopf loszulassen, so daß dessen Oberkörper auf dem Dolch zu liegen kam.

Dann zog er den Knüppel aus der Tasche, drückte ihn seinem Bruder in die Hand, schloß die Finger darum, hob den Arm an und ließ ihn wieder los. Der Arm fiel schlaff zu Boden, der Totschläger löste sich aus den Fingern und rollte ein Stück, bevor er einen Spann von der Hand entfernt liegenblieb. Schließlich legte er den bewußtlosen Spieler so, daß er halb auf dem toten Bruder lag.

Wolfherr erhob sich, trat zwei, drei Schritte zurück und begutachtete sein Werk. Ein klarer Fall. Die Garde würde wenig Mühe haben, sich zusammenzureimen, was hier geschehen war.

Er warf noch einen letzten Blick auf den toten Bruder und den bewußtlosen Spieler, dann drehte er sich um und ging entschlossenen Schrittes zum Parkausgang.

Er hatte den Park längst verlassen und war gut zweihundert Schritt vom Ausgang entfernt, als ein Aufschrei aus dem Park ertönte. Offenbar hatte das Paar den Schauplatz der schändlichen Tat entdeckt. Sehr gut.

Plötzlich wurde er dessen gewahr, daß sein ganzer Körper kribbelte und prickelte; er zersprang fast vor Energie und Tatendurst... Und dann hatte er das Gefühl, als werde ihm ein Gedanke eingeflüstert, ein Gedanke, der ihm von allein, so schoß es ihm durch den Kopf, in diesem Augenblick gewiß nie gekommen wäre: Marisha zu besuchen und in ihren weichen weißen Armen Entspannung zu finden.

*Der Dämon?* fragte er sich, aber die Vorstellung, die Angebetete bald in den Armen zu halten, hatte kaum in seinem Kopf Gestalt angenommen, als sie sich auch schon wie ein Waldbrand ausbreitete und alle Bedenken und Zweifel mit ihren Flammen verzehrte.

Voller Erwartung strebte er eiligen Schrittes den *Sechzehn Ministerinnen* entgegen.

In dem Edelbordell erwartete ihn eine unangenehme Überraschung: Man verweigerte ihm einen Besuch bei Marisha – eine unglaubliche Frechheit! Als er nach dem Grund fragte, sagte man ihm kurzerhand, Ihre Exzellenz wolle ihn nicht empfangen, aber selbstverständlich könne er bei einer anderen Ministerin um eine Audienz ersuchen.

Er lehnte mit mühsam unterdrückter Wut ab und verließ das Freudenhaus. Glücklicherweise wußte er Rat. In einer dunklen Ecke wirkte er noch einmal einen *Impostoris*, jenen Zauber, der es ihm erlaubte, das Aussehen eines anderen anzunehmen.

Einer plötzlichen Eingebung folgend, verlieh er sich jedoch nicht einfach das Aussehen irgendeiner beliebigen Person, sondern wählte aus zwei naheliegenden Gründen die Gestalt von Halgor dem As: Zum einen hatte er sich in Gedanken in den letzten Wochen und ganz besonders heute ausgiebig mit dem Spieler beschäftigt. Sein Gesicht war ihm so gegenwärtig wie das keines anderen – vielleicht mit Ausnahme der Züge seines Bruders –, und die Wirkung des Zaubers war um so erstaunlicher, je klarer dem Magus das geistige Abbild vor Augen stand. Außerdem kannte er die Stimme des Spielers und konnte sie leidlich überzeugend nachahmen, ebenso wie seinen Gang und seine Gestik, auf die sich die Wirkung des Zaubers bedauerlicherweise nicht erstreckte. Und zum anderen würde ihn diese Gestalt, so hoffte er, in wenigen Minuten in den Genuß der uneingeschränkten Zuneigung seiner Angebeteten bringen – angesichts der heutigen Ereignisse eine nicht geringe Ironie, die ihm seine Rache noch zusätzlich versüßte.

Am Empfang verlief alles nach Wunsch. Man begrüßte ihn wie einen alten Bekannten (der er ja auch war), fast schon wie ein Familienmitglied, und er brauchte nicht einmal etwas zu bezahlen – vermutlich hatte der Spieler eine langfristige Vereinbarung mit der Oberrätin getroffen. Er gab sich einsilbig, und als er die rasch gestellte Frage, ob Phex ihm heute beim Spiel hold gewesen sei, mit Leichenbittermiene und Grabesstimme verneinte, behelligte man ihn nicht weiter und ließ ihn passieren.

Als er an die Tür von Marishas Zimmer klopfte, schlug ihm das Herz vor Aufregung im Hals. Und er wurde nicht enttäuscht. Die Tür öffnete sich, und vor ihm stand die schönste und begehrenswerteste Frau, die er je gesehen hatte, lediglich in einige mehr oder weniger durchsichtige Schleier gehüllt. Ihr bloßer Anblick reichte, um sein Blut in Wallung zu bringen und heiße Leidenschaft in ihm zu entfachen, und als sie ihn mit einem verliebten, zärtlichen Lächeln ansah, verlor er beinahe die Besinnung.

Er riß sich gerade noch lange genug zusammen, um die Tür hinter sich zu schließen, dann ließ er seinen Gefühlen freien Lauf und zog sie leidenschaftlich an sich. Er ließ seine Hände genießerisch über ihren vollen, sinnlich gerundeten Körper wandern und preßte seine Lippen auf die ihren. Sie erwiderte zunächst den Kuß, aber dann schien plötzlich irgend etwas nicht zu stimmen, denn ihre Hände, die gerade noch zärtlich seinen Nacken gestreichelt hatten, drückten auf einmal gegen seine Brust und wehrten sich gegen seine Umarmung, und sie verschloß ihre Lippen und wendete das Gesicht von ihm ab.

»Halgor?« fragte sie mit einem verwirrten und fast angewiderten Tonfall in der Stimme, bei dem sich ein roter Wutschleier vor seinen Blick legte, während sie ihn eindringlich und auch ein wenig ängstlich musterte. »Was ist los mit dir? Du bist so... Halgor?« Sie wollte sich von ihm lösen, doch er hielt sie fest. Dann gab sie nach und schmiegte sich wieder an ihn, strich mit ihren langen schlanken Fingern über seinen Körper, betastete ihn. Er wollte sie gerade wieder küssen, als sie ihm plötzlich einen heftigen Stoß versetzte, der ihn unvorbereitet traf und kurz aus dem Gleichgewicht brachte.

»Ihr seid nicht Halgor!« sagte sie mit erhobener Stimme. »Welch schändlicher Betrug ist das? Oh, ich weiß genau, wer Ihr seid, Herr Magus, und wenn Ihr nicht sofort verschwindet, rufe ich die Kanzleiräte, und dann kann Euch auch Eure Zauberei nicht mehr helfen!«

Die Erwähnung der sogenannten Kanzleiräte – in Wahrheit Schläger und Raufbolde, wie sie jedes Haus dieser Art beschäftigte, um gelegentliche Schwierigkeiten mit Kunden zu bereinigen, ohne gleich zur Garde laufen zu müssen – ernüchterte ihn ein wenig, doch nicht sehr lange. Seine Erwiderung fuhr ihm heraus, bevor er überhaupt wußte, daß er ihr geantwortet hatte, während er gleichzeitig einen Schritt auf sie zuging. »Den Spieler kannst du getrost vergessen. Er hat heute einen Mann umgebracht, nachdem dieser ihm beim Boltan ein Vermögen abgenommen hat, und dürfte bereits im Kerker sitzen. Er ist schon so gut wie tot.«

Zuerst schien sie ihn nicht verstanden zu haben, doch dann sickerte der Inhalt seiner Worte langsam in ihr Bewußtsein, und ihr Gesicht wurde weiß wie eine Wand, bevor sich rote Flecke auf ihren Wangen bildeten.

»Ihr lügt!« schleuderte sie ihm entgegen, und dabei schien ihr ganzer Körper, der von den dünnen Schleiern nur spärlich verhüllt wurde, in Wallung zu geraten, ein Anblick, der ihn aufs äußerste erregte.

Er setzte eine ernste Miene auf und schüttelte wortlos den Kopf, eine Geste, die sie tiefer zu beeindrucken schien, als es alle Worte vermocht hätten. Sie sank förmlich in sich zusammen, und im warmen Licht der Kerzen glitzerten plötzlich Tränen in ihren Augenwinkeln.

Diesen Augenblick nutzte er aus. Mit zwei raschen Schritten war er bei ihr, packte sie an den Handgelenken und drückte sie ganz fest an sich. »Marisha, ich will dich«, flüsterte er mit heiserer Stimme, und für einen kurzen Moment lag sie schlaff und wehrlos in seinen Armen.

Dann sah er, wie sich der Ausdruck ihrer Augen veränderte, wie sich ihr Mund öffnete, um zu schreien, und das durfte er nicht zulassen, er durfte nicht zulassen, daß sie schrie, daß es einen Tumult gab und daß er möglicherweise sogar entlarvt wurde.

Seine Hände glitten zu ihrem weichen warmen Hals, und er spürte Marishas Pulsschlag unter seinen Fingern, als sie sich zu einem Ring schlossen und fest zudrückten. Der Schrei erstickte in Marishas Kehle, und heraus kam nur ein unterdrücktes Gurgeln, während ihre Arme hilflos in der Luft ruderten.

Das Rauschen des Blutes in seinem Kopf wuchs zu einem Sturmtosen, als er sie zum Bett schleifte, sie rücklings hinunterdrückte und sich dann auf sie warf, um sie mit seinem Körper festzunageln, damit sie sich nicht gegen ihn wehren konnte.

Während sie ihn mit angststarren und fast aus den Höhlen quellenden Augen anstarrte und er den Druck seiner Hände noch verstärkte, schien ihn eine innere Stimme anzufeuern und aufzupeitschen. *Ja, ja, tu es, bring sie um, erwürge sie, sie hat nichts für dich übrig, sie hat dich nur gedemütigt, sie ist wertlos, eine Hure, die einen Spieler liebt, töte sie, töte sie, töte sie...*

Als sie unter ihm erschlaffte, riß er die Hände von ihrem Hals, als hätte er glühendes Eisen angefaßt. *Nein*, dachte er, *nein! Was habe ich getan?* Doch dann sah er, daß sie nicht tot war, sah, daß sich ihre Brust hob und senkte, hörte sie keuchend und pfeifend einatmen.

Ein kühlendes Gefühl der Erleichterung überkam ihn, um augenblicklich einer so starken Erregung zu weichen, wie er sie noch nie empfunden hatte. Er mußte sie haben, jetzt, sofort, auf der Stelle.

Mit fliegenden Fingern entledigte er sich seiner Hose und Jacke, warf sich auf sie, drang in sie ein. Und während er in zunächst langsamem und sich dann rasch beschleunigendem Rhythmus in sie stieß und das Gefühl unfaßbarer, unüberwindlicher Kraft in seinen Lenden anschwoll, war plötzlich die Stimme in seinem Kopf wieder zu hören, die er schon zum Verstummen gebracht zu haben glaubte.

*Du mußt sie töten, du kannst sie nicht am Leben lassen, man wird ihren Tod Halgor in die Schuhe schieben, schließlich paßt alles zusammen, er hat alles verloren, dann ist er zu ihr gegangen, um sich von ihr Geld zu leihen, und als sie sich geweigert hat und sie sich auch durch seine Liebeskünste nicht erweichen ließ, hat er sie in einem Anfall von Wut getötet, als er dann sah, was er getan hatte, erfaßte ihn eine unbändige Wut auf Baldur, der schließlich an allem schuld war, und er ging zurück, fing den unglücklichen Baldur ab und tötete ihn, hatte jedoch Pech, weil sein Opfer ihn vor seinem Tod noch bewußtlos schlagen konnte, alles paßt fehlerlos zusammen, eine günstigere Gelegenheit wird es nie geben, nie, niemals, und nun töte sie endlich töte sie töte sie töte sie...*

Jeder seiner Stöße wurde von einem *Töte sie* begleitet, und die Stimme trieb ihn fast in den Wahnsinn, ließ ihn immer heftiger zustoßen, um die Stimme zum Schweigen zu bringen, und dann sagte die Stimme nicht mehr: *Töte sie*, sondern: *Töte mich*, und sie schien aus Marisha zu sprechen, aus jeder Faser ihres Körpers, sie schien aus jeder Körperpore zu quellen wie Schweiß, stachelte ihn an, wurde immer heiserer und wollüstiger, und plötzlich packte ihn die Lust, dieses weiche weiße Fleisch unter sich zu drücken, zu quetschen, zu pressen, und seine Hände wanderten zu ihren vollen Brüsten, schlossen sich darum und drückten zu, und ihre Brüste waren warm und weich, aber irgendwie fühlten sie sich nicht richtig an, und seine Hände glitten höher, höher, noch höher, und Marisha schien unter ihm zu keuchen und zu erbeben, und als seine Hände ihren Hals berührten, unterbrach sie ihre Litanei des *Töte mich töte mich* für ein leidenschaftliches *Jaaaaaaa*, und seine Hände schlossen sich zärtlich um ihre Kehle und drückten zu, und diesmal fühlte es sich richtig an, und zu seiner grenzenlosen Erleichterung verstummte ihre Litanei, und dann explodierte eine weißglühende Sonne in seinem Kopf, als er sich mit einem lauten Aufschrei in ihr entlud und die Kraft, die unüberwindliche, unglaubliche Kraft aus seinen Lenden strömte, während er auf ihr zusammenbrach.

Er wußte nicht, wie lange er auf ihr gelegen hatte, doch diese Frage verlor augenblicklich jede Bedeutung, als er den Kopf hob und Marisha ansah. Das Weiß ihrer Haut zeigte die schwarzen Würgemale an ihrem Hals noch deutlicher, und beim Anblick der violett verfärbten, dick geschwollenen Zunge, die ihr aus dem weitaufgerissenen Mund hing, drehte sich ihm der Magen um.

Unter Aufbietung seiner ganzen Willenskraft gelang es ihm, der Übelkeit Herr zu werden und sich nicht zu übergeben. Ihm war kalt, eiskalt, und er fühlte sich schwach und ausgelaugt, als wäre er gerade aus dem Fieberdelirium einer langen Krankheit erwacht.

Der Dämon, dachte er, während er sich mit fahrigen Bewegungen anzog. Das war der Dämon. Ich muß ihn loswerden, ich muß den Pakt mit ihm lösen, gleich morgen, wenn die Namenlosen Tage beginnen.

Bei dem spöttischen Kichern, das aus den Tiefen seiner Seele zu kommen schien, hielt er inne und erstarrte vor Schreck.

*Was hast du erwartet?* meldete sich eine Stimme aus denselben Tiefen, die ihm selbst zu gehören schienen und ihm dennoch völlig fremd waren. *Jeder weiß, worauf er sich einläßt, wenn er einen Pakt mit dem Herrn der Rache schließt, dem schwarzen Mann mit dem Stab der tausend Augen. Du kennst doch die Warnungen: Der Dämon fordert als Preis die besten Freunde und liebsten Gefährten.*

Und dann nahm die Stimme einen durchdringenden, singenden Tonfall an, der ihm durch Mark und Bein ging und den er in seinem ganzen Leben nicht vergessen würde. *Sie war mein Preis für die Rache an deinem Bruder. Du hast ihn mehr als bereitwillig gezahlt – und wenn man bedenkt, wieviel Spaß du selbst daran hattest, könnte man den Eindruck gewinnen, ich hätte dir damit noch einen Gefallen getan.*

Ein kaltes Grausen stieg in Wolfherr hoch, und das Entsetzen würgte ihn. Worauf hatte er sich eingelassen?

Wie in Trance verließ er Marishas Zimmer. Auf dem Weg nach unten begegnete ihm niemand, und am Empfang hatte er Glück. Eine Gruppe stark angetrunkener Offiziere der Palastgarde war gerade eingetroffen, um die Nachtwache gebührend zu beenden, und so achtete niemand auf ihn, als er sich wie ein Dieb aus dem Bordell schlich, wie ein aus dem Kreis der Lebenden und des Lichts Verstoßener, und in die schützende Dunkelheit der Nacht floh.

# 8. Kapitel

Mit meinem Kopf stimmte etwas nicht. Er hatte sich vergrößert – jedenfalls fühlte er sich so an. Und jemand schien gerade damit beschäftigt zu sein, ihn vermittels eines Schraubstocks wieder auf seine ursprüngliche Größe zurechtzustauchen. Dabei ging ihm offenbar ein Schmied zur Hand, dem mein Kopf als Amboß diente, auf den er im Takt meines Pulsschlags seinen Hammer hinabsausen ließ.

Ich stöhnte unwillkürlich auf. Aus dem merkwürdigen Rauschen, bei dem es sich, wie mir jetzt klar wurde, um Stimmengemurmel handelte, schälte sich eine Stimme heraus: »Er kommt zu sich.«

Einen Moment lang glaubte ich, in meinem weichen Federbett zu liegen und zu träumen, aber dann fiel mir alles wieder ein: das Spiel, die Niederlage, der Park – *Thanos*. Also war mein Verdacht doch richtig gewesen. Der Magier hatte tatsächlich dem Glück Baldur von Hohensteins ein wenig auf die Sprünge geholfen – auf meine Kosten.

Ich schlug die Augen auf und sah geradewegs in den blauen Himmel, da ich, wie es schien, auf dem Rücken lag. Ich hob den Kopf und ließ ihn gleich darauf wieder sinken, weil sich die dröhnenden Schmerzen in meinem Kopf augenblicklich vervielfachten. Erst als sich die Schmerzen wieder auf ein erträgliches Maß abgeschwächt hatten, begriff ich, was ich bei meinem flüchtigen Rundumblick gesehen hatte: Ich war von einer beachtlichen Menschentraube umringt, wohl mehr denn zwei Dutzend Personen.

Im allgemeinen bildet sich in Gareth kein Menschen-
auflauf, bloß weil ein Mann zu nächtlicher Stunde in
einem Park niedergeschlagen und ausgeraubt wird,
und als ich mich fragte, was diesen Auflauf wohl verursacht haben konnte, beschlich mich das unbestimmte
Gefühl, daß ich möglicherweise in Schwierigkeiten
steckte.

Die Bestätigung dieses Gefühls sollte nicht lange auf
sich warten lassen.

In meiner plötzlichen Beunruhigung beschloß ich,
meine Kopfschmerzen mit Nichtachtung zu strafen,
und richtete den Oberkörper auf, um mich aufzusetzen.

Mein erster Eindruck hatte mich nicht getrogen. Ich
war von einer großen Menschenmenge umgeben, von
der mir zu meiner Bestürzung eine Woge der Feind-
seligkeit entgegenschlug. Jetzt erst bemerkte ich die
drei Stadtgardisten, von denen einer zu meiner Linken,
einer zu meiner Rechten und einer gerade vor mir
stand.

»Was ist geschehen?« murmelte ich mehr zu mir
selbst als zu irgend jemand im besonderen.

»Das erführen wir gern von Euch, Halgor«, sagte der
Gardist, der unmittelbar vor mir stand. Seine Stimme
hatte einen klirrenden, harten Unterton, der mir nicht
gefiel. Ich riß mich zusammen und beschloß, wahrheitsgemäß zu antworten.

»Nun, ich habe heute an einem Spielchen teilgenommen und dabei eine nicht ganz unbeträchtliche Summe
verloren. Die Art und Weise, wie dies geschah, ließ in
mir den Verdacht aufsteigen, daß es bei dem Spiel
vielleicht nicht mit rechten Dingen zugegangen sein
könnte, und so wollte ich den Magus zur Rede stellen,
der damit betraut worden war, magische Beeinflussun-
gen zu verhindern. Dieser Magier, sein Name ist Thanos, hat dann unsere Unterredung auf ziemlich ab-
rupte Weise beendet – indem er nämlich einen Zauber

gegen mich gewirkt und mich dann niedergeschlagen hat. Von da an weiß ich nichts mehr.«

Das Schweigen, das meiner Schilderung der Ereignisse folgte, sagte mehr als alle Worte. Irgend etwas stimmte hier ganz und gar nicht.

In diesem Augenblick teilte sich die Menge, und zwei weitere Stadtgardisten erschienen, beide ziemlich außer Atem.

Sie schlugen knallend die Hacken zusammen und salutierten dem Gardisten, der vor mir stand, dann sagte der eine: »Sergeant – es paßt alles zusammen. Halgor das As hat heute an einem Spiel in *Levthans Horn* teilgenommen. An diesem Spiel war auch der Baron von Hohenstein beteiligt, und das As hat an den Baron zweitausend Dukaten verloren, möglicherweise sein gesamtes Vermögen. Halgor hat *Levthans Horn* dann verlassen, vermutlich, um sich Geld zu beschaffen, denn er sagte zu seinen Mitspielern, daß er noch einmal wiederkommen wolle. Etwas über eine Stunde später, nachdem klar war, daß Halgor vermutlich doch nicht wieder zurückkäme, hat der Baron das Spiel beendet und *Levthans Horn* ebenfalls verlassen.«

Der Gardist rasselte seinen Bericht aufgeregt herunter, als hätte er eine umwerfende Entdeckung gemacht. Ich dagegen konnte mir nicht im geringsten erklären, was das ganze Theater sollte.

Der Sergeant wandte sich wieder an mich. »Stimmt das?«

Ich zuckte die Achseln. »Soweit es mich betrifft, ist der Bericht mehr oder weniger korrekt. Was die Seite des Barons angeht, so kann ich sie weder bestätigen noch verneinen, davon weiß ich nichts. Warum ist das so wichtig?«

Der Sergeant atmete tief durch. »Halgor, ich nehme Euch wegen des dringenden Verdachts des Mordes an Baron Baldur von Hohenstein vorübergehend in Gewahrsam. Bis zur abschließenden Untersuchung des

Falles durch die Präfektur und zu Eurer Gerichtsverhandlung werdet Ihr im Kerker einsitzen.«

Ich war wie vom Donner gerührt. Ich sollte verhaftet werden? Wegen Mordes an Baldur von Hohenstein? Einen Augenblick, das bedeutete ...

»Der Baron ist ... tot?« fragte ich ungläubig.

»Wie könnt Ihr da noch fragen?« knurrte der Sergeant. »Ihr habt doch eine ganze Weile auf seiner Leiche gelegen.«

Ich zuckte zusammen und sah mich rasch um, konnte die Leiche des Barons jedoch nirgendwo entdecken.

»Falls Ihr die Leiche sucht«, meldete sich der Sergeant zu Wort, »die haben wir dort drüben auf die Bank gelegt.«

Erst jetzt bemerkte ich das formlose, in eine Decke gehüllte Bündel auf der Bank, auf der vor – ja, vor wie langer Zeit eigentlich? – Thanos der Magier gesessen hatte.

»Wie soll ich ihn denn ermordet haben?« fragte ich. »Und wie kann ich ihn ermordet haben, wenn ich doch bewußtlos war?«

Der Sergeant musterte mich mit verächtlichem Blick. »Ihr hattet einen sehr guten Grund für die Tat. Schließlich hat er Euch am Spieltisch das Fell über die Ohren gezogen. Ihr wart wütend. Vielleicht habt Ihr tatsächlich sogar an Betrug geglaubt, denn wenn ein so überragender Spieler wie Ihr so viel Geld beim Spiel verliert, ist es völlig klar, daß etwas nicht mit rechten Dingen zugegangen sein kann, nicht wahr?« Die Stimme des Sergeanten troff vor Sarkasmus. Vielleicht war er selbst ja dem Spiel nicht abgeneigt und hatte in der Vergangenheit Lehrgeld bezahlen müssen.

»Jedenfalls habt Ihr auf ihn gewartet und ihn zur Rede gestellt. Ein hitziges Wort gab das andere, und schließlich habt Ihr Euren Dolch gezogen und ihn erstochen. Euer Pech, daß er Euch noch mit seinem

Knüppel erwischt hat, so daß Ihr Euch nach der Tat nicht aus dem Staub machen konntet. Obwohl ich sagen muß, daß Euch das wenig genützt hätte. Bei einem so eindeutigen Beweggrund wäre der Verdacht ohnehin auf Euch gefallen, und daher wärt Ihr auf jeden Fall in Gewahrsam genommen worden.«

Ich war sprachlos. Zum erstenmal ging mir auf, daß ich möglicherweise viel tiefer in der Klemme saß, als ich zunächst hatte glauben wollen. Offensichtlich hatte es keinen Sinn, mit der Stadtgarde diskutieren zu wollen, da die Fakten eindeutig gegen mich zu sprechen schienen. So eindeutig, daß ein übler Zufall ausgeschlossen war. Es konnte sich nur um ein Komplott handeln.

Ich wollte den Sergeanten gerade fragen, ob man Geld bei Baldur von Hohenstein gefunden habe, als sich die Menge erneut teilte und ein weiterer Stadtgardist auftauchte. Er eilte schnurstracks zum Sergeanten, salutierte und redete dann im Flüsterton auf ihn ein, so daß ich ihn nicht verstehen konnte.

Während der Gardist sichtlich erregt seine Mitteilung machte, ließ mich der Sergeant nicht aus den Augen, und der Blick, mit dem er mich musterte, wurde immer finsterer. Ein Kribbeln erfaßte mich, als kröchen Tausende von Ameisen über mich hinweg, und ich hatte plötzlich ein Gefühl, als hätte mir das Beil des Henkers längst den Kopf abgetrennt, und die Erkenntnis, daß mein Kopf im Korb lag, wäre nur noch nicht in mein Bewußtsein vorgedrungen.

»So«, sagte der Sergeant nur, als der Gardist seinen Bericht beendet hatte. »Wie – wenn Ihr meinem Gedächtnis bitte auf die Sprünge helfen wollt – habt Ihr Euch die Zeit in der Stunde zwischen Eurem Ausscheiden aus dem Spiel und Baron von Hohensteins Aufbruch vertrieben?«

Ein Kessel mit flüssigem Blei wäre unter der Kälte in der Stimme des Sergeanten augenblicklich erstarrt, und ihre Wirkung auf mich war kaum anders. »Ich war die ganze Zeit bewußtlos. Der Magier Thanos hat mich niedergeschlagen.« Sogar in meinen Ohren klang diese Antwort lahm und unglaubhaft.

»Dann war es wohl Euer körperloser Geist, der das Bordell zu den *Sechzehn Ministerinnen* aufsuchte und dort die Novadi-Kurtisane Marisha schändete und erwürgte?«

Ich schwöre, daß in diesem Augenblick mein Herz zu schlagen aufhörte. Während das Gemurmel der Umstehenden zu einem lauten Rauschen anschwoll, versuchte ich zu begreifen, was ich soeben gehört hatte. »Was ...?« hauchte ich.

»He, Halgor«, rief eine Stimme aus der Menge, »wie war das? Hast du sie dir erst vorgenommen und dann erwürgt, weil sie sich keine richtige Mühe gegeben hat? Oder hast du sie erst erwürgt und dir dann die Leiche vorgeknöpft, weil sie dich lebend nicht ranlassen wollte?«

Das daraufhin einsetzende verhaltene Gelächter setzte mir schlimmer zu als die Bemerkung, die es hervorgerufen hatte.

»Ja, Halgor«, ertönte eine andere Stimme, »erzähl doch mal, wie ist das denn so mit 'ner Leiche? War dir die Kleine nicht zu steif? Mir ist es immer lieber, wenn die Weiber mitmachen, aber vielleicht hab' ich da ja noch was zu lernen.« Gelächter.

»Ach was«, meldete sich eine dritte Stimme zu Wort. »Bestimmt hat sie dabei gequatscht. Ich kann dich gut verstehen, Halgor, ich kann's auch nicht vertragen, wenn die Weiber dabei quatschen. Aber weißt du denn nicht, daß man den Weibern das Maul auch anders stopfen kann?«

»AUFHÖREN!« schrie ich aus Leibeskräften, während ich mir die Ohren zuhielt, und dann zerbarst etwas in mir, ganz lautlos, als mich das ganze Gewicht der Erkenntnis dessen traf, was offenbar geschehen war: Marisha war tot. Geschändet und erwürgt. Plötzlich hörte ich ein haltloses Schluchzen. Jemand jammerte laut vor sich hin. Erst die anschließende Bemerkung des Sergeanten brachte mir zu Bewußtsein, daß das Schluchzen von mir kam.

»Das Jammern hilft Euch auch nicht mehr, Halgor, dafür ist es zu spät«, sagte der Sergeant. Dann an seine Männer gewandt: »Führt ihn ab.«

Und dann, kurz bevor ich glaubte, den Verstand zu verlieren, versank die Welt ringsumher wieder in gnädiger Schwärze.

# 9. Kapitel

Gareths Kerker liegt nicht weit vom Osttor entfernt – und im übrigen auch nicht weit von den *Sechzehn Ministerinnen* und dem Rahja-Park. Der Kerkerturm gehörte früher zu einer kleinen Festung und ist im Laufe der Zeit mehrfach umgebaut worden.

Ein Kerker ist im Grunde nichts anderes als eine kleine Stadt. Es gibt ein Palastviertel für die Reichen, es gibt ein gewöhnliches Viertel für die einfachen Bürger, und es gibt ein Armenviertel für Schwerverbrecher und jene Bedauernswerten, die mittellos sind und es sich nicht leisten können, ihre Haftbedingungen zu verbessern, indem sie die Wächter und Kerkermeister bestechen. Und schließlich gibt es auch eine ›Herberge‹ für die Durchreisenden – die Schuldner und jene Häftlinge, die noch nicht verurteilt sind und auf ihren Prozeß warten.

Diese ›Herberge‹ ist, gemessen an den sonstigen Zuständen im Kerker, ein Ort des Prunks und der Verschwendung. Die Zellen sind groß genug, daß man darin im Kreis gehen kann, in den Mauern gibt es schmale Öffnungen, die für Licht und frische Luft sorgen. Der Eimer, der als Abort dient, wird regelmäßig geleert, und man kann schlafen, ohne Angst haben zu müssen, von den Ratten angenagt zu werden. Die Häftlinge dürfen sogar Besuch empfangen und sich, falls sie vermögend sind und danach verlangen, ihr Essen und ihre Getränke aus einer Küche ihrer Wahl liefern lassen; und schließlich handelt es sich um Einzelzellen.

Gerade letzteres ist keineswegs eine Selbstverständlichkeit. So sind die mittellosen Schwerverbrecher – und die weitaus meisten sind mittellos – alle zusammen im tiefsten Verlies des Kerkers in einem einzigen Raum untergebracht. In diesem Verlies gibt es keine Fenster, und dort verrottet seit den Zeiten Kaiser Pervals dasselbe Stroh. Die Häftlinge hausen in ihrem eigenen Kot. Ihre Nahrung besteht aus den Abfällen der Kerkerküche, die jeden Tag zusammen mit einem Kübel Wasser in das Verlies hinuntergelassen werden. Oder doch fast jeden Tag.

An diesem Ort bedeutet ›lebenslänglich‹ nicht sehr viel, je nach der körperlichen Verfassung des Häftlings zwischen einem halben und höchstens zehn Jahren. Die schlechte Nahrung, die dauernde Feuchtigkeit und Kälte, das Ungeziefer und der Dreck zehren früher oder später die Gesundheit auch des zähesten Häftlings auf, und ist ein Häftling erst einmal durch Krankheit geschwächt, fehlt ihm die Kraft, um sich im täglichen Kampf um Wasser und verschimmeltes Brot gegen die Mithäftlinge durchzusetzen. Im Verlies ist ein kranker Häftling ein toter Häftling.

Gemessen an diesen Verhältnissen waren meine Haftbedingungen geradezu fürstlich, aber als mich die Abordnung der Stadtgarde in dieser Nacht im Kerker ablieferte, war ich nicht in der Verfassung, diese Tatsache gebührend zu würdigen. Ich war teilnahmslos, und es kümmerte mich nicht im geringsten, was mit mir geschah. Hätte man mich in dieser Nacht zum Tode verurteilt und das Urteil sofort vollstreckt, es wäre mir gleichgültig gewesen.

Ich dachte nur an Marisha. Ich sah sie in Gedanken vor mir, lebendig, fröhlich, wunderschön und sprühend vor Witz. Ich hörte sie reden, lachen und weinen, spürte ihre zärtliche Umarmung, ihren weichen, anschmiegsamen Körper, ihre samtene Haut, ihre kosenden Lippen, ihre Wärme und Zuneigung. Ich schmeckte das Salz ihrer Tränen, roch den lieblichen Duft ihres Haars und ihrer Haut und den Moschusduft ihres Schoßes.

Und ich sah sie tot vor mir liegen, erwürgt, ihr bezauberndes Gesicht entstellt, blau angelaufen, die schwarzen Würgemale am Hals, und dann war es so, als stieße mir jemand ein glühendes Eisen ins Herz, und ich wand mich in meiner Seelenqual.

Ein Zipfel meines Verstandes verfolgte, wie mich Lysmina Baran, die Festungskommandantin, in Empfang nahm und mir die üblichen Fragen stellte – woher ich mein Essen beziehen wolle, ob ich Besuch empfangen werde und so weiter. Doch die Fragen drangen nicht bis zu mir durch, und nach kurzer Zeit gab sie achselzuckend auf und ließ mich in eine Zelle führen.

Nachdem die Zellentür hinter mir verriegelt worden war, blieb ich lange stehen und starrte ins Leere. Irgendwann, als meine Beine müde wurden, setzte ich mich auf die Pritsche in der Zelle und ließ mich wieder treiben.

Ich weiß nicht, wie lange dieser Zustand uferloser Trauer anhielt, aber die Trauer sog langsam alle anderen Gefühle auf, bis außer dieser Trauer kein Gefühl mehr da war, und schließlich verzehrte sich die Trauer selbst, so wie sich eine Schlange in den Schwanz beißt, und danach war ich so leer und ausgedörrt wie ein weggeworfener alter Wasserschlauch im Herzen der Khom. Ich empfand keine Trauer mehr, kein Leid und keinen Kummer.

Brot und Wasser wurden gebracht, aber ich rührte nichts an, rührte mich nicht einmal von der Stelle, saß einfach nur da, stumpf und kalt wie der Stein der Zellenwand.

Es dauerte eine Weile, bis ich aus dieser Starre erwachte, und als sich der Schleier von meinem Geist hob, bemerkte ich, daß mein Blick auf eine Ecke der

Zelle gerichtet war, in der eine Spinne ihr kunstvolles Netz gewoben hatte. Die Spinne selbst hatte sich in einem kleinen Spalt im Mauerwerk verborgen. Ihr Faden war mit dem Netz verbunden, und jetzt wartete sie im Schutz ihres Verstecks auf eine Erschütterung des Fadens, das Anzeichen, daß ihr Beute in die Falle getappt war.

Sie brauchte nicht lange zu warten. Nach kurzer Zeit flog eine Fliege arglos mitten in das Netz hinein und verhedderte sich mit den Flügeln in den klebrigen Fäden. Ohne jede Gefühlsregung beobachtete ich den ebenso verzweifelten wie aussichtslosen Kampf der Fliege, die sich mit jeder ihrer Bewegungen, mit jedem Zucken und Zappeln hoffnungsloser in das Netz verstrickte.

Nach kurzer Zeit wurden die Bewegungen der Fliege schwächer, bis sie sich schließlich überhaupt nicht mehr regte, da das klebrige Netz sie jeglicher Bewegungsfreiheit beraubt hatte.

Die Spinne ließ sich Zeit. Ihr Opfer saß in der Falle und konnte ihr nicht mehr entkommen. Als die Spinne endlich beschloß, daß es nun an der Zeit sei, sich an der Fliege gütlich zu tun, geschah alles so schnell, daß es mir fast entgangen wäre. In diesem Augenblick hockte die Spinne noch reglos in der Mauerspalte, im nächsten huschte sie ohne die geringste Vorwarnung wie ein Blitz an ihrem Faden herab und über das Netz zu jener Stelle, an der der kleine Kokon der Fliege hing. Sie umklammerte mit ihren acht Beinen den Kokon und saugte die Fliege aus.

Als sie ihre Mahlzeit beendet hatte, löste sie die leere Hülse, die einmal eine Fliege gewesen war, aus dem Netz. Die Hülse fiel zu Boden, auf dem, wie ich jetzt bemerkte, bereits eine Anzahl ähnlicher Überreste lag.

Und in diesem Augenblick regte sich ein Gedanke in mir: *Die Fliege, das bin ich, ich hänge im Netz einer Spinne.*

Und plötzlich schlug eine Flutwelle verschiedener Gefühle über mir zusammen und füllte die Leere aus, die nach dem Versiegen meiner Trauer entstanden war: Abscheu vor der Spinne, Ekel vor mir selbst – und Haß auf die Spinne in Menschengestalt, die mich in ihr Netz verstrickt hatte. Und stärker als alles andere empfand ich Rachedurst. Von einem Augenblick zum anderen wurde das Bedürfnis übermächtig, mich an denjenigen zu rächen, die dieses Netz geknüpft hatten. Ich sprang von der Pritsche auf, riß das Spinnennetz herunter, in dem immer noch die Spinne hockte, und zertrat sie unter den Sohlen meiner Sandalen. Ich war so außer mir vor Wut, Haß und Rachsucht, daß ich eine Weile wie tobsüchtig auf der Stelle trampelte, wo Spinne und Netz längst ausgelöscht waren.

Irgendwann ebbte die Wut ab, und Haß, Ekel und Abscheu wichen in den Hintergrund zurück. Was blieb, war das Bedürfnis nach Rache, eine eiskalte, kristallklare und doch verzehrende Flamme, die in mir loderte und alles überstrahlte.

Ich wollte Marishas Mörder finden, und wenn ich ihn gefunden hatte, würde ich ihn eigenhändig töten, würde ihn erwürgen, so wie er Marisha erwürgt hatte. Und ich wollte denjenigen finden, der mich um mein Vermögen gebracht und mir den Mord an Baldur von Hohenstein in die Schuhe geschoben hatte. Erster und im Augenblick einziger Kandidat dafür war der Magier Thanos.

Aber alle diese Vorhaben setzten voraus, daß ich nicht in diesem Kerker vermoderte.

Ich legte mich auf die Pritsche und strengte zur Abwechslung einmal meinen Verstand an.

Was wußte ich über die Morde?

Im Falle des Mordes an Marisha war diese Frage leicht zu beantworten: gar nichts. Ich wußte lediglich, daß ich des Mordes verdächtig war, aber der Grund dafür war mir unbekannt. Es stand nicht einmal fest, daß es zwischen dieser Tat und dem Mord an Baldur von Hohenstein irgendeinen Zusammenhang gab.

Immerhin ließ die Tatsache, daß ich des Mordes an Marisha verdächtigt wurde, darauf schließen, daß es sich um einen vorsätzlichen, geplanten Mord handelte, bei dem der Täter Vorkehrungen getroffen hatte, nicht gefaßt zu werden, was wiederum eine Verbindung mit dem Mord an dem Baron nahelegte.

Da fiel mir plötzlich auf, wie kalt und ungerührt ich über den Tod der Person nachdachte, die mir mehr bedeutet hatte als alles andere auf der Welt, und einen Moment lang graute es mir vor mir selbst. Dann war der Augenblick vorbei, und ich setzte meine Überlegungen fort.

Was den Mord an Baldur von Hohenstein anbelangte, tappte ich nicht ganz so im dunkeln. Die Dinge standen folgendermaßen: Ich war zugunsten Baldur von Hohensteins beim Spiel betrogen worden, unter Mithilfe des Magiers Thanos; eben dieser Magier hatte mich außer Gefecht gesetzt; Baldur von Hohenstein, der von diesem Betrug Begünstigte, war erstochen worden; und die Tat war so geplant worden, daß ich als der Mörder dastehen mußte.

Konnten der Betrug und der Mord unabhängig voneinander stattgefunden haben? Mit anderen Worten: War es möglich, daß der Baron von Hohenstein alles für den Betrug vorbereitet hatte und dann ein anderer die günstige Gelegenheit wahrgenommen hatte, sich den Baron vom Hals zu schaffen?

Ich kam zu dem Schluß, daß das unwahrscheinlich war, weil es schließlich ein Bindeglied gab: Thanos. Der Magier steckte ohne jeden Zweifel hinter dem Betrug, aber er hatte mich auch außer Gefecht gesetzt und damit im Grunde erst die Voraussetzung geschaffen, mir den Mord in die Schuhe schieben zu können.

Dann kam mir ein neuer Gedanke. Baldur von Hohenstein mußte in den Betrugsplan eingeweiht gewesen sein, da er in dem Spiel vor zwei Tagen – nein, inzwischen mußten mindestens drei Tage vergangen sein – mit seiner selbstverschuldeten Niederlage das Zustandekommen jenes schicksalhaften Spiels überhaupt erst ermöglicht hatte.

Aber was folgte daraus? Vielleicht: daß der Baron seinen Mörder kannte? Mußte ich nicht davon ausgehen, daß der Magier Thanos der Mörder war? Vielleicht hatte Thanos einfach nur eine günstige Gelegenheit gesehen, sich in den Besitz von einigen tausend Dukaten zu bringen.

Und wenn es sich tatsächlich um ein Komplott handelte – gegen wen war es dann eigentlich gerichtet? Gegen Baldur von Hohenstein? Gegen mich? Oder gar gegen uns beide? Gewiß, der Baron war tot, und damit schien klar zu sein, daß der Mörder irgendein Hühnchen mit ihm zu rupfen gehabt hatte. Andererseits war Marisha tot und ich mittellos, und damit war mein Leben so gründlich ruiniert, wie es nur möglich war.

Da kam mir der Mann in den Sinn, von dem Marisha mir erzählt und der sie belästigt hatte. Ein Magier, hatte Marisha gesagt. Konnte es sich dabei um Thanos handeln? Nein, sie hatte ihn als blond und blauäugig beschrieben, während Thanos dunkelhaarig und braunäugig war.

Ich atmete tief durch. Diese Überlegungen führten zu nichts, weil mir einfach die nötigen Fakten fehlten. Vielleicht war es besser, wenn ich meine Überlegungen darauf richtete, wie ich von hier entkommen konnte.

Da gab es nicht viel zu überlegen: Ich brauchte nur abzuwarten!

Zunächst einmal war ein Adliger ermordet worden und nicht irgendein Landstreicher, und das bedeutete, daß eine eingehende Untersuchung des Mordes stattfinden würde. Diese Untersuchung würde sich zwar wegen der kurz bevorstehenden oder gar bereits angebrochenen Namenlosen Tage verzögern, denn während dieser Zeit ruhte fast das gesamte öffentliche Leben der Stadt. Ich wußte nicht genau, wieviel Zeit ich in meiner Starre verbracht hatte – durch den Mauerspalt in meiner Zelle fiel kein Licht, was jedenfalls bedeutete, daß es jetzt Nacht war. Es stand außer Frage, daß nach dem Ablauf der Namenlosen Tage eine Untersuchung stattfände, und in dieser Untersuchung müßte es mir möglich sein, meine Unschuld zu beweisen.

Natürlich half Geld, die Räder des Gesetzes zu schmieren, aber mit den dreißig Dukaten, die ich noch besaß, käme ich in dieser Beziehung nicht sonderlich weit. Unwillkürlich tastete ich nach meiner Geldkatze – und fand nichts. Der Beutel war verschwunden und mit ihm mein letztes Geld. Vermutlich hatte ihn jemand gestohlen, als ich bewußtlos dagelegen hatte, wahrscheinlich sogar die Stadtgardisten. Es war durchaus nicht ungewöhnlich, daß sie ihren Sold auf diese Weise aufbesserten. Bei meiner Ankunft im Kerker konnte mir das Geld nicht abgenommen worden sein, weil Untersuchungshäftlinge ihren Besitz, mit Ausnahme von Waffen und dergleichen, für gewöhnlich behalten durften.

Das bedeutete: Ich war völlig mittellos. Und das war schlecht. Dann kam mir ein neuer Gedanke. Der Plan des Mörders, falls Baldur von Hohenstein tatsächlich einem geplanten Mord zum Opfer gefallen war, war nicht nur bis ins kleinste ausgetüftelt, sondern er war auch reibungslos gelungen. Das legte den Schluß nahe, daß der Mörder die anschließende unvermeidliche Untersuchung berücksichtigt und entsprechende Vorkehrungen getroffen hatte oder noch treffen würde. Schließlich ließen ihm die Namenlosen Tage genug Zeit zum Handeln.

Plötzlich fiel es mir wie Schuppen von den Augen – natürlich! Wenn die Schuld des Verdächtigen eindeutig feststand, wenn der Verdächtige seine Schuld eingestand, würde es keine, zumindest keine besonders gründliche Untersuchung geben, weil der Fall dann geklärt wäre. Und welchen Schluß würde man in der Präfektur wohl ziehen, wenn sich der einzige Tatverdächtige in seiner Zelle erhängte, sich die Pulsadern aufschnitte oder sich sonstwie ums Leben brächte und man obendrein vielleicht noch ein schriftliches Geständnis bei ihm fände?

Wenn mich also nicht alles täuschte, mußte ich damit rechnen, daß man im Lauf der Namenlosen Tage den Versuch unternähme, mich zu töten. Den Mord dann als Selbstmord zu tarnen wäre leicht. Ein Schlag auf den Kopf, zwei saubere Schnitte durch die Pulsadern, und der Fall wäre erledigt. An eine Waffe zu kommen bedeutete für einen Häftling in der ›Herberge‹ des Kerkers keine Schwierigkeit. Zwar galt Lysmina Baran als hart und unbestechlich, aber nicht jeder der ihr unterstellten fünfzehn Wächter und Kerkermeister genoß den gleichen makellosen Ruf. Kurzum, einen bestechlichen Wächter zu finden, der einem gegen entsprechende Bezahlung einen kleinen Dolch besorgte, war weder schwierig noch ein ungewöhnliches Vorkommnis.

Dann fiel mir etwas anderes ein. Wie stand es mit Gift? Oder mit einem Schlafmittel? Ein Schlafmittel, in das Wasser oder das Essen gemischt, würde mich wirkungsvoll außer Gefecht setzen. Wäre ich erst einmal bewußtlos, könnte jeder Wächter in aller Ruhe in meine Zelle marschieren, mich töten und alles so herrichten, daß es nach einem Selbstmord aussah.

Außerdem, und das war das beunruhigendste, würde ich auch irgendwann einmal schlafen müssen, und wenn ich schlief, war ich ebenfalls völlig hilflos.

Bei dem Gedanken an Schlaf fühlte ich mit einemmal, wie müde und erschöpft ich war. Wie lange hatte ich nicht mehr geschlafen? Ich wußte es nicht, aber es spielte auch keine Rolle. Mein Körper brauchte Ruhe, und auch mein Geist gab mir zu verstehen, daß es Zeit für eine Pause wurde.

Hatte es einen Sinn, das Unvermeidliche hinauszuzögern? Ich riß mich zusammen und versuchte meine widerspenstigen Gedanken zu ordnen. Angenommen, man hatte einen Wächter bestochen, um mich zu töten. Dann konnte dieser mich nur in der Zeit beseitigen, wenn er Wachdienst hatte, und er konnte sich nicht darauf verlassen, daß ich in dieser Zeit auch schlief. Also lag der Gedanke nahe, daß er mir ein Betäubungsmittel mit dem Wasser oder im Essen verabreichen würde, um ganz sicherzugehen. Aber was würde er tun, wenn er kam, um mir mein Essen zu bringen, während ich schlief? Würde er die Gelegenheit nutzen, oder würde er Lärm machen, um mich zu wecken, sich vielleicht sogar mit mir unterhalten und warten, bis ich gegessen und getrunken hatte?

Es war schwer, zu einem Schluß zu gelangen. Aber da ich ohnehin keine Wahl hatte und irgendwann schlafen mußte, konnte ich es auch ebensogut gleich tun und darauf hoffen, daß mein Mörder kein unnötiges Wagnis eingehen und warten würde, bis ich betäubt war.

Mit einem Seufzer der Erschöpfung legte ich mich auf meine Pritsche, schloß die Augen und lag Augenblicke später fest und geborgen in Borons Armen.

# Zwischenspiel

Er hatte das scheinbar Unmögliche vollbracht! Gleich nach dem Beginn der Namenlosen Tage hatte er das langwierige, überaus komplizierte und ungeheuer kräftezehrende Ritual vollzogen, um seinen Pakt mit dem Erzdämon Blakharaz aufzulösen, dem finsteren Herrn der Rache, dem mit dem Stab der tausend Augen. Das Ritual hatte ihm alles abverlangt, und eine Zeitlang hatte er geglaubt, seine Kräfte würden sich als zu schwach erweisen. Er hatte das Gefühl gehabt, in tiefem Wasser zu schwimmen und sich gegen einen Strudel zu wehren, der ihn unerbittlich und mit niemals nachlassender Kraft zu sich hinab auf den Grund ziehen wollte.

Als alles verloren schien, hatte er sich in das Unvermeidliche gefügt und nicht nur sein Blut gegeben, sondern auch noch einen Teil seiner arkanen Kräfte für immer fahren lassen. Aber all die Anstrengungen und Opfer hatten sich gelohnt. Der Pakt war gelöst und seine unsterbliche Seele gerettet.

Wolfherr von Hohenstein stieß einen tiefen Seufzer der Erleichterung aus. Er war ein Narr gewesen. Gewiß, sein Plan war aufgegangen, aber um welchen Preis! Seine Auserwählte war tot, von ihm selbst erwürgt. Bittere Galle stieg in ihm hoch, als ihr Bild ihn wieder heimsuchte, die Leiche mit dem blau angelaufenen Gesicht und der heraushängenden Zunge. Ihn schauderte. Bei allen Zwölfen, er hatte teuer für den Pakt bezahlt!

Mit fahrigen Bewegungen strich er sich das strähnige

Haar aus der Stirn, und plötzlich überkam ihn Ekel vor sich selbst. Er war schweißgebadet von der Anstrengung des Rituals und fühlte sich schmutzig. Er brauchte ein Bad, das würde ihm guttun.

Das Bad weckte seine Lebensgeister. Er spürte förmlich, wie das heiße Wasser Schweiß und Erschöpfung wegwusch, bis nur noch eine angenehme Mattigkeit zurückblieb. Natürlich hatte er einen hohen Preis bezahlt, aber er hatte auch einiges dafür bekommen. Baldur war tot, endgültig und unwiderruflich. Dieser Teil des Plans war reibungslos vonstatten gegangen.

Und die Tage des Spielers waren gezählt. In gar nicht allzu langer Zeit würde man entdecken, daß er sich das Leben genommen hatte, ein ganz eindeutiges Schuldeingeständnis. Dies vorzubereiten war überraschend leicht gewesen. Er hatte sich den korruptesten Kerkerwärter ausgesucht – wobei ihm die Magica clarobservantia von großem Nutzen gewesen war –, hatte ihn angesprochen und ihm erzählt, er sei ein Verehrer der schönen Marisha, und für ihn stehe die Schuld des Spielers zweifelsfrei fest. Allerdings befürchte er, der Spieler könne in letzter Minute noch ein Schlupfloch finden, um seiner gerechten Strafe zu entrinnen, und er sei bereit, hundert Dukaten zu zahlen, wenn der Spieler das Ende der Namenlosen Tage nicht mehr erleben werde. Dann hatte er dem Wächter das Geld gegeben.

Er atmete tief durch. Er hatte einen hohen Preis bezahlt, aber letzten Endes hatte es sich gelohnt. Er hatte es geschafft.

TEIL ZWEI

# Einsetzen

# 10. Kapitel

Ich erwachte von einem klirrenden Geräusch und nahm augenblicklich dreierlei wahr: Erstens, ich lebte noch; zweitens, durch den Mauerspalt fiel ein dünner Strahl Sonnenlicht in meine Zelle, also war es Tag; drittens, mein Magen fühlte sich an, als hätte ich drei Tage nichts gegessen – was der Wirklichkeit vermutlich ziemlich nahe kam.

Ich richtete mich auf und sah, daß das klirrende Geräusch von einem Wächter verursacht wurde, der mir ein Tablett mit Wasser, Brot und einem runzligen braunen Apfel durch eine kleine Klappe in der Zellentür schob.

Sofort fielen mir meine Bedenken wieder ein. War ein Schlafmittel in das Wasser gemischt? Erst jetzt bemerkte ich, daß ich nicht nur nagenden Hunger, sondern auch quälenden Durst empfand.

Ich mußte mit dem Wächter reden – und ich wollte ihn sehen. Ein Blick in seine Augen gäbe mir vielleicht Aufschluß über seine Absichten.

Die Klappe in der Zellentür schloß sich wieder. Wenn ich mit dem Wächter reden wollte, mußte ich mich beeilen.

›He, Wärter, warte!‹ wollte ich rufen, aber es kam nur ein heiseres Krächzen aus meiner Kehle.

»Was willst du?« antwortete mir eine tiefe, volltönende und nicht unfreundlich klingende Stimme.

»Ich will nur mit dir reden. Ich bin Halgor. Wie ist dein Name?«

»Ich weiß, wer du bist. Ich heiße Jermal.«

Ich bemühte mich, durch das kleine vergitterte Guckfenster in der Tür einen Blick auf den Wärter zu erhaschen. Er stand jedoch so hinter der Tür, daß ich ihn nicht sehen konnte.

»Gut, Jermal. Ich war bei meiner Ankunft hier etwas... nicht ganz bei Sinnen. Kannst du mir sagen, welchen Tag wir heute haben?«

»Heute ist der erste der Namenlosen Tage. Es ist früher Morgen, und mein Dienst ist gleich zu Ende, also faß dich kurz. Ich will nach Hause.«

Das war eine wertvolle Information. Wenn Jermals Dienst gleich zu Ende war, hatte ich wohl von ihm nichts zu befürchten. Ich stand von meiner Pritsche auf, holte das Tablett und machte es mir damit auf der Pritsche gemütlich.

Mir kam ein Gedanke. Der Wächter machte einen durchaus zugänglichen Eindruck, vielleicht konnte ich von ihm einiges über die Morde erfahren. Ich trank ein paar Schlucke Wasser. Obwohl es lau und abgestanden schmeckte, hätte mir ein Kelch des köstlichsten Weines nicht willkommener sein können.

»Jermal, weißt du etwas über die Morde? Kannst du mir zum Beispiel sagen, warum man der Ansicht ist, ich hätte die Kurtisane Marisha getötet?«

Jermal gab keine Antwort. Ich wartete kurz, brach mir ein Stück von dem Laib Brot ab und biß herzhaft hinein, dann fragte ich mit vollem Mund: »He, Jermal, bist du noch da?«

Von draußen antwortete mir zunächst ein Seufzer, dann: »Ja, ich bin noch da. Hör zu, Halgor, ich kenne dich. Ich bin wie du in Meilersgrund aufgewachsen und habe dich immer bewundert. Halgor das As, der beste Boltanspieler weit und breit. Ich spiele selbst hin und wieder ein wenig. Und jetzt verrat mir eines, Halgor: Warum hast du die arme Hure umgebracht? Daß du den Baron erstochen hast, könnte ich vielleicht noch verstehen, aber die Hure? Was hat sie dir getan? Nach allem, was ich gehört habe, wart ihr doch ziemlich dicke miteinander.«

Der Bissen blieb mir im Hals stecken, als ich erneut der ernüchternden Wahrheit gegenübergestellt wurde, daß meine geliebte Marisha tot war. Das Gefühl der Trauer wurde gleich darauf von einer Woge der Wut und des Hasses verdrängt. Ich trank noch einen Schluck Wasser und schob das Tablett beiseite.

»Jermal, ich sage dir, ich habe weder Marisha noch den Baron umgebracht. Ich bin das Opfer eines Komplotts.« Das klang selbst in meinen Ohren lächerlich. Wie dächte erst Jermal darüber? Daher fuhr ich gleich fort: »Schon gut, ich weiß, solche Behauptungen hast du schon tausendmal gehört. Vermutlich behauptet jeder, der hierherkommt, daß er unschuldig ist.«

Jermal lachte müde. »Worauf du dich verlassen kannst. Wenn man den Häftlingen zuhört, könnte man meinen, die ganze Welt gehört eingesperrt, nur sie nicht.«

»Laß uns das für den Augenblick vergessen, Jermal«, sagte ich. »Stell dir einfach vor, ich hätte das Gedächtnis verloren. Also, warum glaubt alle Welt, ich hätte Marisha ermordet?«

»Also gut, Halgor, wenn du es so haben willst. In der vorletzten Nacht hast du die *Sechzehn Ministerinnen* aufgesucht. Du hast dich am Empfang gemeldet und bist gleich zu Marisha gegangen, die gerade frei hatte. Nicht viel später ist eine Schar ziemlich betrunkener Offiziere der Palastgarde gekommen, die noch ein wenig feiern wollte. Da einer der Offiziere nach Marisha verlangte, ist jemand vom Empfang zu ihr gegangen, um ihr zu sagen, daß Kundschaft warte, weil man dort wußte, daß du bei ihr warst. Da war sie bereits tot – und allein. Die einzige sinnvolle Schlußfolgerung lautet, daß du sie ermordet hast, denn du warst der letzte, der bei ihr war.«

»Aber warum hätte ich sie ermorden sollen? Schließlich haben wir uns geliebt.«

»Die beiden Morde sind im Moment in aller Munde, Halgor, es wird viel darüber geredet. Daher weiß ich, wie man sich bei der Garde den Hergang der Tat vorstellt.

Du hast gespielt und viel verloren. Du brauchtest Geld, um weiterzuspielen, daher bist du zu Marisha gegangen und hast sie um Geld gebeten. Sie wollte dir nichts geben, ihr habt euch gestritten, und schließlich hast du sie in einem Anfall von blinder Wut erwürgt.

Als du wieder zu dir kamst, sahst, was du angerichtet hattest, und dir klarwurde, daß dein Leben zerstört war, gabst du dem Baron von Hohenstein die Schuld an alledem. Von Schuldgefühlen, Kummer, Wut und Haß erfüllt, hast du die *Sechzehn Ministerinnen* verlassen, nur noch von dem einen Gedanken beseelt, dich an ihm zu rächen. Du bist zu *Levthans Horn* zurückgegangen, und unterwegs, vielleicht auf Höhe des Parkeingangs, bist du zufällig dem Baron begegnet, der sein Spiel gerade beendet hatte. Und dort hast du ihn dann erstochen.

Ich muß gestehen, mir leuchtet diese Erklärung ein.«

»Ja. Mir auch. Sie hat nur einen kleinen Fehler: Sie stimmt nicht«, sagte ich, während sich meine Gedanken überschlugen. Man hatte mich in den *Sechzehn Ministerinnen* gesehen. Das ließ nur einen Schluß zu: Magie war im Spiel.

»Wenn die Namenlosen Tage vorbei sind, wirst du Gelegenheit bekommen, deine Unschuld zu beweisen«, sagte Jermal. »Bis dahin werde ich mich mit dieser Erklärung zufriedengeben. Nichts für ungut, Halgor. Gibt es sonst noch irgendwas?«

»Nein«, sagte ich nachdenklich. »Oder doch, warte, wer löst dich gleich ab?«

»Das müßte Bortho sein.«

»Was hältst du von Bortho? Was ist er für ein Kerl?«

»Wie meinst du das?« Jermals Stimme war plötzlich von Argwohn erfüllt.

»Hör zu, Jermal, ich habe keinen Heller mehr in der Tasche, also fehlen mir die Möglichkeiten, einen Nutzen aus Borthos Schwächen zu ziehen, so er denn welche hat. Im Augenblick mache ich mir mehr Gedanken darum, ob das jemand anders tun könnte.«

»Das verstehe ich nicht.«

»Was würde deiner Ansicht nach geschehen, wenn man mich hier in meiner Zelle erhängt oder mit durchschnittenen Pulsadern fände, möglicherweise noch mit einem unterschriebenen Geständnis?«

»Was für eine dumme Frage. Bist du lebensmüde, Halgor?«

»Antworte mir einfach. Was würde geschehen?«

»Tja, ich nehme an, der Fall würde abgeschlossen und nicht weiter untersucht. Wäre ja auch eine ziemlich eindeutige Angelegenheit, oder nicht?«

»Schon, aber jetzt nimm einmal an, ich bin unschuldig. Und nimm weiter an, jemand hat sich große Mühe gegeben, mir die beiden Morde in die Schuhe zu schieben …«

Eine Pause trat ein. Jermal schwieg. Er schien zu überlegen. Schließlich sagte er zögernd: »Ich verstehe.«

Wiederum hielt er inne, dann fuhr er fort: »Komm näher an die Tür.« Ich tat es, und während er die Stimme zu einem vertraulichen Flüstern senkte, erblickte ich auch sein Gesicht durch das Guckfenster: bartlos, kurzes braunes Haar unter dem Helm, blaue Augen mit einem klaren, aufmerksamen Blick, eine etwas zu große Nase und ein etwas zu kleiner Mund mit wulstigen Lippen.

»Die Kommandantin hat schon seit längerer Zeit ein Auge auf Bortho. Sie ist unbestechlich und sehr auf den Ruf der Garde bedacht. Borthos Beutel leidet an chronischer Schwindsucht. Ich weiß nicht, ob er eine teure Geliebte hat oder dem Spiel verfallen ist oder sonst einem teuren Laster frönt, aber er ist immer bereit, sich ein kleines Zubrot zu verdienen. Genau das wolltest du doch wissen, oder?«

»Ja. Danke, Jermal. Sollte ich hier je wieder hinauskommen, bin ich dir etwas schuldig.«

»Schon gut, Halgor. Die Zwölfe mit dir.«

»Und mit dir.«

Der Wächter ging und ließ mich mit meinen Gedanken allein. Was sollte ich jetzt tun? Falls man mir ein vorzeitiges Ableben zugedacht hatte, war Bortho zweifellos ein geeigneter Kandidat für das Amt des Henkers.

Ich sah mich genau in meiner Zelle um, zum erstenmal seit ich hier war. Sie maß drei mal zwei Schritte. Die Wände bestanden aus Backsteinen, grob mit Mörtel verfugt. In der einen schmalen Seite befand sich ein winziger Fensterspalt, einen halben Backstein breit und drei Backsteine hoch, in der gegenüberliegenden die massive eisenbeschlagene Holztür mit dem kleinen, etwa einen Rechtspann messenden vergitterten Guckfenster und der Essensklappe am Boden. Die Pritsche stand von der Tür aus gesehen an der linken Wand und war abgesehen von dem Metalleimer, der als Abort diente, der einzige Einrichtungsgegenstand in der Zelle.

Wie sollte ich mich verhalten? Wenn mein Verdacht stimmte, würde mir ein Wärter, möglicherweise Bortho, ein Schlafmittel ins Essen oder ins Wasser mischen, warten, bis ich eingeschlafen wäre, um dann zu mir in die Zelle zu kommen und meinen vorgetäuschten Selbstmord durchzuführen. Also durfte ich nichts von dem anrühren, was Bortho mir brächte, mußte aber so tun, als ob ich es äße, und mich dann schlafend stellen, um Bortho zu überraschen, wenn er zu mir in die Zelle kam.

Ich ging zur Pritsche zurück und nahm mein unterbrochenes Frühstück wieder auf. Eine Waffe würde meine Aussichten erheblich verbessern. Das Eßgeschirr schied als Waffe aus. Es gab kein Besteck, und das Tablett schöbe ich nach draußen, wenn Bortho mir das Mittagessen brächte. Der kleine irdene Wasserkrug mit einem Fassungsvermögen von etwa einem Maß ließ sich möglicherweise als Wurfgeschoß oder Schlaginstrument benutzen. Da ich auf der Pritsche läge, wenn Bortho zu mir in die Zelle käme, wäre ich bei einem Kampf in einer wesentlich schlechteren Position, und die Vorstellung, den Krug zu zerschlagen und mit einer Scherbe bewaffnet von der Pritsche aufzuspringen, um den Wärter damit anzugreifen, gefiel mir nicht sonderlich gut. Aber immerhin war es eine Möglichkeit.

Auch der Metalleimer eignete sich mit Einschränkungen als Waffe. Bortho wäre gewiß überrascht, wenn ihm plötzlich ein mit Unrat gefüllter Eimer entgegenflog, und diese Überraschung gäbe mir vielleicht die Zeit, die ich brauchte, um von der Pritsche aufzuspringen und ihn außer Gefecht zu setzen. Vielleicht doch mit einer Scherbe?

Ich erhob mich von der Pritsche, um sie mir genauer anzusehen, wurde jedoch enttäuscht – sie besaß keine metallenen Teile. Die Pritsche bestand aus einer simplen Holzbank, einer Matratze und einer Decke. Nichts davon ließ sich als Waffe gebrauchen.

Wenn das Mittagsgeschirr keine andere Möglichkeit böte, müßte ich es wohl mit Eimer und Wasserkrug versuchen. Oder gab es vielleicht doch noch einen anderen Ausweg?

Ich ließ den Blick ein weiteres Mal durch die Zelle wandern. Nichts, nur nackte Mauern.

Dann kam mir ein Gedanke. Vielleicht war irgendwo in der Wand ein Backstein locker. Insbesondere einer der halben Backsteine gäbe ein glänzendes Wurfgeschoß ab. Ich sprang auf, ging zum Fensterspalt und sah ihn mir an. Der Spalt war drei Steine hoch, und auf der linken Seite endete die mittlere Reihe mit einem halben Stein von der Größe einer Männerfaust. Der Mörtel machte einen ziemlich bröckeligen Eindruck. Vielleicht konnte ich ihn mit einer Scherbe wegkratzen.

Da ich den Krug ohnehin zerbrechen mußte, um mir so etwas wie eine Waffe zu beschaffen, konnte ich es ebensogut gleich jetzt tun. Ich goß das Wasser in den Trinkbecher um und trank den Rest aus. Den nun bis zum Rand gefüllten Becher stellte ich vorsichtig hinter meine Pritsche. Ich mußte sparsam mit dem Wasser umgehen, da ich von dem Wasser, das Bortho mir brächte, nichts trinken könnte.

Dann nahm ich den Krug und schlug ihn vorsichtig gegen die Wand. Zu vorsichtig. Noch einmal etwas fester, und er zerbrach. Zwei der Scherben waren am einen Ende ziemlich spitz und eigneten sich sowohl als provisorischer Dolch als auch zum Kratzen.

Ich nahm eine der Scherben und versteckte die anderen auf meiner Pritsche, dann trat ich zum Fenster und machte mich an die Arbeit, wobei ich angestrengt auf Geräusche aus dem Gang vor meiner Zelle lauschte, denn schließlich wollte ich bei meiner Arbeit nicht überrascht werden.

Der Mörtel war tatsächlich bröckelig, und ich kam gut voran. Etwa eine Stunde später wog ich die glatte kantige Backsteinhälfte in meiner Hand und beglückwünschte mich zu meinem prächtigen, handlichen Wurfgeschoß.

Ich verbarg auch den Backstein unter der Decke und verteilte den Mörtelstaub mit den Füßen in der ganzen Zelle. Ich war sehr zufrieden mit mir, bis mein Blick auf den Fensterspalt fiel. Nur ein Blinder hätte die neue Ausbuchtung übersehen. Die unregelmäßige Form des Spalts mußte jedem sofort ins Auge fallen. Was tun?

Mein Blick fiel auf den halb verzehrten Laib Brot auf dem Tablett. Er hatte die richtige Größe. Ich quetschte ihn in die Lücke und verlieh ihm mit Mörtelstaub und Wasser die rechte Farbe und Form.

Während ich mir die Hände an der Hose abwischte, musterte ich zufrieden mein Werk. Einem oberflächlichen Blick würde es standhalten, und mehr war nicht nötig.

Ich holte tief Luft und stieß einen Seufzer der Erleichterung aus. Dann legte ich mich auf meine Pritsche und verschränkte die Hände hinter dem Kopf. Bortho konnte kommen. Ich war gerüstet.

# 11. Kapitel

Meine Geduld wurde auf eine harte Probe gestellt. Die Zeit verstrich quälend langsam, und abgesehen von gelegentlichen Schreien, die aus den Tiefen des Kerkers heraufhallten, blieb alles ruhig.

Ich nutzte die Zeit, um mir zu überlegen, was ich tun sollte, wenn alles so vonstatten ginge, wie ich es mir vorstellte. Wenn Bortho tatsächlich in meine Zelle käme und es mir dann gelänge, ihn außer Gefecht zu setzen, bliebe mir gar keine andere Wahl, als schleunigst zu fliehen. Zunächst einmal schien es mir angeraten zu sein, aus Alt-Gareth mit seiner Stadtmauer zu verschwinden. Die Stadttore wurden bewacht, und wenn erst einmal bekannt war, daß ein des Doppelmordes Verdächtiger aus dem Kerker geflohen war, würde man die Tore schließen und jeden, der die Altstadt verlassen wollte, einer genauen Prüfung unterziehen.

Also mußte ich schnell verschwinden, aber wohin? Schließlich wollte ich nicht einfach untertauchen oder Gareth verlassen, ich wollte Rache, ich wollte den Schuldigen zur Strecke bringen. Das bedeutete, ich mußte in der Nähe bleiben.

Mir fiel meine alte Wohnung in Meilersgrund ein. Nur ganz wenige Personen wußten, daß ich dort überhaupt eine Wohnung besaß, geschweige denn, wo sie sich befand. Und ich kannte mich in Meilersgrund aus und hatte dort auch noch Freunde. Und schließlich hatte ich kein Geld, würde aber welches brauchen, und auch in dieser Beziehung war Meilersgrund der richtige Ort.

Damit stand meine Vorgehensweise fest. Der Kerker lag nicht weit vom Osttor entfernt, keine fünf Minuten zu Fuß, und das Osttor führte nach Meilersgrund. Also würde ich schnurstracks zum Osttor gehen und einfach darauf hoffen, daß keiner der Wachposten mich erkannte.

Das alles setzte natürlich voraus, daß ich unbemerkt aus dem Kerker fliehen konnte. Wegen der Namenlosen Tage wäre die Zahl der Wärter geringer als sonst, dennoch müßte ich mich im wesentlichen auf Phexens Gunst verlassen.

Was wußte ich über den Kerker? Von außen hatte ich ihn schon oft gesehen, da er nicht weit von den *Sechzehn Ministerinnen* entfernt lag. Es handelte sich um eine alte Festungsanlage, ummauert und mit Wachtürmen versehen. Das einzige Tor wurde ständig bewacht, jetzt, während der Namenlosen Tage, vermutlich nur von einem, höchstens von zwei Posten. Innerhalb der Anlage gab es drei Gebäude. Zum einen den alten Turm an der Südmauer mit einem in nordsüdlicher Richtung verlaufenden dreistöckigen Anbau. Ein Blick aus dem Fensterspalt hatte mir längst verraten, daß ich in diesem Anbau gefangengehalten wurde, und zwar im obersten Stockwerk. Das zweite Gebäude konnte ich aus meinem Fensterspalt nicht sehen, aber ich wußte, daß es sich in der Nordostecke der Anlage befand und die Wächter beherbergte. Auf das dritte Gebäude konnte ich aus meinem Fenster direkt hinabsehen. Es stand an der Westmauer, und ich wußte nicht, welchem Zweck es diente.

Durch das bewachte Tor könnte ich nicht fliehen. Aber vielleicht gelänge es mir, mich unbemerkt in dieses dritte Gebäude zu schleichen und vom Dach über die Mauer zu springen.

Schritte auf dem Gang, die sich meiner Zelle näherten, rissen mich aus meinen Überlegungen. Gleich darauf hämmerte es zweimal gegen meine Kerkertür. »He,

Halgor, dein Mittagessen!« Die Stimme klang dünn und ein wenig schrill.

Ich erhob mich von meiner Pritsche, ging zur Tür und sah mir Bortho durch das vergitterte Guckfenster an. Er war wohl von mittlerem Wuchs, hatte einen dunklen Vollbart, ebensolches Haar und eine kleine spitze Nase. Seine Lippen waren schmal, der Blick seiner braunen Augen unstet. Vielleicht redete ich mir das nur ein, aber der Mann gefiel mir ganz und gar nicht. Ich ließ mir von meinen Gefühlen nichts anmerken.

»Und wie heißt du?« fragte ich ihn.

»Ich bin Bortho. Schieb dein Frühstückstablett durch die Klappe, dann bekommst du dein Mittagessen.«

Ich holte das Tablett und schob es durch die geöffnete Klappe.

»Wo ist der Wasserkrug, den du heute morgen bekommen hast? Ich kann dir keinen neuen geben, wenn du den alten nicht ablieferst.«

Meine Gedanken überschlugen sich. Was sollte das? Hatten schon andere Häftlinge vor mir ihre Wasserkrüge zerschlagen und die Scherben als Waffe benutzt, und wollte er mir diese Möglichkeit verwehren? Nein, das war Unsinn. Schließlich würde ich einen neuen Wasserkrug bekommen. Vielleicht wollte er nur dafür sorgen, daß ich kein Wasser mehr hatte außer dem, das er mir brachte.

Ich schlug die Augen nieder und gab mich zerknirscht. »Ich... ich habe ihn zerschlagen. Ich... habe die Beherrschung verloren.«

»Dann schieb die Scherben durch die Klappe.«

Ich sammelte die Scherben ein, wobei ich mir im stillen dazu gratulierte, daß ich auf sie nicht mehr angewiesen war, und schob sie ebenfalls nach draußen.

Als Bortho mir das Mittagessen in die Zelle schob, wich ich beim Geruch des Breis auf dem Teller unwillkürlich einen Schritt zurück. Bortho verabschiedete sich mit einem verschlagenen Kichern und einem sarkastischen »Laß es dir schmecken, Halgor«. Und schon hörte ich, wie sich seine Schritte wieder entfernten.

Wenn Bortho mich mit Gift oder einem Schlafmittel außer Gefecht setzen wollte, hatte er es bestimmt nicht unter das Essen gemischt, denn dieser Fraß war offensichtlich ungenießbar. Ich sah mir den Teller genauer an und verzog angewidert das Gesicht. Es handelte sich um einen ehemals heißen, nun aber erkalteten und erstarrten hellgrünen Brei mit gelblichen Stücken darin. Nach längerem Nachdenken kam ich zu dem Schluß, daß es sich wahrscheinlich um einen Mischmasch aus zerstampften Erbsen und Kartoffeln handelte. Die gelblichen Stücke schienen Rinderfett zu sein – als Fleisch konnte man diese Einlage wahrhaftig nicht bezeichnen.

Keine zehn Pferde hätten mich dazu gebracht, diesen Fraß anzurühren. So hungrig kann man gar nicht sein, dachte ich mir. Aber da fiel mir meine Kindheit wieder ein, und jene unseligen Zeiten, als ich mich aus Abfalltonnen und dem Rinnstein ernährt hatte. Eingedenk der alten Zeiten kostete ich, und wunderbarerweise reichte ein einziger Bissen völlig aus, um mich zu sättigen. Das Wasser rührte ich nicht an, sondern goß es aus und trank lediglich einen Schluck aus dem Becher mit dem Wasser, das ich vom Frühstück übrigbehalten hatte. Dann legte ich mich auf die Pritsche, schloß die rechte Hand um meinen Backstein, stellte mich schlafend und wartete.

Die Zeit schlich schneckengleich dahin, und nichts geschah. Niemand kam, weder Bortho noch sonst ein gedungener Meuchelmörder. Mittlerweile bereute ich, daß ich das Wasser weggeschüttet hatte, denn es war drückend heiß in meiner Zelle, und ich hatte meine Wasserreserve längst aufgebraucht.

Als Bortho schließlich mit dem Abendbrot kam, war ich hungrig, durstig und gereizt. Vielleicht bildete ich mir alles nur ein, und Bortho war in Wirklichkeit ein netter Kerl, der keiner Fliege etwas zuleide tun konnte. Andererseits, und das war tröstlich, mußte Borthos Schicht in zwei, drei Stunden beendet sein. Wenn er bis dahin nichts unternahm, konnte ich wahrscheinlich getrost zu Abend essen.

Als ich das Tablett mit dem nicht angerührten Mittagessen durch die Klappe schob, sagte ich: »Was für ein Fraß! Wer soll das denn essen? Ich hoffe, wenigstens das Abendessen ist genießbar. Außerdem ist es hier heiß wie im Backofen. Wie wär's mit einer zusätzlichen Ration Wasser?«

Bortho sah mich durch das Guckfenster spöttisch an. »Ach? Hat es dem feinen Herrn etwa nicht geschmeckt? Will er sich vielleicht beim Koch beschweren? Oder wünscht er vielleicht die Speisekarte zu sehen?« Dann fuhr er mich mit lauterer Stimme an: »Was glaubst du, wo du hier bist, Halgor? Im Hotel Seelander?« Er senkte die Stimme wieder. »Du kennst die Regeln. Wenn du bezahlen kannst, kriegst du anständiges Essen und auch mehr Wasser.« Dann fügte er vertraulich flüsternd hinzu: »Ich kann auch Wein besorgen. Hast du Geld?«

Ich schüttelte den Kopf. »Nein, ich bin völlig blank.«

Borthos Stimme nahm sogleich wieder ihren ursprünglichen kalten Tonfall an. »Dann mußt du mit dem vorliebnehmen, was ich dir bringe. Sei froh, daß das Brot nicht schimmlig ist.« Mit diesen Worten verriegelte er das Guckloch und war verschwunden.

Ich stellte das Tablett hinter die Pritsche, damit es von draußen durch das Guckfenster nicht zu sehen war. Dann legte ich mich wieder auf die Pritsche, umklammerte den Backstein und wartete.

Es dauerte vielleicht eine Stunde, bis ich erneut Schritte hörte, die sich meiner Zelle näherten. Sie klangen verstohlen, als wolle jemand Aufsehen vermeiden. Bortho?

Vor meiner Zelle verstummten die Schritte, und eine

Zeitlang geschah gar nichts. Offenbar wurde ich durch das Guckfenster beobachtet, und ich gab mir alle Mühe, so regelmäßig wie möglich zu atmen.

Dann hörte ich das Klirren eines Schlüsselbundes, und ein Schlüssel wurde ins Schloß gesteckt und umgedreht. Mit einem leisen Quietschen öffnete sich die Zellentür. Ich durfte nichts übereilen, ich mußte noch warten, bis Bortho näher herangekommen war. Ich stellte ihn mir vor, wie er in der Tür stehenblieb und das Bild, das sich ihm bot, rasch überblickte, einen vorsichtigen Schritt auf mich zu machte, noch einen ... *jetzt!*

Ich öffnete die Augen und sah Bortho vor der Pritsche stehen, wie er sich gerade über mich beugte. Seine Augen weiteten sich vor Entsetzen, als ich auffuhr und der Stein in meiner Hand auf sein Gesicht zuschoß. Ein dumpfes Krachen, ein heiserer, gedämpfter Aufschrei, und Bortho ging wie ein nasser Sack zu Boden, während ihm das Blut aus der gebrochenen Nase spritzte. Einen Augenblick später kniete ich auf ihm, den Stein zu einem weiteren Hieb erhoben.

Doch ein zweiter Schlag war unnötig. Bortho musterte mich noch einmal mit einem Ausdruck ungläubigen Erstaunens, dann verdrehte er die Augen und verlor das Bewußtsein. Oder war er tot? Ich legte das Ohr auf seine Brust und lauschte. Nein, er lebte noch. Sein Herz schlug langsam und wie mir schien ein wenig unregelmäßig, aber es schlug.

Mit einem Ächzen ließ ich den Stein fallen und durchsuchte den Wärter. Ich nahm seinen Dolch, den Schlüsselbund und seinen Beutel an mich, in dem sich jedoch nur ein paar Silbertaler befanden – immerhin besser als gar nichts.

Ich hätte ihm gern ein paar Fragen gestellt. Zum Beispiel, wer ihn bezahlt hatte. Aber man konnte nicht alles haben. Und dann ging mir auf, daß ich ein echtes Problem mit dem Mann hatte. Wenn ich ihn knebelte, würde er vermutlich ersticken. Seine Nase war nicht nur gebrochen, sondern so zerschmettert, daß er auf keinen Fall durch die Nase atmen konnte. Wie lange würde er bewußtlos bleiben? Das war unmöglich zu sagen, aber wenn ich ihn nicht töten wollte, mußte ich es darauf ankommen lassen.

Ich ließ ihn einfach liegen, ging zur Tür und schaute vorsichtig hinaus: ein nordsüdlich verlaufender Gang, vom flackernden Licht zweier brennender Fackeln in Wandhaltern erhellt und ansonsten leer. Ich schlüpfte in den Gang, zog die Zellentür hinter mir zu und brauchte anschließend eine kleine Ewigkeit, bis ich endlich den passenden Schlüssel gefunden und die Tür abgeschlossen hatte.

Wohin sollte ich mich wenden, nach rechts oder nach links? In beide Richtungen erstreckte sich der Gang etwa zehn Schritt weit, bevor er abknickte. Im stillen verfluchte ich mich für meine Gleichgültigkeit bei der Ankunft. Ich hatte nicht die geringste Ahnung, auf welchem Weg ich hierhergebracht worden war.

Ich überlegte kurz. Die Wand, auf die ich jetzt blickte, wies nach Osten. Links ging es folglich nach Norden, rechts nach Süden in Richtung des Turmes. Ich befand mich im obersten Stockwerk, also mußte ich zuerst einmal die Treppe finden. Zwischen Turm und Anbau gab es sehr wahrscheinlich eine Verbindung und auch eine Treppe. Hinzu kam, daß sich die Schritte der Wächter immer von rechts genähert hatten.

Ich wandte mich also nach rechts und huschte den Gang entlang und an drei weiteren Zellentüren vorbei. Mir fiel auf, daß geheimnisvolle Zeichen in die Zellentüren der Ostwand geritzt waren. Vielleicht handelte es sich um Zellen, die verzaubert worden waren, um die Gefangenen vor Magie zu schützen – oder ihnen die Anwendung von Magie unmöglich zu machen.

Vor der Biegung schmiegte ich mich an die Westwand und wagte vorsichtig einen Blick um die Ecke nach rechts.

Dort führte eine Treppe abwärts, deren hohe, unebene Stufen auf einem Absatz endeten. Eine fast abgebrannte Fackel in einem Halter auf dem Absatz spendete ein spärliches, flackerndes Licht. Nein, die Treppe endete nicht auf einem Absatz, sondern auf einem Korridor, der nach links und rechts abzweigte.

Ich eilte lautlos die Stufen hinunter, hielt auf der letzten inne und schaute vorsichtig nach links. Ein Durchgang, wahrscheinlich zum Turm; und vor dem Durchgang führte eine weitere Treppe in die Tiefe. Ein Blick nach rechts zeigte mir nur einen leeren, ebenfalls nur schwach erleuchteten Gang, in dem sich wahrscheinlich weitere Zellen befanden.

Ich lauschte angestrengt. Aus dem Durchgang zum Turm drangen alle möglichen Laute, bei denen sich mir die Nackenhaare aufrichteten: heisere Schreie, Stöhnen, ein langgezogenes Heulen, lästerliche Flüche. Aber ich hörte keine Schritte oder andere Geräusche, die auf die Anwesenheit von Wächtern hätten schließen lassen. Vielleicht hatte ich Glück, und alle Wächter hatten sich angesichts der Namenlosen Tage in ihrem Gebäude verkrochen. Andererseits schien es mir geraten zu sein, mich nicht darauf zu verlassen, also lugte ich vorsichtig um die Ecke und nahm die Treppe genauer in Augenschein.

Am Fuß der Treppe zweigte wieder ein Gang nach rechts und links ab, rechts in den Turm, links vermutlich zu weiteren Zellen, aber in der Mauer schräg vor der Treppe war eine Tür zu sehen, die zweifellos nach draußen führte.

Was mich an der Tür störte, war die Tatsache, daß sie nach Osten auf den großen Hof der alten Festungsanlage hinausging. Ich konnte nicht einfach durch diese Tür spazieren, weil mich jeder, der gerade zufällig in diese Richtung blickte, sofort entdecken würde. Ich müßte mich also erst umsehen, ob es einen Ausgang nach Westen gäbe.

Ich eilte die Treppe hinunter und blickte mich vorsichtig nach allen Seiten um. Von der Tür in der Ostwand verlief ein Gang direkt zur Westwand, wo er vor einer weiteren Tür endete, die ebenfalls nach draußen führen mußte. Das mußte die richtige Tür sein. Ich huschte durch den Gang, blieb vor der Tür stehen und drückte mit angehaltenem Atem die Klinke hinunter.

Die Tür war nicht verschlossen und öffnete sich nach innen.

Vorsichtig zog ich sie einen Spaltweit auf und lugte hinaus. Kaum zwanzig Schritt entfernt lag die Westmauer der alten Festung, und an dieser Mauer, schräg rechts von mir, stand das kleine Gebäude, dessen Zweck ich nicht kannte. Wächter waren weit und breit nicht zu sehen.

Ich überlegte nicht lange, sondern schlüpfte nach draußen, zog die Tür hinter mir zu, rannte vorwärts und ein wenig schräg nach rechts und drückte mich drei Herzschläge später in den Winkel zwischen Westmauer und Gebäude. Kein Alarmruf ertönte.

Nachdem ich mich eilig umgesehen hatte, fühlte ich mich gleich ein wenig besser. Zu sehen war ich in dieser Ecke nur vom Turm und von zwei oder drei Fensterspalten im Anbau aus.

Ich atmete tief durch und untersuchte die Außenmauer der ehemaligen Festungsanlage. Sie war alt und ziemlich brüchig und wies tiefe Fugen und Risse auf. Es wäre ein Kinderspiel, daran hochzuklettern. Worauf wartete ich noch?

Augenblicke später landete ich auf dem weichen Grasboden auf der anderen Seite der Mauer. Ich hatte es geschafft – ich war dem Kerker entflohen! Jetzt mußte ich rasch zum Osttor. Zwar konnte ich es von dieser Stelle nicht sehen, aber es waren höchstens vierhundert Schritt bis dorthin.

Ich wandte mich nach rechts und trabte an der Mauer entlang in Richtung Freiheit.

# 12. Kapitel

Ich war noch keine zwanzig Schritt weit gekommen, als ein gedämpfter, aber deutlich vernehmlicher Ruf an meine Ohren drang, der mir das Blut in den Adern gefrieren ließ: »Zu den Waffen! Ein Gefangener ist geflohen!«

War das Bortho, der aus seiner Ohnmacht erwacht war, oder hatte ein anderer Wächter nachgesehen, wo sein Kamerad so lange blieb, und ihn bewußtlos in der Zelle gefunden? Das war gleichgültig, ich hatte keine Zeit mehr zu verlieren.

Kaum hatte ich mich wieder in Bewegung gesetzt, da hallte ein Trompetensignal durch die ehemalige Festungsanlage, und zwar so laut, daß man es auch am Osttor hören mußte.

Damit schied das Osttor als Fluchtweg aus. Vielleicht konnten die Wachposten am Osttor nichts mit dem Trompetensignal anfangen, aber damit durfte ich nicht rechnen. Ich mußte es mit einem anderen Tor versuchen.

Andererseits lief mir die Zeit davon. Die Kerkerwachen verfügten gewiß über Pferde, und jeden Augenblick würden Boten zu den anderen Toren reiten, um die Gardisten dort zu warnen. Wenn ich ihnen nicht zuvorkäme, säße ich in der Falle. Ich brauchte ein Pferd. Aber wo sollte ich eines finden?

Ich sah mich rasch um. Zwanzig Schritt links von mir lag ein Durchgang zur Hauptstraße *In den Kaiserthermen*. Die Häuser, die mir feindselig die Rückwand zukehrten, hatten alle einen entscheidenden Nachteil: sie besaßen keine Stallungen.

Also blieb mir nur die Hauptstraße. Wegen der Namenlosen Tage und der mittlerweile vorgerückten Stunde wäre nicht allzuviel Verkehr auf der Straße. Ich mußte einfach auf mein Glück vertrauen.

Rasch schwenkte ich nach links und lief durch die schmale Gasse zwischen den Häusern, die die Kaiserthermen säumten. Eine Handvoll Fußgänger hasteten eiligen Schrittes und gesenkten Hauptes dahin, offenbar nur von dem einen Gedanken beseelt, noch vor Einbruch der Dunkelheit nach Hause zu kommen. Zweihundert Schritt weiter südlich fuhren ein Einspänner und eine größere Kutsche an den Kaiserthermen und dem nach ihnen benannten Hotel vorbei. Und – ich drehte den Kopf, und meine Miene hellte sich auf – da war auch ein einsamer Reiter zu meiner Rechten, dessen Schimmel gemächlich über das Kopfsteinpflaster trottete.

Ich setzte ein entsetztes Gesicht auf und lief auf den Reiter zu, wobei ich die Arme wie Windmühlenflügel schwenkte. »Ein Unglück!« rief ich. »Ein großes Unglück! Wartet, Herr!« Währenddessen versuchte ich den Reiter einzuschätzen. Er hielt sich sehr gerade auf seinem Pferd, einem Wallach, der auf mich Unkundigen einen gutmütigen Eindruck machte. Bei der Kleidung des Reiters schien es sich um eine alte Uniform zu handeln; er trug einen schweren Reitersäbel an der Hüfte und blinkende Orden und Ehrenabzeichen auf der Brust. Sein buschiger Schnurrbart war ergraut; der Mann zählte gewiß über sechzig Lenze. Offenbar hatte ich es mit einem alten Offizier zu tun, der längst seinen Abschied aus dem Dienst genommen hatte und den auch die Namenlosen Tage nicht davon abhalten konnten, seinen abendlichen Ausritt zu unternehmen.

Der Mann zügelte sein Pferd und musterte mich mit einem klaren, forschenden Blick. Als ich mit übertriebenem Keuchen neben ihn trat, herrschte er mich im rechten Wehrheimer Kasernenhofton an: »Rede, Bursche! Was ist geschehen?«

»Dämonen...«, krächzte ich heiser und undeutlich, wobei ich wild mit den Händen gestikulierte.

»Lauter, Bursche! Ich verstehe kein Wort von deinem Gefasel!« Der Mann beugte sich ein wenig zu mir herab, um mich besser verstehen zu können, und das reichte mir. Mit beiden Händen packte ich den linken Arm des Mannes und zog mit aller Kraft. Während er aus dem Sattel glitt und schwer auf das Pflaster fiel, griff ich bereits nach dem Zügel des Wallachs, der sich wiehernd aufbäumte – ein Schwung, ein Satz, und ich saß im Sattel.

»Tut mir leid, Alterchen«, sagte ich zu dem benommen am Boden liegenden Mann, der offenbar Anstalten machte, seinen Säbel zu ziehen. »Ich muß mir Euer Pferd ausleihen. Und wenn das ein Trost für Euch sein sollte, seid versichert, es ist für einen guten Zweck.«

Damit bohrte ich dem Wallach die Fersen in die Weichen, und das Tier setzte sich in Bewegung und verfiel in einen leichten Trab.

Hinter mir rappelte sich der alte Mann mühsam von der Straße auf und wedelte drohend mit seinem Säbel. »Das wirst du büßen, Bursche. Auf Pferdediebstahl steht der Tod!«

Nun, mehr als einmal konnte man mich nicht hinrichten, so daß mir diese Drohung gewiß keine schlaflosen Nächte bereiten würde. Ich richtete meine Aufmerksamkeit auf die wichtigere Frage, durch welches Tor ich die Stadt verlassen wollte. Das Osttor schied aus, ebenso das Angbarer Tor, das normalerweise mit mindestens einem Dutzend Gardisten besetzt war. Das Südtor bot sich an, weil ich ohnehin bereits in diese Richtung ritt. Also auf zum Südtor!

Am Admiral-Sanin-Bogen bog ich nach rechts ein. Ein rascher Blick in die entgegengesetzte Richtung verriet mir, daß von dort, aus der Richtung des Kerkers nämlich, noch keine Reiter zu sehen waren. Ich atmete tief durch. Ich konnte es immer noch schaffen.

Die Stadt wirkte wie ausgestorben. Auf der kurzen Strecke zum Tempel der Hesinde, vielleicht dreihundertfünfzig Schritt, begegneten mir nicht mehr als eine Handvoll Menschen, und alle erweckten den Eindruck, als sei ihnen der Praiosseibeiuns auf den Fersen. Sogar der fünfeckige Tempel mit dem Kreis riesiger Blutulmen, unter denen für gewöhnlich bei diesem warmen Wetter zahlreiche Leute saßen und sich dem Müßiggang hingaben, lag völlig verlassen da.

Als ich rechts am Tempel vorbei auf die Rohalallee ritt, fiel mir plötzlich ein, daß das Südtor eine Stunde früher geschlossen wurde als das Nord- und das Osttor. Das Angbarer Tor war die ganze Nacht offen, das wußte ich, aber die anderen Tore wurden um ... ja, wann wurden sie geschlossen? Zur zehnten Abendstunde, wenn ich mich recht entsann. In diesem Fall schloß das Südtor zur neunten Abendstunde. Ein besorgter Blick auf die bereits recht tiefstehende Sonne verriet mir, daß es bis dahin nicht mehr lange sein konnte.

Ich war kein allzu guter Reiter. Offen gestanden reichten meine Fähigkeiten auf diesem Gebiet gerade aus, um mich einigermaßen im Sattel zu halten, wenn ich nicht zu schnell ritt. Doch jetzt war Eile geboten. Ich zog die Zügel an und schnalzte mit der Zunge, woraufhin der Wallach in einen leichten Galopp verfiel, der mich kräftig durchschüttelte. Ich versuchte, mich so gut wie möglich dem Rhythmus des Tiers anzupassen, und kam auch einigermaßen zurecht.

Am Immanstadion angelangt, bog ich nach links ab und ritt an der Längsseite der riesigen Arena vorbei, die während der Namenlosen Tage ebenso geschlossen war wie der Stadionmarkt.

Als ich das Stadion passiert hatte, sah ich das Südtor vor mir, das noch dreihundert Schritt entfernt lag. Von den üblichen Menschenströmen, die sonst in beiden Richtungen das Tor passierten, war nichts zu sehen. Ich war der einzige, der um diese Stunde durch das Tor wollte – und ich war in der Tat gerade noch rechtzeitig gekommen, da es den Anschein hatte, als bereiteten die Wachen gerade die Schließung des Tores vor.

Schon von weitem schwenkte ich wild einen Arm und rief den beiden Wachen zu, daß sie noch warten sollten, was sie zu meiner Erleichterung auch taten. Am Tor angelangt, zügelte ich den Wallach und wandte mich an die beiden Gardisten, die mich mit einer Mischung aus Neugier und Mißtrauen ansahen. Ein verstohlener Blick verriet mir, daß sich in der kleinen Wächterstube im Wachturm noch zwei weitere Posten befanden.

»Ich muß dringend zu meinem Schwager Diergard«, sagte ich zu den Wachen. »Ich habe Nachricht erhalten, daß ihn der Schlag getroffen hat. Boron hat ihn zwar nicht zu sich genommen, aber meine Schwester sagt, er sei gelähmt. Ich kann sie jetzt nicht mit einem wehrlosen Krüppel allein lassen, nicht während der Namenlosen Tage!« keuchte ich. »Nicht im Südquartier!« Das Südquartier ist ein Elendsviertel wie Meilersgrund.

»So genau wollen wir es gar nicht wissen«, meinte der eine Posten. »Seht zu, daß Ihr bei Anbruch der Dunkelheit im Hause seid. Und wir schließen jetzt das Tor. Ihr werdet wohl bei Eurer Schwester übernachten müssen.«

»Das hatte ich ohnehin vor. Ich wünsche einen geruhsamen Abend.«

Ich nickte den beiden Posten zu und setzte den Wallach wieder in Bewegung. Ich hatte den Torbogen noch nicht passiert, als ich hinter mir Hufgetrappel hörte, das schnell lauter wurde. Ein rascher Blick zurück bestätigte meine Befürchtungen: Wild gestikulierend kam ein Mann auf das Tor zugeritten, vermutlich ein vom Kerker gesandter Bote. Ich schnalzte mit der Zunge, und der Wallach nahm wieder seinen leichten Trab auf. Einen Augenblick später lag das Tor hinter mir und die durch das Südquartier führende Hauptstraße nach Punin vor mir.

Ich war gute hundert Schritt weit gekommen, als der Reiter sein Pferd am Tor zügelte und eine aufgeregte Unterhaltung mit den Torwachen begann. Augenblicke später hörte ich einen lauten Schrei. »Das war er! Das war das verfluchte As! Ihm nach! Ihr habt Pferde hier! Beeilt euch! Wenn ihm zwei von euch folgen, schnappen wir ihn vielleicht noch!«

Die Torwächter schienen von diesem Ansinnen nicht sonderlich begeistert zu sein, fügten sich dann aber nach einem kurzem Wortwechsel. Ein anderer Posten brachte zwei gesattelte Pferde.

Ich hatte genug gesehen, richtete den Blick wieder nach vorn und trieb den Wallach an. Mein Vorsprung betrug vielleicht zweihundertfünfzig Schritt. Das war zu wenig für einen Versuch, mich im Südquartier vor meinen Verfolgern zu verstecken. Im Südquartier gab es kaum mehrstöckige Häuser, sondern hauptsächlich einstöckige Holzhütten der armseligsten Art, deren Dächer zum Teil mit getrocknetem Kuhdung gedeckt waren, die den Bewohnern im Unterschied zu denen in Meilersgrund jedoch in der Mehrzahl wenigstens selbst gehörten. Das ganze Gelände war vom Rücken eines Pferdes recht gut zu übersehen und ganz und gar nicht dazu geeignet, Verfolger abzuschütteln. Mir blieb nur die Flucht aus der Stadt. Jenseits der Stadtgrenze könnte ich mich vielleicht in die Büsche schlagen.

Als ich mich kurz darauf wieder nach meinen Verfolgern umsah, stellte ich zu meinem Entsetzen fest, daß sie rasch aufholten. Sie lagen höchstens noch zweihundert Schritt zurück, hatten meinen Vorsprung also auf einer Strecke von etwa einer Viertelmeile um fünfzig Schritt verkürzt. Die Gründe dafür lagen auf der Hand: Zum einen waren sie weit bessere Reiter als ich, und zum anderen schien mein Wallach nicht mehr der Jüngste zu sein. Ich mußte mir schleunigst etwas einfallen lassen.

Die Ausläufer Gareths erstreckten sich noch etwa zwei Meilen weit nach Süden, bevor die letzten Katen und Felder am rechten Wegesrand von den Ausläufern des dichten Waldes abgelöst wurden, der zur berüchtigten und gefürchteten Dämonenbrache gehörte. Das Gehölz bohrte sich im Südwesten wie ein Keil in das Stadtgebiet hinein. Alle Versuche, Straßen durch das Gelände zu ziehen und damit eine Besiedlung vorzubereiten, waren bislang am stillen Widerstand der Bevölkerung gescheitert, denn die Dämonenbrache gilt seit der ersten Dämonenschlacht vor vielen Jahrhunderten als verflucht.

In westlicher Richtung lag der Wald höchstens eine Dreiviertelmeile von der Straße nach Punin entfernt, und obwohl der Gedanke, an diesen von allen Göttern verlassenen Ort zu flüchten, ein starkes Unbehagen in mir wachrief, schwenkte ich bei der nächsten Gelegenheit nach rechts ab und hielt auf die dunkle Baumlinie zu, hinter der in einer Stunde die gleißende Praiosscheibe untergehen würde. Durch die Richtungsänderung gewannen meine Verfolger weiter an Boden, da sie hinter mir den Weg abkürzen konnten. Mein Vorsprung war auf hundertfünfzig Schritt geschrumpft.

Ich versuchte das Hinterteil des Wallachs zu entlasten, indem ich mich ein wenig nach vorn beugte, aber auch damit könnte ich die Verfolger nicht mehr lange auf Distanz halten.

Aber das brauchte ich auch gar nicht. Rechts und links flogen die immer weiter auseinanderstehenden Häuser und Felder vorbei, und der Wald, der gar kein Wald im üblichen Sinne war, wie ich jetzt erkannte, kam rasch näher. Es handelte sich um ein undurchdringliches Gewirr aus verkrüppelten alten Eichen, knorrigem Buschwerk und Dornengestrüpp. Ich schaute mich um.

Die Verfolger waren bis auf hundert Schritt herangekommen, und der Waldrand lag noch etwas mehr als
eine Viertelmeile entfernt.

Aber ich konnte nicht einfach in dieses undurch-
dringliche Dickicht hineinreiten. Ich mußte eine
Schneise finden, eine Lücke im Gestrüpp. Ich hielt verzweifelt nach einer solchen Stelle Ausschau und fand
sie schließlich auch: gut zweihundert Schritt weiter
südlich machte ich einen schmalen Einschnitt in der
ansonsten ununterbrochenen grünen Linie aus und
schwenkte sofort schräg nach links auf die Stelle zu.

Vielleicht rettete mir diese Wendung das Leben. Ein
Armbrustbolzen zischte rechts an mir vorbei und
bohrte sich dreißig Schritt vor mir in den weichen Feld-
boden.

Ich schaute mich entsetzt um. Die beiden Gardisten
waren keine fünfzig Schritt mehr hinter mir und sporn-
ten ihre Tiere nun, da ich zum Greifen nahe schien, zu
noch größerer Eile an.

Wir passierten die Grenze zwischen besiedeltem
Land und der Wildnis. Der weiche Ackerboden ging
in härteren Grasboden über, und Augenblicke später
hatte ich die Schneise erreicht und lenkte den Wallach
durch das Gestrüpp in die Dunkelheit des Waldes, die
uns verschluckte.

Zehn Schritt weiter knickte die schmale Schneise ein
wenig nach links ab, und als ich mich umdrehte, sah
ich nur noch verkrüppelte Baumstämme, dorniges Gestrüpp und dichtes Gebüsch.

Dafür hörte ich meine beiden Verfolger, die die
Schneise jetzt ebenfalls erreicht hatten.

»Verdammich, war das ein Pech, daß wir ihn nicht
mehr vor dem Wald erwischt haben! Was meinst du,
Norstin, sollen wir ihm nach?«

»Bist du wahnsinnig? Ihm nach? In die Brache? Wo
es gleich dunkel wird? Noch dazu während der Namenlosen Tage? Ohne mich!«

»Du hast recht. Ich würde sagen, wir ziehen uns hundert Schritt vom Waldrand zurück und behalten die Gegend im Auge, bis es dunkel ist. Wenn er dann noch im Wald ist, können wir ohnehin nichts mehr tun.«

»Ich bezweifle, daß überhaupt noch jemand etwas tun muß, wenn er bis zum Einbruch der Dunkelheit nicht aus dem Wald heraus ist. Die Dämonen werden ihn sich holen.«

Bei diesen Worten lief es mir kalt über den Rücken. Nun, da ich ein wenig mehr auf meine Umgebung achtete, fiel mir auf, daß es totenstill in dem Wald war. Ich hörte kein Vogelgezwitscher, kein Summen oder Zirpen von Insekten, kein Blätterrauschen. In den letzten Wochen war es sehr heiß gewesen, und der Wald schien die Hitze gespeichert zu haben. Ich hatte das Gefühl, als hätte ich mich in einen Backofen geflüchtet. Schon das Reiten hatte mich ins Schwitzen gebracht, aber jetzt war ich geradezu in Schweiß gebadet.

Der Pfad, dem ich folgte, beschrieb wieder einen Knick, diesmal nach rechts, und verbreiterte sich anschließend zu einer kleinen Lichtung, bei deren Anblick sich mir die Nackenhaare sträubten. Doch bevor ich recht wußte, was mich daran so erschreckte, bäumte sich mein Wallach plötzlich laut wiehernd auf und warf mich, der ich davon völlig überrascht wurde, kurzerhand ab.

Ich fiel in einen Dornenbusch und schlug mit dem Hinterkopf gegen eine Baumwurzel. Die Dornen zerrissen mir die Kleidung und stachen mich blutig, doch über dem dumpfen Schmerz, der mir beim Aufprall auf die Baumwurzel durch den Kopf schoß, nahm ich die Stiche gar nicht wahr. Ich sah nur noch, wie der Schimmelwallach mit schreckgeweiteten Augen kehrtmachte und wie von tausend Dämonen gehetzt den Pfad zurückgaloppierte, auf dem wir gekommen waren, und dann wurde mir, wieder einmal, schwarz vor Augen.

# Zwischenspiel

Der Kerkerwächter hatte also versagt, und der Spieler war geflohen.

Wolfherr von Hohenstein saß im Salon des Stadthauses seiner Familie in Gareth und strich sich nachdenklich über das Kinn.

Die Neuigkeit hatte sich am Vormittag rasch verbreitet und war schließlich auch Wolfherr zu Ohren gekommen. Den Gerüchten zufolge hatte der Kerkerwächter Bortho bei seinem abendlichen Rundgang durch den Zellentrakt seltsame Geräusche aus der Zelle des Spielers gehört. Er hatte einen Blick durch das Guckfenster geworfen und dabei gesehen, daß sich der Spieler in Krämpfen auf seiner Pritsche wand. Darob beunruhigt, hatte Bortho die Zellentür geöffnet, um nach dem Spieler zu sehen, und war von diesem mit einem aus der Außenmauer gelösten Backstein niedergeschlagen worden. Der Kerkerwächter war mit gebrochener Nase und starken Kopfschmerzen glimpflich davongekommen.

Bei sich korrigierte Wolfherr diese Darstellung. Bortho hatte die Zelle geöffnet, um den Spieler weisungsgemäß zu töten, aber dann hatte er sich offenbar übertölpeln lassen.

Das konnte nur bedeuten, daß der Spieler seine Schlüsse aus den Vorgängen gezogen und Wolfherrs nächsten Zug vorausgeahnt hatte. Oder gab es eine andere Möglichkeit? Augenzeugen hatten berichtet, der Spieler sei bei der Nachricht vom Tod seiner Geliebten zusammengebrochen. Beim Gedanken an die Kurtisane

Marisha überlief Wolfherr ein eisiger Schauder. Vielleicht hatte der Spieler in der Einsamkeit der Zelle ganz einfach den Verstand verloren und sich in den Kopf gesetzt, um jeden Preis zu fliehen.

Darauf ließ jedenfalls seine anschließende Flucht in die Dämonenbrache schließen.

Der Spieler war aus dem Kerker geflohen und den Boten der Garde, die die Schließung der Tore veranlaßt hatten, nur um Haaresbreite zuvorgekommen. Zwei Torwachen hatten die Verfolgung aufgenommen und ihn beinahe eingeholt, aber im letzten Augenblick hatte sich der Spieler in den dichten Wald am Rand der Dämonenbrache gerettet.

Gerettet! Wolfherr schüttelte den Kopf. Was hatte den Spieler nur dazu getrieben, in die Brache zu fliehen? Da hätte er sich ebensogut gleich die Pulsadern aufschneiden lassen können, denn wenn es einen Ort gab, der schlimmer war als die Dämonenbrache bei Nacht, dann war es die Dämonenbrache bei Nacht während der Namenlosen Tage.

Seine Verfolger hatten es aus verständlichen Gründen nicht gewagt, ihm zu folgen, waren aber noch geblieben, um den Einbruch der Dunkelheit abzuwarten und sich zu vergewissern, daß der Spieler nicht ein Stück weiter den Wald wieder verließ.

Kurze Zeit später war das Pferd, auf dem der Spieler in die Brachen geflohen war, reiterlos und in blinder Panik aus dem Wald hervorgebrochen, und die beiden Torwachen hatten das völlig erschöpfte Tier eingefangen und in die Stadt zurückgebracht, wo es mehrere Stunden gebraucht hatte, um sich zu beruhigen.

Das Pferd mußte eine schreckliche Begegnung gehabt haben.

Wolfherr kicherte in sich hinein. Im Grunde hätten sich die Dinge nicht besser für ihn entwickeln können.

Die Flucht des Spielers war in den Augen der Öffentlichkeit und – was wesentlich bedeutsamer war –

auch in den Augen der Obrigkeit ein eindeutiges Schuldeingeständnis. Ein Unschuldiger wäre nicht geflohen, sondern hätte in aller Ruhe die Untersuchung der Vorfälle abgewartet.

Wolfherr trank einen Schluck Wein aus einem bauchigen, langstieligen Glas und gab sich dem behaglichen Gefühl der Wärme hin, das sich in seinem Magen ausbreitete. Ihm konnte die Entwicklung nur recht sein. Der Spieler war tot, daran bestand kaum ein Zweifel. Und wenn er wider Erwarten nicht tot sein sollte, wünschte er sich wahrscheinlich in diesem Augenblick nichts sehnlicher, als es zu sein.

Nein, die Angelegenheit war erledigt. Er konnte getrost in die Burg seines Vaters zurückkehren, die jetzt bald ihm gehören würde, und ihm die überaus traurige Nachricht vom ach, so bedauerlichen Tod Baldurs überbringen. Vielleicht hatte Wolfherr ja sogar das Glück, daß den alten Stinkstiefel der Schlag traf.

Wenn nicht, ergäbe sich gewiß bald eine Gelegenheit, ihm zur wohlverdienten ewigen Ruhe zu verhelfen. Denn warum sollte Wolfherr mit dem Antritt seines Erbes warten, bis es Boron gefiel, seinen Vater zu sich zu holen? Der Alte war zäh und würde sich vielleicht noch Jahre an sein erbärmliches Leben klammern.

Ja, vielleicht fand sich eine Möglichkeit... Obwohl die Sache bei näherer Überlegung nicht eilte. Während der Namenlosen Tage waren längere Reisen immer unangenehm, und überdies fand im Anschluß daran in Gareth das große, acht Tage dauernde Praios-Turnier statt. Ein wenig Zerstreuung konnte nach der ganzen Aufregung nichts schaden.

# 13. Kapitel

Ich erwachte wie in einem Traum. In meinen Gliedern fühlte ich die bleierne Schwere des Schlafs, aber den Schmerz, den mir die vielen Kratzer und Stiche bereiteten, spürte ich nur schwach, so wie man das Murmeln eines Baches hört. Ich lag in einem Dornbusch in völliger Finsternis, bis ich mich plötzlich meiner Flucht aus dem Kerker entsann, wie mich die Torwachen gehetzt hatten, wie ich ihnen gerade noch entwischt war – und wie mein Wallach gescheut hatte.

Just als mir dieser Gedanke durch den Kopf schoß, war es, als öffnete ich die Augen, und ein beißender Gestank nach Fäulnis und Verwesung stieg mir in die Nase, bei dem sich mir der Magen umdrehte. Als ich auf die Beine zu kommen versuchte, sah ich, daß ich immer noch auf der Lichtung stand, auf die ich mich geflüchtet hatte.

Gut zehn Schritt von mir entfernt weitete sie sich zu einem öden Heidefeld, das wie vom Licht Madamals beschienen war, obwohl die silberne Scheibe nicht am Himmel zu sehen war.

Im Gestrüpp bewegte sich etwas, schien sich einer der umgestürzten Baumstämme zu regen – eine schartige Lanzenspitze blitzte auf, und plötzlich ragte ein vermoderter Soldat vor mir auf, den goldenen Helm entzweigespalten, auf dem ein schwarzer Roßschweif wehte, die Beinschienen verbeult, und starrte mich aus leeren Augenhöhlen an. Hinter der schaurigen Gestalt wuchsen madenweiße Hände aus dem sumpfigen Boden hervor, gepanzerte Arme, bleiche Schädel und

131

blutverkrustete Schwerter, bis ein ganzes Banner von Kriegern vor mir stand und langsam und mit leisem Klirren auf mich zu wankte.

Bei genauerem Hinsehen erkannte ich, daß sich die Soldaten allesamt in einem fortgeschrittenen Stadium der Verwesung befanden und daß sie zum Teil gräßliche schwarz verfaulte Wunden wie von Schwerthieben aufwiesen. Offenbar handelte es sich bei diesen Gestalten um Untote.

Uferloses Entsetzen überfiel mich bei diesem Anblick aus den tiefsten Niederhöllen, ein Gefühl eisiger Kälte, das seinen Ursprung in meinen Gedärmen zu haben schien und langsam den ganzen Körper erfaßte, denn ich hatte nicht den geringsten Zweifel, was die Absichten der Untoten betraf.

*Nur weg von hier!* Ich wollte mich herumwerfen und den Weg zurückeilen, den ich gekommen war, aber, wie das in Träumen oft so ist, war ich nicht in der Lage, auch nur ein Glied zu rühren.

Ich wollte schreien, doch kein Laut kam über meine Lippen. Also stimmten die Legenden. Die Dämonenbrachen waren verwünscht, ein Gebiet, das es zu meiden galt. Gewiß, ich war meinen Verfolgern entronnen, aber um welchen Preis!

*Phex, steh mir bei! Praios beschütze mich! Oh, ihr Zwölfgötter, helft mir aus meiner Not!*

Stoßgebete murmelnd, sah ich die Alptraumgestalten mit schreckgeweiteten Augen immer näher kommen, als plötzlich wie aus dem Nichts sechs pechschwarze geflügelte Wesen vor mir erschienen, von denen mir eine Welle glühender Hitze entgegenschlug und die sich, wie mir schien, schützend vor mir aufbauten. Bis auf ihre Farbe ähnelten die Wesen Greifen. Sie hatten kräftige, muskulöse Löwenkörper und die Schwingen von Adlern.

Die sechs Wesen stießen ein Löwengebrüll aus, bei dem mir das Blut in den Adern gefror, doch ich atmete auf, als ich sah, daß die Untoten langsam vor ihnen zurückwichen.

Die Greifenwesen schlugen mit den Flügeln und sträubten ihr pechschwarzes Gefieder, und da sah ich, daß darunter eine feurige Glut zu brennen schien.

Plötzlich ertönte eine Stimme wie eine gewaltige Glocke, so laut, daß mir der Schädel zu platzen drohte: »In den Staub mit dir, Sterblicher!«

Vor mir ragte ein ungeheurer Thron gleich einer schwarzen Festung in den Himmel, umzüngelt von roten Flammen und erleuchtet vom Schein brennender Wagenräder, auf die die verkohlten Leiber der Verdammten geflochten waren. Ein Wehklagen erfüllte die Nacht, und auf dem Thron saß eine riesige Gestalt in einem schwarzen Gewand, deren Gesicht von der Finsternis verhüllt war. In der rechten Hand hielt sie einen Stab, der in die Wolken ragte, so gewaltig, daß zehn Riesen ihn mit den Armen nicht hätten umspannen können, und der Stab war mit tausend lidlosen Augen bedeckt.

Ich zitterte am ganzen Körper, als ich die Augen schloß und mich auf die Knie warf, wobei ich inständig hoffte und inbrünstig zu allen Zwölfgöttern betete, der Alptraum möge ein Ende haben.

»Sieh an, sieh an, Halgor das As! Welch bemerkenswerte Fügung!«

Die Stimme hallte nicht mehr wie eine Glocke, sondern hatte eine normale Lautstärke angenommen, schien ihren Ursprung aber absonderlicherweise in meinem Kopf zu haben.

Sollte ich es wagen? Ich hob den Kopf und blinzelte. Der ungeheure Thron und die riesige Gestalt waren verschwunden. Statt dessen stand eine menschliche Gestalt vor mir, ein schwarzhäutiger, schwarzgekleideter Mann mit roter Kapuze, die jedoch kein Gesicht verbarg, sondern nur ein wallendes graues Nichts. In den Händen hielt er ein Henkersbeil, und um den Hals trug er eine Galgenschlinge. Bei genauerem Hinsehen erkannte ich, daß die Schlinge nicht aus einem Strick, sondern aus weißen Schlangen bestand.

Mit schlotternden Knien richtete ich mich vollends auf. Meine Lippen formten Worte, aber es kam mir so vor, als sei nicht ich es, der da flüsterte: »Habt Gnade, mächtiger Herr, wer Ihr auch sein mögt!«

»Ich bin Blakharaz, der Herr der Rache. Ich bin hier, weil ich deinen Durst gespürt habe. Und weil du zu mir gekommen bist, will ich dir geben, wonach es dich verlangt.«

»Seid … seid Ihr ein … Dämon?« Das letzte Wort hauchte ich nur.

Die Kapuze ruckte nach hinten, als werfe der Schwarzgekleidete den Kopf in den Nacken, und ein heiseres, freudloses Lachen ertönte. »Halgor, wo – deiner Meinung nach – sind wir hier?«

»Und … was verschafft mir die Ehre dieser Begegnung, Herr Blakharaz?« stammelte ich.

»Ich finde, du könntest ruhig ein wenig Dankbarkeit an den Tag legen«, bemerkte der Erzdämon mit einem spöttischen Unterton. Er drehte sich ein wenig zur Seite und deutete hinter sich. Am Rande der kleinen Lichtung hielten die sechs pechschwarzen Greife immer noch die Untoten in Schach. »Schließlich sind meine Asqarathi gerade noch rechtzeitig aufgetaucht, um dein Leben zu retten.« Dann hallte die Stimme plötzlich wieder unerträglich laut in meinem Kopf. »Schau in dich hinein!«

Mir fielen die Augen zu, und ich sah meine geliebte Marisha mit ausgebreiteten Armen vor mir stehen. Ihre Haut war weiß wie der Schnee, nur um den Hals lagen die Würgemale wie eine schwarze Kette, und ihre Augen blickten mich flehentlich an und glänzten wie im Fieber. Ihre Lippen bewegten sich, als wollten sie mir etwas sagen, aber ich konnte sie nicht verstehen.

»Sie befiehlt dir, ihren Tod zu rächen. Hast du ihre

Worte verstanden?« Ein Schrei der Empörung gellte in meinem tiefsten Innern auf und entzündete einen Wimpernschlag später dasselbe Feuer, dasselbe Verlangen nach Rache, das im Kerker in mir gelodert hatte.

»Du möchtest wissen, wer ihr das angetan hat? Du wirst es bald erfahren. Du wirst meiner Macht teilhaftig werden, du wirst deine Rache bekommen, und die Seele dessen, den du suchst, wirst du mir schicken, auf daß sie ewig in den Niederhöllen schmore. Ich spüre deinen Haß – sag, daß du mein Diener sein willst!«

Ich schrak zusammen. Was bot mir der Finstere da an? Einen – mochten die Zwölfe es verhindern – *Pakt*?

So stark mein Verlangen nach Rache auch war, ich hatte das unbestimmte Gefühl, daß mir ein solches Abkommen kaum zum Vorteil gereichen würde.

»Was … was sind das für Wesen?« fragte ich, um Zeit zu gewinnen.

»Meinst du die Asqarathi? Das sind meine getreuen Diener.«

»Nein, ich meine die anderen.«

»Ach so, die. Das sind Untote, Leichen der hier umgekommenen Soldaten, von denen die Nephazzim Besitz ergriffen haben.«

»Sie wollen mich … töten?«

Die Stimme des Erzdämons troff vor Spott. »Die Frage ist gar nicht so dumm, Halgor. Nein, ›töten‹ trifft es nicht ganz. Ich glaube vielmehr, daß sie dich zu einem der Ihren machen wollen.«

»Zu einem der Ihren?« flüsterte ich, während das kalte Entsetzen erneut nach mir griff.

»Wenn du ihnen in die Hände fielst, würden sie dich töten, um dann von deiner Leiche Besitz zu ergreifen. Schließlich bist du in ihre Domäne eingedrungen, in die einzige Domäne, die sie haben, und ich glaube, sie sind nicht bereit, das einfach so hinzunehmen.« Der Erzdämon kicherte dünn. »Aber genug davon!« Jetzt hallte seine Stimme wieder laut und dröhnend. »Wir verschwenden nur Zeit. Ich biete dir meine Hilfe an. Also sag endlich, daß du mein Diener sein willst!«

»Verzeiht mir, Herr, aber viel mehr als Eure unschätzbare Hilfe wünsche ich mir, diesen Ort zu verlassen…« Da war meine Zunge wieder einmal schneller gewesen als mein Verstand. Ich duckte mich unwillkürlich in Erwartung der Reaktion auf diese unbedachte Äußerung.

»Schweig! Du sollst mich nicht umsonst gerufen haben!« donnerte er, um dann zu meiner Verblüffung und unsäglichen Erleichterung in normalem Tonfall fortzufahren: »Aber die Entscheidung liegt selbstverständlich ganz allein bei dir, Halgor, obwohl ich fürchte, daß du ohne meine Hilfe nicht sehr weit kommen wirst. Ich könnte mir vorstellen, daß es recht ungemütlich für dich wird, wenn ich mich mit meinen Asqarathi zurückziehe.« Der Erzdämon deutete hinter sich auf den Rand der Lichtung, wo die Greifenwesen immer noch die Untoten in Schach hielten.

Ich überlegte fieberhaft, sann auf einen Ausweg aus dieser anscheinend hoffnungslosen Klemme.

»Wie Ihr in Eurer unendlichen Weisheit wissen werdet, bin ich Spieler, großmächtiger Blakharaz«, stammelte ich, ohne nachzudenken, vor mich hin. »Ich wage kaum zu hoffen, daß Ihr an meinem bescheidenen Vorschlag Gefallen finden könntet, den ich Euch untertänigst unterbreiten möchte…« Ich holte tief Luft, biß auf die Zähne, um das Klappern zu unterdrücken, und schickte ein Stoßgebet an Phex. »Vielleicht ließe sich diese Frage mit einem Spiel entscheiden…«

Weiter kam ich nicht, denn in diesem Augenblick brach der Dämon in ein solches Gelächter aus, daß die Erde bebte und ich wieder auf die Knie fiel. Ich bemerkte, daß der Knopf meiner Jackentasche abgesprungen war, und merkwürdigerweise stoben aus der Tasche auch schon die Blätter eines Kartenspiels heraus, obwohl ich hätte schwören können, keines dabeigehabt zu haben, und wirbelten vor mir in der Luft wild im Kreis herum.

»Du willst also dein Spielchen mit mir treiben?« Noch einmal brachte sein Lachen die Erde zum Erzittern. »Gut denn, so sei es! Um deinem Wagemut entgegenzukommen, wirst du es sein, der raten muß. Zeig mir das As des Feuers, und ich gebe dich frei. Zeigst du mir aber eine falsche Karte, so bist du mein.«

Kaum hatte der Finstere das gesagt, fielen alle Karten zu Boden bis auf die drei, die ich immer beim Hütchenspiel benutzt hatte: die Wahrsagerin der Luft, der Magier des Eises und das As des Feuers. Ich war wie gebannt von dem seltsamen Tanz, den die drei Karten wie irrsinnige Motten vor meinen Augen aufführten, und ich konnte nur noch einen Gedanken fassen, nämlich den, daß ich dieses Spiel schon verloren hatte. Dann hielten die Karten inne, alle drei in einer Reihe, eine Armlänge von meinem Gesicht entfernt.

»Triff deine Wahl.« Es gab nichts mehr zu sagen für mich. Ich starrte in rasender Angst auf die Rückseiten der drei Blätter. Die Karten waren neu, und es gab keinen Kratzer und keinen Knick, der mir verraten hätte, was ich jetzt mehr als alles andere wissen mußte. Mir blieb nichts anderes übrig, als auf mein Glück zu vertrauen.

Kaum gedacht, beschlich mich das unbehagliche Gefühl, daß mir jetzt alles Glück der Welt nicht mehr helfen konnte. Ich hatte den Verdacht, daß sich unter diesen drei Karten kein As des Feuers mehr befand.

»Nun?« fragte der Erzdämon mit gelangweiltem Unterton.

»Ich mache Euch einen anderen Vorschlag.« Ich griff nach einem allerletzten Strohhalm. »Ich nenne Euch zwei Karten, die *nicht* das As des Feuers sind. Wenn Ihr sie umdreht und das As des Feuers nicht darunter ist, muß es die dritte Karte sein. Dann habe ich gewonnen. Seid Ihr einverstanden?«

»Du wagst es, mir Betrug zu unterstellen?« donnerte der Erzdämon. Dann nahm seine Stimme einen belustigten Tonfall an, als er sagte: »Du bist sehr mißtrauisch, Halgor. Aber ich muß dein Ansinnen bedauerlicherweise ablehnen, denn unsere Abmachung lautet: ›Zeige mir das As des Feuers, und ich gebe dich frei. Zeigst du mir aber eine falsche Karte, so bist du mein.‹ Also kannst du nur dadurch gewinnen, daß du mir das As des Feuers zeigst, nicht dadurch, daß du es mir *nicht* zeigst. Nun?«

Mit dem unbestimmten Gefühl, bei diesem Spiel weitaus mehr zu verlieren als bei meinem letzten, hob ich langsam die rechte Hand, die schwer wie Blei war, streckte mühsam den Finger aus und zeigte – Phex, steh mir bei – auf die mittlere Karte.

Die Karte drehte sich um, wie von Geisterhand bewegt. Es war die Wahrsagerin der Luft.

»Leider verloren«, sagte der Herr der Rache. *Verloren verloren verloren ...* hallte das letzte Wort in meinem Kopf nach, während die Finsternis auf mich einstürzte und während mich eine unerträglich helle, kalte Lohe davonspülte.

# 14. Kapitel

Ich kam schlagartig wieder zu mir, und sogleich packte mich erneut die Angst. Mein Puls dröhnte mir in den Ohren, während ich mit weitaufgerissenen Augen etwas von meiner Umgebung zu erkennen versuchte.

Es mußte Nacht sein, da es stockdunkel war, aber immerhin fielen genug Mond- und Sternenlicht auf die Lichtung, um mich davon zu überzeugen, daß sie leer war.

Die Erleichterung, die mich daraufhin überkam, wich augenblicklich einem Gefühl, am ganzen Körper von tausend Nadeln gestochen zu werden, und erst jetzt fiel mir auf, daß ich immer noch in dem Dornenbusch lag.

Als ich mich endlich daraus befreit hatte, war ich zerkratzt und zerstochen, aber lebendig. Mein Kopf fühlte sich wie ein Amboß an, der von einem Schmied mit dem Hammer bearbeitet wurde. Einem ziemlich kräftigen Schmied mit einem ziemlich großen Hammer.

Nach einer Weile beschloß der Schmied, es etwas gemächlicher anzugehen, und ich trat auf die Lichtung, um mich dort umzusehen.

Ich fand nicht das geringste. Keine Spuren, keine Überreste von den Untoten, nicht einmal eine Andeutung des entsetzlichen Gestanks, der während meiner Begegnung in der Luft gehangen hatte. Hatte ich alles nur geträumt, oder hatte ich tatsächlich einen Pakt mit dem Herrn der Rache geschlossen? Bei dem bloßen Gedanken daran überlief es mich kalt.

Plötzlich wollte ich nur noch diesen Wald verlassen. Es war Nacht, und das war gut, weil es bedeutete, daß ich mich im Schutz der Dunkelheit unbemerkt in meine alte Wohnung in Meilersgrund schleichen konnte.

So schnell es mir die Dunkelheit erlaubte, eilte ich den Pfad zurück zum Waldrand. Dieser Wald war mir nicht geheuer, obwohl mir abgesehen von ein paar Kratzern, die ich mir auch in einem ganz normalen Wald hätte zuziehen können, offenbar nichts geschehen war.

Jedenfalls nichts, was meinen Körper versehrt hätte, meldete sich eine innere Stimme, als ich das Ende des Pfades erreichte und mit einem Gefühl unsäglicher Erleichterung auf das mondhelle freie Feld hinaustrat. Die Vision ließ mich nicht los. Traum oder nicht, das war die Frage, eine Frage, auf die ich so schnell wie möglich eine Antwort brauchte.

Ich mußte mit jemandem darüber reden, der etwas von diesen Dingen verstand, also mit einem Magier.

Was die Morde und meine Rache betraf, mochte ein Gespräch mit Drogosch nichts schaden. Der Zwerg könnte mir gewiß weiterhelfen, und sei es auch nur mit Wissenswertem über den Magier Thanos, der auf jeden Fall in die Sache verwickelt war.

Aber würde Drogosch überhaupt mit mir reden? Schließlich war ich des Doppelmordes verdächtig. Nein, mehr als nur verdächtig – man würde meine Flucht als Schuldeingeständnis betrachten. Unschuldige flohen nicht vor dem Gesetz.

Aber meine weitere Vorgehensweise konnte ich mir auch später noch überlegen. Zuerst mußte ich nach Gareth zurück.

Das Südquartier war wie ausgestorben, was nicht weiter verwunderlich war. Während der Namenlosen Tage achtete jeder darauf, bei Anbruch der Dunkelheit ein Dach über dem Kopf zu haben, und wenngleich das

Südquartier ein Armenviertel war, gab es hier anders als in Meilersgrund kaum jemanden, der keine Bleibe sein eigen nannte und auf der Straße lebte. Die Höhe der Häuser nahm zum Stadtrand hin ab. Nahe der Stadtmauer herrschten drei- und mehrstöckige Häuser mit schmutzigen, engen Gassen vor, doch je weiter man sich von der Stadtmauer entfernte, desto niedriger und baufälliger wurden die Häuser. Die klapprigen Hütten am Stadtrand wären von den wohlhabenderen Bürgern Gareths nicht einmal als Pferdeställe benutzt worden.

Ich hastete durch die verlassenen Straßen, bis ich die Stadtmauer erreicht hatte, dann weiter an ihr entlang nach Meilersgrund im Osten der Stadt.

Der Übergang war schleichend, für das geübte Auge aber unverkennbar. Die Gassen in Meilersgrund waren enger und schmutziger, die Häuser waren höher und standen dichter beieinander. Der Geruch nach Schimmel, Moder und Unrat war stärker, und es gab weniger streunende Katzen und Hunde, die dafür aber wilder und zäher waren als ihre Artgenossen im Südquartier.

Doch zu meiner Überraschung waren auch die Gassen in Meilersgrund völlig menschenleer, obwohl es hier viele Menschen gab, die kein Dach über dem Kopf hatten. Auch die armseligsten Straßenstreuner schienen sich einen Unterschlupf für die Nacht gesucht zu haben.

Die nächtliche Stille war so unnatürlich für dieses Stadtviertel, das normalerweise nie zur Ruhe kam, daß mich ein unheimliches Gefühl beschlich. Wegen der drückenden Hitze war der Gestank besonders stark, und plötzlich kam mir der Gedanke, daß es hier nicht anders ausgesehen hätte, wenn die Pocken die eine Hälfte der Bewohner in ihren Häusern dahingerafft und die andere Hälfte vertrieben hätte.

Ich war froh, als ich in die schmale Gasse einbog und

das schmutzige kleine Haus sah, in dem sich meine Wohnung befand.

Die Haustür hatte kein Schloß; ich zog sie auf und schlich mich in den stockfinsteren Hausflur und die Treppe hinauf. Vor der Tür zu meiner Wohnung angelangt, tastete ich mich an der Mauer entlang, bis ich den lockeren Ziegel gefunden hatte. Ich zog ihn heraus, fand den Schlüssel in der Höhlung, schob den Ziegel wieder hinein und schloß die Tür auf.

Die Wohnung war leer, das spürte ich sofort. Ich atmete auf, schloß die Tür hinter mir und legte den Riegel vor. Dann ging ich sofort zum Bett. Mein Kopf lag noch nicht ganz auf dem weichen Kissen, als ich auch schon eingeschlafen war.

Als ich am nächsten Tag erwachte, stand die Sonne bereits hoch am Himmel, und ich hatte einen Bärenhunger.

Im Grunde waren die zwei winzigen Zimmer dieser Wohnung nichts anderes als meine persönliche Andenkenkammer. Ich bewahrte hier einige Dinge auf, die für mich einen gewissen Erinnerungswert besaßen, darunter auch den Klapptisch und die abgegriffenen alten Karten, mit denen ich als Kind und Jugendlicher auf dem Markt von Meilersgrund mein Brot verdient hatte, ein paar alte Kleider, einige Erinnerungsstücke an meine Mutter und, was im Augenblick von besonderer Wichtigkeit war, einen Notgroschen, den ich in einem Beutel unter einer Bodendiele versteckt hatte. Das Geld stammte noch aus den Tagen meiner Jugend, und daher war es nicht besonders viel: fünfzig Silbertaler. Jeden Kreuzer davon hatte ich bitter nötig. Ich brauchte etwas zu essen und ein Bad, und ich mußte mein Äußeres verändern, wenn ich nicht Gefahr laufen wollte, beim Passieren eines Stadttors oder ganz einfach auf der Straße erkannt zu werden.

Ich zog meine dornenzerfetzte Kleidung aus und

schlüpfte widerwillig in eine muffig riechende alte Hose und ein ebenso altes und ebenso muffig riechendes Hemd. Dann steckte ich den Beutel ein und verließ die Wohnung.

Der Markt in Meilersgrund ist einen Besuch wert. Man bekommt dort alle erlaubten, gängigen Waren zu einem guten Preis, und wenn man die richtigen Leute kennt und einen wohlgefüllten Beutel hat, bekommt man auch die weniger gängigen.

Am hellichten Tag taten die Namenlosen Tage dem regen Treiben in der Stadt keinen Abbruch, und so hörte ich schon von weitem das Stimmengewirr der Käufer und die durchdringenden Rufe der Marktschreier, die ihre Waren anpriesen. Es war wieder ein schwüler, brütendheißer Tag, und so steuerte ich, nachdem ich in das bunte Gewimmel des Marktes eingetaucht war, geradewegs einen Stand an, der Getränke verkaufte und vor dem sich eine längere Schlange gebildet hatte, so daß ich einige Zeit warten mußte, bis ich an die Reihe kam.

Ich nahm einen mit Wasser aufgegossenen Quittensirup, für den ich fünf Heller bezahlte. Sehr teuer, wie nicht anders zu erwarten, da die Kühlung der Getränke vermittels eines Kältezaubers erfolgte und die Nachfrage bei dieser Hitze naturgemäß ziemlich groß war, aber das Getränk war tatsächlich eiskalt und erfrischte mich ungemein.

Danach zogen mich die Düfte von Gesottenem und Gebratenem zu einem Stand, der unter anderem auch Brathähnchen anbot. Ich kaufte mir ein halbes Hähnchen, für das ich vier Heller bezahlte, und am Stand eines Bäckers in der Nähe einen halben Laib Brot für zwei Heller. Dann suchte ich mir ein schattiges Plätzchen am Rande des Marktes und machte mich wie ein Wolf über meine erste anständige Mahlzeit seit Tagen her, während ich das bunte Treiben auf dem Markt beobachtete.

Überall feilschten leichtgewandete und dennoch schwitzende Männer und Frauen mit hochrotem Kopf um Kreuzer und Heller. Zwerge, denen die Hitze mit ihren teils bis zum Gürtel reichenden Vollbärten unendlich zusetzen mußte, wuselten wie Kobolde zwischen den größeren Menschen herum, hatten jedoch keine Mühe, sich mit ihren tiefen Baßstimmen verständlich zu machen. Es duftete nach gebratenem Fleisch, frischgebackenem Brot, exotischen Gewürzen und einfacheren Gerichten wie gekochtem Kohl. Halbnackte schmutzige Kinder strichen zwischen den Ständen umher und warteten nur auf eine Gelegenheit, sich etwas zu essen zu stibitzen, aber die Standbesitzer waren nicht dumm. Sie pflegten sich die größten und stärksten dieser Kinder auszusuchen und im Tausch gegen eine Mahlzeit damit zu beauftragen, sie vor den Diebstählen der lästigen Bälger zu schützen. Dieser Brauch hatte sich schon bewährt, als ich noch ein Kind gewesen war, und daran hatte sich bis heute nichts geändert.

Ich sah, wie ein etwa sechs Jahre alter magerer Junge auf eine Gelegenheit lauerte, sich an einem Obststand zu bedienen. Als er sie für gekommen hielt, schoß er vorwärts wie eine Kobra, schnappte sich zwei Äpfel und wollte sich aus dem Staub machen. Doch der Junge kam nicht weit. Wie aus dem Nichts tauchte plötzlich ein größerer, vielleicht neunjähriger Junge neben ihm auf und zerrte ihn an den Haaren zum Obststand zurück. Der kleinere Junge wehrte sich nicht, sondern lieferte folgsam die beiden Äpfel ab. Der größere Junge verpaßte dem kleineren als Andenken noch einen Tritt in den Allerwertesten, und damit war der Fall erledigt.

Ich schüttelte versonnen den Kopf. Die Zeiten hatten sich nicht geändert. Auch ich hatte als Sechsjähriger versucht, mir auf dem Markt mein Essen zusammenzustehlen, und mir damit unzählige Tritte eingehandelt.

Als ich meine Mahlzeit beendet hatte, suchte ich eines der Badehäuser in der Nähe auf und bezahlte fünf Heller für ein Vollbad. Das Baden in Meilersgrund und im Südquartier war seit dem jüngsten Erlaß der Reichsbehüterin billiger als anderswo, weil die Badehäuser vom Staatssäckel unterstützt wurden. Normalerweise kostete ein Vollbad im Durchschnitt mindestens acht Heller, aber Meilersgrund und das Südquartier waren Armenviertel, und in einem Armenviertel waren acht Heller zuviel Geld, um es für ein Bad auszugeben, wenn man sich dafür eine Menge Brot kaufen konnte. Nachdem es früher in den beiden Armenvierteln wegen der schlechten hygienischen Verhältnisse und der hohen Bevölkerungsdichte in regelmäßigen Abständen zum Ausbruch von Seuchen und Epidemien gekommen war, hatte man als Seuchenbekämpfungsmaßnahme den Badehäusern von Staats wegen einen niedrigen Preis verordnet. Die Verluste wurden von der Staatskasse gedeckt.

Ich genoß das Bad und gönnte mir anschließend noch eine Rasur und einen Haarschnitt. Danach fühlte ich mich wieder wie ein Mensch und kehrte auf den Markt zurück, um mich mit neuer Kleidung und allen Hilfsmitteln einzudecken, die ich brauchte, um mein Äußeres zu verändern.

Bei einem Verkäufer für Gaukler- und Theaterbedarf erstand ich Wangenpolster sowie künstliche Augenbrauen, einen falschen Bart und eine schwarze Perücke. Dann ging ich zu einem Trödler, wo ich drei gebrauchte Leinenhemden, drei ebenfalls gebrauchte Leinenhosen und eine Lederweste erstand. Alle Kleidungsstücke waren in ausgezeichnetem Zustand, und die neun Silbertaler und fünf Heller, die ich nach zähem Feilschen dafür bezahlte, waren nicht zuviel.

Auf dem Weg in meine Wohnung kaufte ich noch ein wenig Brot und Käse sowie einen Krug Wein und einen Krug Quellwasser, und als ich schwer bepackt die

Treppe zu meiner Wohnung erklomm, war es bereits später Nachmittag.

Als nächstes würde ich Drogosch einen Besuch abstatten, und für dieses Vorhaben mußte ich mich unkenntlich machen, um nicht in der Innenstadt oder, was noch schlimmer wäre, am Stadttor von einem Posten erkannt zu werden.

Ich zog mir eine frische Hose und ein frisches Hemd an. Dann nahm ich mir einen Zinnteller als Spiegel, klebte mir den falschen Vollbart und die falschen Augenbrauen an und setzte die schwarze Perücke auf. Schließlich schob ich mir zur Abrundung die falschen Wangenpolster in den Mund.

Zufrieden betrachtete ich mein Spiegelbild. Nicht einmal meine eigene Mutter hätte mich jetzt noch erkannt.

Ich verließ die Wohnung und machte mich auf den Weg zum Osttor. Die Kontrollen waren heute sogar bei den Händlern recht oberflächlich, die mit Lasttieren und Karren in die Stadt kamen, welche normalerweise äußerst gründlich auf Schmuggelware untersucht wurden, und ich wurde überhaupt nicht behelligt.

So marschierte ich also wieder die Kaiserthermen entlang und am Rahja-Park vorbei, bis ich vor *Levthans Horn* stand.

Wie lange war es jetzt her, daß ich mich hier zu jenem verhängnisvollen Spiel eingefunden hatte? Ich versuchte mich zu erinnern. Den Rest der Nacht hatte ich ebenso wie den Tag und die darauffolgende Nacht im Kerker verbracht. Am Ende des nächsten Tages, des ersten der fünf Namenlosen Tage, war ich aus dem Kerker geflohen. Das war gestern gewesen. Demnach hatte das Spiel erst vor drei Tagen stattgefunden. Das war erstaunlich. Mir kam die Zeit, die seitdem verstrichen war, sehr viel länger vor. Ich hatte Mühe, mich noch an alle Einzelheiten zu erinnern.

In Drogoschs Bordell herrschte kaum Betrieb und

eine Atmosphäre erschöpfter Langeweile. Ich hielt mich nicht lange auf, sondern ging gleich zum Empfang.

»Ich möchte Drogosch sprechen«, sagte ich zu der verschwitzt aussehenden Empfangsdame, die ich vom Sehen kannte. Ich glaube, sie hieß Daria.

Sie musterte mich von oben bis unten, dann erwiderte sie in gelangweiltem Tonfall: »Drogosch ist beschäftigt. Wie lautet Euer Name, und in welcher Angelegenheit wollt Ihr ihn sprechen?«

»Ich heiße … Halgas und wünsche ihn in einer privaten Angelegenheit zu sprechen. Meldet mich einfach bei ihm an, ich werde solange hier warten.« Nach kurzem Zögern fügte ich hinzu: »Es ist wichtig. Sagt ihm, daß es um Geld geht, das ich bei ihm hinterlegt habe.«

Ich wußte nicht, wie viele Leute ihr Geld zu keiner Bank brachten, sondern es bei einem Bordellbesitzer hinterlegten, aber viele waren es gewiß nicht. Diese Nachricht würde ihn mit Sicherheit neugierig machen.

Daria verschwand in der kleinen Kammer hinter dem Empfang, um einen Augenblick später mit einer Kollegin aufzutauchen, die ihren Platz hinter dem Empfang einnahm, während sie selbst die Treppe zum ersten Stock erklomm.

Ich vertrieb mir die Wartezeit, indem ich mir die umfangreiche Sammlung von Rahja-Statuetten und Figürchen sowie kunstvoll ausgeführter Hilfsmittel zur Steigerung der körperlichen Lust ansah, die teils an den mit weinroten Plüschvorhängen drapierten Wänden hingen und teils auf Ziertischen standen.

Ich betrachtete eine Vielzahl prächtig gestalteter männlicher Glieder in allen Formen und Größen und musterte gerade eine kleine Zierpeitsche mit einem Knauf aus Elfenbein, als sich jemand hinter mir räusperte.

Ich drehte mich um und sah Drogosch vor mir stehen, der mich mit gerunzelter Stirn betrachtete. »Wer seid Ihr, und was wollt Ihr von mir?« fragte der stämmige kleine Mann mit seiner volltönenden Baßstimme. »Faßt Euch kurz, denn meine Zeit ist knapp!«

»Können wir uns vielleicht irgendwohin zurückziehen, wo es... noch etwas ruhiger zugeht?« gab ich zurück.

Beim Klang meiner Stimme horchte Drogosch auf und legte den Kopf ein wenig schief. Dann musterte er eindringlich mein Gesicht, schien mich jedoch immer noch nicht zu erkennen. Schließlich sagte er: »Ihr kommt mir bekannt vor.« Als ich daraufhin nicht antwortete, holte er tief Luft und fügte dann hinzu: »Gut. Ich werde mir anhören, was Ihr zu sagen habt. Kommt mit.«

Er führte mich in ein schlicht eingerichtetes kleines Zimmer, das von einem massiven Schreibtisch aus einem roten Edelholz und einem dazu passenden Stuhl beherrscht wurde. Ein Schrank an der Wand, in dem sich offenbar Papiere befanden, und eine kleine Sitzecke mit zwei unscheinbaren, aber bequemen Sesseln und einem kleinen Tisch dazwischen, auf dem mehrere Karaffen mit Wein sowie ein Tablett mit Gläsern standen, vervollständigten die Einrichtung.

»Nehmt Platz«, sagte Drogosch, während er auf einen der Sessel deutete. »Ein Glas Wein?«

Ich bejahte, und während der Bordellbesitzer zwei Gläser einschenkte, nahm ich Perücke und Bart ab und spie die Wangenpolster aus.

Drogosch hielt sich wirklich gut. Als er sich zu mir umdrehte, weiteten sich vor Überraschung ganz kurz seine Augen, dann war seine Miene wieder so ausdruckslos wie zuvor.

»Also seid Ihr nicht in der Dämonenbrache gestorben«, sagte Drogosch mit kalter Stimme. »Was wollt Ihr von mir? Ihr wißt, daß ich nichts für Mörder übrig habe. Macht, daß Ihr aus meinem Haus kommt, sonst lasse ich die Garde rufen!«

»Nicht so eilig, Drogosch. Hört Euch zunächst meine Geschichte an. Ihr könnt mir glauben, daß ich niemanden ermordet habe, nicht einmal den bestochenen Kerkerwächter, der mich töten wollte!«

Drogosch schwieg, machte aber keine Anstalten, seine Drohung wahrzumachen, sondern setzte sich nach kurzer Überlegung auf den zweiten Sessel. Ich trank einen Schluck Wein und erzählte ihm meine Geschichte.

Er ließ mich ohne Unterbrechung ausreden. Als ich geendet hatte, sagte er: »Vielleicht habt Ihr tatsächlich niemanden umgebracht. Aber Euer Verdacht gegen Thanos ist absurd. Ich kenne ihn seit vielen Jahren. Er ist ein gutmütiger, zuweilen etwas wunderlicher Kauz, der keiner Menschenseele etwas zuleide täte.« Er schüttelte den Kopf. »Nein, Thanos kann nichts damit zu tun haben. Ich gebe zu, daß ich an den gegen Euch erhobenen Vorwürfen zweifelte. Ich glaube Euch gut genug zu kennen, um zu wissen, daß Ihr zu den Taten, die Euch zur Last gelegt werden, nicht fähig seid, insbesondere nicht zu dem Mord an dieser Kurtisane. Wart Ihr nicht eng mit ihr befreundet?«

Bei der Erwähnung Marishas packte mich plötzlich wieder ein unglaubliches Verlangen nach Rache, und ich ballte die Fäuste. Ich mußte meine ganze Willenskraft aufbringen, um äußerlich ruhig zu bleiben. »Ja«, knurrte ich mit zusammengebissenen Zähnen. Dann atmete ich tief durch und fuhr fort: »Aber es war Betrug im Spiel, daran besteht kein Zweifel. Ihr erinnert Euch an die Blätter. Fünf Wahrsagerinnen für mich, fünf Asse für den Baron. Hat man je von einem solchen Spiel gehört? Und Ihr wart der Geber, Drogosch. Wenn Thanos nichts mit der Sache zu tun hat, was ich immer noch bezweifle, müßtet Ihr die Karten gezinkt haben.«

Ich hob die Hände, als der Bordellbesitzer auffuhr. »Kein Grund zur Aufregung, Drogosch. Ich weiß, daß Ihr Euch niemals dazu hergäbt. Aber vielleicht hat man

Euch gezwungen oder magisch beeinflußt. Womit wir wieder bei Thanos wären.« Ich hielt kurz inne. »Denkt nach. Warum habt Ihr an jenem Abend nicht selbst gespielt, sondern das Amt des Gebers übernommen? Ich weiß, daß Ihr gern um hohe Summen spielt, und die Runde war wirklich erlesen. Ihr hättet mühelos jemand anders finden können, um die Karten zu geben.«

Drogosch wollte etwas sagen, schüttelte dann aber nur den Kopf und schien zu überlegen. »Das ist merkwürdig«, sagte er schließlich zögernd, »aber ich kann mich kaum noch an den Abend erinnern. Die Ereignisse kommen mir irgendwie verschwommen vor. Was dieses Spiel mit den Assen und Wahrsagerinnen betrifft, so kann ich mich überhaupt nicht mehr daran erinnern, die Karten gegeben zu haben. Ich weiß nur noch, daß der Baron das Spiel mit fünf Assen gegen Eure fünf Wahrsagerinnen gewonnen hat.« Er rieb sich nachdenklich das Kinn. »Dabei habe ich sonst ein ausgezeichnetes Gedächtnis.«

Er schüttelte den Kopf und fügte dann nach einer kurzen Pause hinzu: »Im übrigen habt Ihr recht. Jetzt, da ich darüber nachdenke, kann ich nicht verstehen, warum ich nicht mitgespielt, sondern das Amt des Gebers übernommen habe. Aber auch in diesem Punkt ist meine Erinnerung trübe. Ich weiß nicht mehr, wann und warum ich den Entschluß gefaßt habe, aber am Morgen des Spiels stand für mich fest, daß ich nicht mitspielen, sondern geben würde. Das ist in der Tat äußerst merkwürdig. Und höchst beunruhigend.«

Drogosch räusperte sich. »Vielleicht sollten wir Thanos zu diesem Gespräch hinzuziehen!«

# 15. Kapitel

Drogosch zog an einer Schnur, die offenbar mit einer Glocke verbunden war. Augenblicke später klopfte es an die Tür, und ein Dienstbote trat ein, ein Junge von vielleicht sechzehn Jahren.

»Lauf zu Thanos und sag ihm, daß ich ihn sprechen will. Hier.« Als der Dienstbote nickte und sich entfernen wollte, fuhr Drogosch fort: »Warte. Ich bin noch nicht fertig.« Dann fragte er mich: »Seid Ihr hungrig? Wie wäre es mit einer kleinen Stärkung, während wir auf den Magus warten?«

Ich verspürte tatsächlich Hunger und nickte.

An den Boten gewandt, sagte Drogosch: »Geh zuvor in die Küche. Man soll uns eine Kleinigkeit zu essen bringen. Und noch einen Krug Wein.«

Der Dienstbote nickte und verschwand.

»Das ist einer unserer Lustknaben«, erläuterte Drogosch unaufgefordert, »aber im Moment ist die Nachfrage nach ihnen ziemlich gering, daher setze ich sie bei Bedarf als Dienstboten ein. Eine Schande ist das. Es sind so begabte Burschen.«

»Entlaßt sie doch einfach aus Euren Diensten«, empfahl ich geistesabwesend.

»Das wäre dumm. Falls die Nachfrage demnächst wieder steigt – und ich rechne sehr damit –, kann ich sie nicht befriedigen, weil mir das Personal fehlt. Nein, nein, man muß Spitzenkräfte in schlechten Zeiten eben mit durchziehen.« Bei diesen Worten setzte der Zwerg ein dämliches Grinsen auf.

Es klopfte erneut, und der zweckentfremdete Lustknabe brachte ein Tablett mit frischem Brot, Käse und aufgeschnittenem kalten Braten sowie einen weiteren Krug Wein.

Wir aßen und tranken schweigend. Ein paar Minuten später klopfte es erneut. Auf Drogoschs »Herein!« öffnete sich die Tür, und derselbe unauffällig gekleidete dunkelhaarige Mann mit den braunen Augen trat ein, den ich am Abend des verhängnisvollen Spiels kennengelernt und der mir dann später in der Nacht im Rahja-Park so übel mitgespielt hatte.

Ich nahm mir die Zeit, ihn genauer anzusehen. Er war nicht sehr groß, höchstens achteinhalb Spann, und hatte dünne Arme und Beine, war jedoch um die Körpermitte etwas fülliger, was auf einen gesegneten Appetit oder eine Vorliebe für Ferdoker, wahrscheinlich aber auf beides schließen ließ.

Sein Gesicht hatte in der Tat etwas Pfiffiges, Verschmitztes, und die Krähenfüßchen in den Augenwinkeln verrieten, daß er gern und viel lachte. Ich schätzte ihn auf fünfundvierzig bis fünfzig Lenze, aber nur deswegen, weil seine Hände bereits faltig wurden. Die Jungenhaftigkeit seiner Züge und die bemerkenswert glatte Gesichtshaut machten ihn wesentlich jünger. Der Mann war mir auf den ersten Blick angenehm.

Er betrat das Zimmer und sagte: »Ihr habt mich rufen lassen, Drogosch?« Und da wußte ich mit Bestimmtheit, daß es nicht derselbe Mann sein konnte. Gewiß, seine Züge entsprachen denen des anderen Thanos, aber seine Bewegungen, seine Körperhaltung und auch seine Stimme waren ganz anders.

Wenn das hier der Magier Thanos war – wer war dann der Mann gewesen, der sich vor drei Tagen für ihn ausgegeben hatte?

»Guten Abend, Thanos«, sagte Drogosch. »Vielen Dank, daß Ihr so rasch gekommen seid. Ich glaube, Ihr kennt Halgor das As.«

Thanos musterte mich von oben bis unten und nickte dann. »Ja, er ist ein Spieler, nicht wahr?« Dann hielt er plötzlich inne, und seine Miene nahm einen Ausdruck an, der mir wie eine Mischung aus Bestürzung und Neugier vorkam. »Aber ist das nicht der Mann, der den jungen Baron von Hohenstein und die Kurtisane aus den *Sechzehn Ministerinnen* ermordet haben soll? Ich habe gehört, daß er in die Brache geflohen ist.« Mir entging nicht, daß der Magier bei seiner letzten Bemerkung eine rasche Geste mit der rechten Hand beschrieb.

»Nun, Ihr habt recht, Thanos, aber es spricht einiges dafür, daß Halgor das unschuldige Opfer einer Intrige wurde. Vielleicht könnt Ihr ein wenig Licht in das Dunkel bringen. Ihr erinnert Euch doch noch an das Spiel vor drei Tagen? Ihr hattet darauf zu achten, daß keiner der Spieler sich auf magischem Wege einen Vorteil verschaffte. War an diesem Abend irgend etwas ungewöhnlich? Ist Euch irgend etwas aufgefallen, das nicht so war, wie es hätte sein sollen?«

Während Thanos überlegte, sprang Drogosch aus seinem Sessel auf und bot dem Magier seinen Platz an. Thanos setzte sich geistesabwesend, während Drogosch auf dem Schreibtischstuhl Platz nahm.

»Das ist merkwürdig«, murmelte Thanos. »Ich kann mich kaum an diesen Abend erinnern. Es will mir scheinen, als wäre ich früh schlafen gegangen. Ich kann mich nicht erinnern, ein Spiel magisch überwacht zu haben.«

Während sich der Magier nachdenklich die Stirn rieb, wechselten Drogosch und ich einen bedeutungsvollen Blick.

»Der Mann, dem ich in der Nacht im Park begegnete, hat zwar genauso ausgesehen wie Thanos, aber damit sind die Ähnlichkeiten bereits erschöpft«, sagte ich. »Seine Stimme, seine Gesten, die Art, wie er sich bewegte, all das war anders. Nicht viel, aber eben doch …

anders.« Ich zuckte mangels einer besseren Erklärung die Achseln.

»Worum geht es überhaupt?« fragte Thanos.

Während Drogosch den Magier in aller Kürze ins Bild setzte, kam mir der Gedanke, wie gut es sich traf, daß ich nun einem Magier gegenübersaß. Ich hatte eine Menge Fragen, die er mir hoffentlich würde beantworten können, und keineswegs alle davon bezogen sich auf die Morde oder den Mörder.

Als Drogosch seinen Bericht beendet hatte, wandte sich Thanos an mich und musterte mich durchdringend. Schließlich sagte er: »Ich würde Euch gern glauben, Halgor, aber Ihr wißt ja, Vertrauen ist gut, Vorsicht besser. Wäret Ihr bereit, Euch einer kurzen Prüfung zu unterziehen? Es gibt einen Zauber, mit dem ich Eure Gedanken lesen kann.«

Natürlich, der Gedanke war nicht unvernünftig, aber ich wurde dennoch von Zweifeln geplagt. Plötzlich hielt ich es nicht mehr für unmöglich, daß Drogosch und Thanos das Komplott gemeinsam geschmiedet hatten. Doch ich tat den Gedanken gleich darauf als unsinnig ab. Nach kurzem Überlegen sagte ich: »Einverstanden.«

Kaum hatte ich meine Zustimmung zu der Prüfung gegeben, als mir ein schrecklicher Gedanke kam. Wenn der Magier meine Gedanken las, würde er von meiner unseligen Begegnung, Traum oder nicht, mit dem Herrn der Rache erfahren, und das wollte ich unter gar keinen Umständen. Jedenfalls noch nicht jetzt, nachdem wir uns kaum kannten.

Glücklicherweise erwies sich meine Sorge als unbegründet, da mich der Magier noch einmal musterte und dann sagte: »Unter diesen Umständen können wir auf die Examinatio verzichten. Ich bin nicht darauf erpicht, in Euren Gedanken herumzuschnüffeln. Mir reicht die Tatsache, daß Ihr bereit seid, Euch der Prüfung zu unterziehen. Ich glaube Euch.«

Thanos überlegte kurz und fuhr dann versonnen fort: »Es gibt einen Spruch der Phantasmagorica, einen Illusionszauber, mit dem ein Magier das Aussehen einer anderen Person annehmen kann. Allerdings nur das Aussehen. Die Stimme, die Größe, die Art, sich zu bewegen, und so fort bleiben unverändert ...«

»Das heißt also«, unterbrach ich Thanos, »daß es einem Magier ohne weiteres möglich gewesen wäre, sich in den *Sechzehn Ministerinnen* für mich auszugeben. Er kann einfach mein Aussehen angenommen haben. Das würde erklären, warum man mich dort gesehen hat, obwohl ich zu der Zeit bewußtlos im Rahja-Park lag – von einem Magier außer Gefecht gesetzt, der Euer Aussehen hatte. Da wohl kaum zwei mordende Magier gleichzeitig ihr Unwesen in Gareth treiben werden, müssen die beiden Morde tatsächlich von ein und derselben Person verübt worden sein.«

»Ein weiterer beachtenswerter Aspekt dieses Zaubers«, fuhr Thanos fort, »ist die Tatsache, daß der Magier seine Dauer nicht willentlich beeinflussen kann. Je befähigter der Magier, desto länger hält die Wirkung an ...«

Mir entging zunächst die Bedeutung dessen, was Thanos gesagt hatte, nicht aber Drogosch. Er merkte auf, überlegte einen Augenblick lang und fragte dann: »Und wie lange hält die Wirkung an? Minuten? Stunden? Tage?«

»Stunden. Bei einem Magus von gewöhnlichen Fähigkeiten hielte die Wirkung meiner Schätzung nach drei bis acht Stunden an.«

Plötzlich begriff ich, worauf Drogoschs Frage abzielte. »Das läßt einige Rückschlüsse auf den tatsächlichen Ablauf der Ereignisse zu, oder nicht?« Ich sah Drogosch und Thanos fragend an, und beide nickten bestätigend.

»Ja«, fuhr ich fort, »es muß sich folgendermaßen abgespielt haben: Der Mörder hat als Thanos begonnen.

Wahrscheinlich hat er Euch, Thanos, irgendwie außer Gefecht gesetzt, vielleicht mit einem Schlafmittel oder einem Zauber, und dann Eure Rolle übernommen. Er war immer noch Thanos, als er mich im Park überwältigte ... Wie lange hat Baldur von Hohenstein nach meinem Ausscheiden noch gespielt?« wandte ich mich an Drogosch.

»Ich kann mich, wie gesagt, nicht mehr sonderlich gut an diesen Abend erinnern«, erwiderte Drogosch, »aber ich weiß noch, daß mir die Garde später dieselbe Frage gestellt hat, und ich weiß auch noch, welche Antwort ich ihr gegeben habe: mindestens eine, höchstens eineinhalb Stunden.«

»Das ist eine lange Zeit. Angenommen, die Wirkung der Illusion ist erloschen, kurz nachdem er mich niedergeschlagen hat. Dann hätte er wohl Zeit genug gehabt, mit einem neuen Zauber mein Aussehen anzunehmen, die *Sechzehn Ministerinnen* aufzusuchen, Marisha umzubringen, wieder in den Park zurückzukehren und dann Baldur von Hohenstein zu erstechen ...« Die letzten Worte kamen immer zögernder heraus. »Aber das ergibt keinen Sinn! Die Tat war offensichtlich sehr gut geplant. Ich kann mir nicht vorstellen, daß der Mörder das Wagnis eingegangen ist, mich eine Stunde lang unbeaufsichtigt im Park liegen zu lassen, während er einen weiteren Mord begeht. Außerdem muß Baldur von Hohenstein in den Betrug eingeweiht gewesen sein, weil er selbst zwei Tage vor diesem Spiel erst die Voraussetzungen dafür geschaffen hat. Vielleicht war sogar dieses erste Spiel schon abgekartet. Der Mörder wird sich mit Baldur nach dem Spiel im Rahja-Park unter einem Vorwand verabredet haben. Hätte er da mein Aussehen gehabt, weil er zuvor Marisha umgebracht hat, wäre Baldur von Hohenstein wahrscheinlich äußerst mißtrauisch gewesen und hätte vielleicht sogar geargwöhnt, der Betrug sei aufgeflogen. Wer weiß, was er in diesem Falle getan hätte.« Ich schüttelte den Kopf. »Nein, das ergibt keinen Sinn!«

»Es gibt eine andere Möglichkeit«, meldete sich Drogosch zu Wort. »Zunächst hat der Mörder Euch außer Gefecht gesetzt und einfach gewartet, bis von Hohenstein sein Spiel beendet hatte und zu seiner letzten Verabredung in den Park kam. In dieser Zeit ist dann die Thanos-Illusion erloschen. Der Baron kommt in den Park, sieht seinen Komplizen, dieser ersticht ihn und läßt alles so aussehen, als hättet Ihr den Mord begangen. Dann nimmt er Euer Aussehen an, sucht die *Sechzehn Ministerinnen* auf und erwürgt Eure Liebste. Für die Garde seid Ihr der Mörder, und da man Euch bewußtlos im Park gefunden hat, geht man natürlich davon aus, daß Ihr *zuerst* Marisha *und dann* den Baron ermordet habt.«

Drogoschs Deutung der Ereignisse hatte eine Menge für sich, und ich wollte gerade etwas Entsprechendes sagen, als sich Thanos einmischte.

»Überseht Ihr nicht beide etwas? Der Mörder muß doch einen Beweggrund für seine Tat – für beide Taten – gehabt haben. Nach allem, was ich über die beiden Verbrechen weiß, handelt es sich bei dem Mord an dem Baron – wenn Ihr, Halgor, tatsächlich nicht der Mörder seid – um die wohlüberlegte, von langer Hand vorbereitete Tat eines gerissenen und gewissenlosen Verbrechers. Aber der Mord an der Kurtisane ist nichts von alledem, sondern ganz offenbar die Tat eines Irrsinnigen. Wenn die beiden Morde also von ein und demselben Täter begangen wurden – welche Beweggründe können den Mörder dann dazu getrieben haben?«

Drogosch schwieg ebenso wie ich. Thanos hatte natürlich völlig recht. Irgendwie paßte das alles immer noch nicht zusammen.

Schließlich sagte ich: »Beginnen wir mit dem Beweggrund für den Mord an dem Baron. Drogosch, wieviel hat der Baron in jener Nacht gewonnen? Und hat er das Geld mitgenommen?«

Drogosch schüttelte den Kopf. »Er hat gut dreitausend Dukaten gewonnen und den größten Teil des Geldes bei mir gelassen. Soviel ich weiß, wollte er es am nächsten Tag abholen. Kein Mensch, der noch ganz bei Verstand ist, liefe mit solch einer gewaltigen Summe Geldes durch das nächtliche Gareth.«

»Das heißt also, das Geld ist noch da und wird nach Erledigung aller Formalitäten in den Besitz der von Hohensteins übergehen?«

Drogosch zuckte die Achseln. »Das nehme ich an. Die Garde hat das Geld beschlagnahmt, wird es aber nach Abschluß der Untersuchungen der Familie des Barons aushändigen.«

»So, wie der Mord ausgeführt wurde, kann der Mörder ohnehin nicht vorgehabt haben, den Baron auszuplündern, selbst wenn dieser das Geld bei sich gehabt hätte. Wenn Ihr der Mörder wärt und Euer Opfer Euch niedergeschlagen hätte, müßte das Geld noch an Ort und Stelle sein. Schließlich konntet Ihr Euch damit nicht aus dem Staub machen«, wandte Thanos ein.

»Nicht unbedingt«, antwortete ich. »Geld kann immer spurlos verschwinden. Viele Leute, die über zwei reglos daliegende Gestalten stolperten, würden nicht die Garde verständigen, sondern die beiden ausplündern und liegenlassen. Das Fehlen des Geldes bewiese gar nichts. Aber ich gebe Drogosch recht«, fuhr ich fort. »Der Mörder kann nicht davon ausgegangen sein, daß der Baron so dumm wäre, seinen Gewinn mit sich herumzuschleppen. Damit scheidet das Geld als Beweggrund für die Tat aus. Welche Beweggründe könnte es sonst noch geben?«

»Haß, Neid, Eifersucht«, meldete sich Thanos wieder zu Wort.

Mir kam ein Gedanke. »Marisha hat mir von einem

Kunden erzählt, der sie über einen längeren Zeitraum bedrängt hat. Er wollte mehr von ihr, als sie zu geben bereit war, und hat wohl bei mehreren Gelegenheiten von Liebe gefaselt. Marisha hat ihn abgewiesen und ihm klar und deutlich zu verstehen gegeben, daß sie einen anderen liebt. Bemerkenswerterweise hielt sie den Mann für einen Magier. Ihre Beschreibung von ihm war allerdings nicht sehr ausführlich: um die dreißig, blondes Haar, blaue Augen, mittelgroß, nicht sonderlich gutaussehend. Das waren ihre Worte.«

»Wenn er Euch als Nebenbuhler bei Marisha loswerden wollte, warum hat er dann nicht Euch umgebracht, sondern den Baron, und sich damit begnügt, Euch die Tat anzuhängen?«

»Vielleicht wollte er zwei Fliegen mit einer Klappe schlagen«, schlug Thanos vor. »Vielleicht hegte er einen Groll gegen den Baron und sah eine Möglichkeit, sich sowohl des Barons als auch Eurer zu entledigen.« Der Magier hielt inne. »Aber in diesem Fall stellt sich die Frage, warum er das Wesen seiner Verehrung gleich mit umgebracht hat?«

»Er hat sich für mich ausgegeben«, sagte ich nachdenklich. »Marisha könnte den Schwindel durchschaut haben, schließlich kennt sie mich ziemlich gut. Vielleicht wollte er sie gar nicht umbringen, fühlte sich aber in die Enge getrieben, weil sie ihn zu verraten drohte. Oder vielleicht hat er sich auch verplappert. Wer weiß?«

»Jedenfalls gibt es zwei Ansatzpunkte.« Das war wieder Thanos. »Wir könnten uns in den *Sechzehn Ministerinnen* unauffällig nach diesem Mann erkundigen. Vielleicht weiß jemand, wer der Mann war. Wenn er Marisha regelmäßig aufsuchte, muß er so etwas wie ein Stammgast in diesem Haus sein. Und wir müssen in Erfahrung bringen, ob es im Kreis der Freunde, Verwandten und Bekannten des Barons einen Magier gibt. Der Täter muß den Baron recht gut gekannt haben, wenn sein Groll gegen ihn groß genug war, um ihn zu einem Mord zu treiben.«

Ich zuckte die Achseln. »Mir fehlen die Möglichkeiten, mich darum zu kümmern«, sagte ich ein wenig verlegen. »Zum einen verfüge ich im Augenblick nicht über genügend Geld, und zum anderen wäre es selbst in einer guten Verkleidung nicht sonderlich ratsam, mich in den *Sechzehn Ministerinnen* blicken zu lassen. Ich bin dort zu bekannt.«

Drogosch räusperte sich. »Es spricht einiges dafür, daß Thanos und ich dem Mörder, wenn auch unabsichtlich, geholfen haben. Damit stehen wir in Eurer Schuld. Ich verfüge über ausreichende Geldmittel, und es fehlt mir auch nicht an den nötigen Verbindungen, um entsprechende Nachforschungen anstellen zu lassen.« Er erhob sich von seinem Schreibtischstuhl. »Ich werde sofort alles Nötige in die Wege leiten. Halgor, betrachtet Euch als mein Gast. Ich werde auch gleich ein Zimmer für Euch herrichten lassen. Fühlt Euch in meinem bescheidenen Haus ganz wie zu Hause.«

Ich hatte Drogosch schon immer für einen Ehrenmann gehalten, aber diese noble Geste verblüffte mich dennoch. Ich erhob mich ebenfalls und verbeugte mich förmlich. »Ich weiß gar nicht, wie ich Euch danken soll, Drogosch, aber ich nehme mit Freuden an.«

Der Bordellbesitzer winkte ab. »Schon gut. Aber vielleicht läßt es sich einrichten, daß Ihr mich ein wenig in den höheren Geheimnissen der Kunst des Boltanspiels unterweist. Ich glaube, ich könnte noch eine Menge von Euch lernen.«

Ich neigte den Kopf. »Es wird mir ein Vergnügen sein.«

»Bleibt einstweilen hier, bis Euer Zimmer hergerichtet ist, Halgor. Wenn Ihr mich jetzt entschuldigen wollt, ich muß mich um einige Dinge kümmern.«

Nachdem Drogosch den Raum verlassen hatte, erhob sich der Magier Thanos ebenfalls. »Dann werde ich mich ebenfalls zurückziehen«, sagte er. »Sicher ist Euch an meiner Gesellschaft nicht viel gelegen, und ich …«

»Aber ganz im Gegenteil«, beeilte ich mich ihm zu versichern. »Ich wüßte nicht, welche Gesellschaft mir im Augenblick lieber wäre. Ich habe ein paar Fragen zu einem, äh, heiklen Thema, die mir nur ein Magier beantworten kann. Nehmt doch bitte wieder Platz und schenkt Euch noch ein Glas Wein ein, wenn Ihr mögt – und mir bitte auch gleich. Danke …«

# 16. Kapitel

Ich wußte nicht recht, wie ich beginnen sollte. Schließlich versuchte ich es mit einer ganz allgemeinen Frage. »Was könnt Ihr mir über Dämonen sagen?«

»Über Dämonen?« Thanos musterte mich überrascht und, wenn ich seine Miene richtig deutete, auch ein wenig beunruhigt. »Warum beschäftigt Ihr Euch mit einem derart ... ausgefallenen Thema?«

»Ich habe meine Gründe. Versucht meine Frage zu beantworten.«

Der Magier seufzte. »Die Daimonologia ist ein weites Feld und gewiß nicht das, auf dem ich mich am besten auskenne. Was genau wollt Ihr über Dämonen wissen?«

»Gibt es eine Art Rangordnung unter den Dämonen? Und wenn ja, welche Dämonen sind dann die mächtigsten?«

Thanos überlegte kurz, dann sagte er in dozierendem Tonfall: »Die Daimonologia unterscheidet zwischen den niederen Dämonen, den Daimones cornuferantes, welches sind die Gehörnten, und den Archodaimones, den Erzdämonen. Die niederen Dämonen besitzen die geringste Macht und sind auch am leichtesten in unsere Sphäre zu rufen und unter einen fremden Willen zu zwingen. Bei den Gehörnten geht man davon aus, daß die Anzahl der Hörner Rückschlüsse auf die Fülle ihrer Macht zuläßt, aber darüber herrscht keine Gewißheit.« Der Magier zuckte die Achseln. »Vielleicht übertragen wir damit nur unsere Maßstäbe auf eine Welt, von der wir uns in Wahrheit keine Vorstellung machen können.

Jedenfalls ist für die Beschwörung oder Anrufung eines Gehörnten ein weitaus komplizierteres Ritual erforderlich als für die Beschwörung eines niederen Dämons.« Der Magier zögerte.

»Und die Erzdämonen, was ist mit denen?« fragte ich ungeduldig.

Thanos seufzte. »Es gibt ihrer zwölfe, und es wird gesagt, sie seien nichts anderes als die niederhöllischen Antagonisten unserer zwölf Götter. Ihre Widersacher, wenn Ihr so wollt.«

»Heißt das, daß es zu jedem Gott einen entsprechenden Erzdämonen gibt?« Mir wurde kalt.

Der Magier nickte. »Nun, ja, wenngleich entsprechend wohl nicht ganz das rechte Wort ist. Um Euch ein Beispiel zu geben: Als Spieler habt Ihr gewiß eine besonders innige Beziehung zu Phex, dem Gott der Diebe und Händler. Seine Aspekte sind der Handel und die zwielichtigen Geschäfte, aber auch die List, das Glück, die Tüchtigkeit und der Witz. Phex' Widersacher ist Zholvar, der Güldene, auch Tasfarelel genannt« – der Magier beschrieb bei der Nennung des Namens eine seltsame Geste mit der Rechten –, »der Herr des Geizes, des Neids, der Raffsucht und der Habgier.«

»Und sind diese Erzdämonen ebenso mächtig wie die göttlichen Zwölfe?«

»Das ist schwer zu sagen. In jedem Falle übersteigt ihre Macht die Vorstellungskraft von uns gewöhnlichen Sterblichen. Jeder Erzdämon gebietet über ein Heer von Dienern, das sich aus unzähligen niederen und gehörnten Dämonen zusammensetzt, und wenn Ihr eine Vorstellung davon habt, wie mächtig ein Gehörnter ist, könnt Ihr ermessen, wie mächtig ein Erzdämon sein muß.«

»Und so wie ein Mensch sein Leben den Zwölfen weihen kann, so kann er auch einen Pakt mit einem Erzdämon schließen?« Ich hielt den Atem an.

Der Magier bedachte mich mit einem forschenden Blick und sagte dann: »Bevor ich Euch darauf antworte, wüßte ich gern, warum Ihr diese Frage stellt.« Er hielt kurz inne, dann fuhr er flüsternd fort: »Es heißt, Ihr seid in die Brache geflohen. Ist das wahr? Was habt Ihr dort erlebt?«

Ich fuhr zusammen. Thanos war für meinen Geschmack etwas zu scharfsinnig. »Es stimmt«, erwiderte ich zögernd. »Aber mir ist dort nichts zugestoßen. Mein Pferd hat gescheut und mich abgeworfen. Ich war eine Weile bewußtlos, und als ich zu mir kam, habe ich den Wald sofort verlassen.« Den Traum verschwieg ich. Ich wollte niemandem davon erzählen, solange ich nicht wußte, was ich davon zu halten hatte.

»Aber« – ich entschloß mich, zumindest einen Grund für meine Neugier an diesen Dingen aufzudecken – »ich hatte so eine Eingebung, der Mörder könnte sich... *dämonischen Beistands* versichert haben...«

Der Magier horchte auf. »Tatsächlich? Wie kommt Ihr darauf?«

»Dazu möchte ich lieber nichts sagen, wenn Ihr nichts dagegen habt«, sagte ich zurückhaltend. »Also, wie ist das – kann ein Mensch einen Pakt mit einem Erzdämon schließen?«

Thanos holte tief Luft und stieß einen langen Seufzer aus. »Gewöhnliche Menschen sind dazu nicht in der Lage«, sagte er mit einem Unterton, als rede er nur ungern über diese Dinge, »Magier hingegen schon.« Diese Auskunft rief zwar eine gewisse Erleichterung in mir wach, aber sie hielt sich in Grenzen. Ich war kein Magier, aber mein Traum kam mir deshalb nicht weniger wirklich vor.

»Und wie wird er geschlossen und warum? Welche Vorteile gewinnt ein Magier durch solch einen Pakt? Und welchen Preis fordert der Erzdämon dafür?«

»Das Schließen eines solchen Paktes ist nicht so schwer, wie man vielleicht meinen könnte, weil sich dadurch für einen Erzdämon die Möglichkeit auftut, Chaos, Verderben und Verzweiflung auf Dere zu säen. Der Invocator – und er muß beileibe kein Magus sein, solange er nur in den arkanen Künsten bewandert ist – ruft den Erzdämon an und bittet ihn, wenn er erscheint, um einen Teil seiner Macht. Was die Frage betrifft, warum ein Magier einen Pakt mit einem Erzdämon schließt, so liegt die Antwort auf der Hand: Den Magus verlangt es nach Macht. Dabei kann es sich um mächtige Zaubersprüche handeln oder auch um die Gewalt über die Diener des Erzdämons.«

Thanos hielt inne und musterte mich eindringlich. »Aber diese Macht hat einen hohen Preis. Mit jeder Invocation des Erzdämons, mit jedem Dienst, den er gewährt, entfernt sich der Paktierer weiter von den Göttern und tut einen Schritt auf die Verdammnis zu. Stellt es Euch so vor, daß der Erzdämon mit jedem Schritt zur Verdammnis mehr Macht über den Paktierer gewinnt, was dazu führt, daß dieser dem Dämon immer ähnlicher wird. Um bei meinem Beispiel zu bleiben: Bei einem Pakt mit dem Herrn des Geizes wüchse das Geschick des Beschwörers im Verhandeln, Feilschen und so weiter beträchtlich an. Seine Rivalen haben Pech, erleiden vielleicht gar einen schrecklichen Unfall. Gleichzeitig aber wird der Paktierende Zug um Zug seiner Menschlichkeit beraubt. Seine Gefühle verkümmern, bis schließlich ihr letzter Funke erloschen ist und die Seele des Paktierers von den Dienern des Erzdämons in die Niederhöllen gezerrt wird.«

Die Worte des Magiers ließen mich erbleichen. »Aber… wenn die Strafe so unausweichlich ist… wenn ein Paktierer seine Seele verlieren muß… warum geht er dann überhaupt eine solche Verbindung ein? Er muß doch wissen, was ihn erwartet!«

»Viele Pakte werden in tiefster Verzweiflung geschlossen. Andere glauben, daß sie den Pakt rechtzeitig lösen können, bevor ihre Seele der ewigen Verdammnis anheimfällt.« Der verächtliche, mitleidsvolle Tonfall des Magiers verriet mir, daß er an diese letzte Möglichkeit nicht recht zu glauben schien.

»Und läßt sich ein solcher Pakt wieder lösen?« fragte ich mit heiserer Stimme.

»Es ist möglich«, sagte Thanos zögernd. »Aber nur einmal im Jahr, und zwar während der Namenlosen Tage.«

»Und wie brächte ein Paktierer das zuwege?«

Der Magier zuckte die Achseln. »Das kann ich nur vermuten. Ich weiß, daß das Lösen des Paktes um so schwieriger ist, je weiter sich der Paktierer dem siebten, dem letzten Kreis der Verdammnis, genähert hat.«

»Und wie würde ein Paktierer den Pakt lösen?«

Der Magier zuckte die Achseln. »Das kann ich nur vermuten. Ich weiß, daß das Lösen des Paktes um so schwieriger ist, je weiter sich der Paktierende der Verdammnis genähert hat. Im übrigen ist es wahrscheinlich eine Frage der Willenskraft.«

»Dann könnte der Mörder also einen Pakt mit einem Erzdämon geschlossen und ihn gerade wieder gelöst haben«, dachte ich laut. »Das wäre also möglich.«

»Ja«, bestätigte Thanos, »ich glaube schon. Aber ich muß noch einmal fragen, wie Ihr darauf kommt.«

Ich winkte ab. »Nennt es Eingebung, nennt es eine Ahnung, ich kann es Euch nicht erklären.« Blieben noch zwei Dinge. »Gibt es ein äußerliches Zeichen, an dem man einen Paktierer erkennen kann?«

Der Magier gluckste und konnte sich ein Lächeln nicht verkneifen: »Ihr meint, ob ihm Hörner wachsen? Nein, natürlich nicht. Allerdings ...«

»Ja?«

»Der Dämon drückt seinem Knecht stets sein Mal auf, das jedoch niemals auf den ersten Blick zu erkennen ist. Es heißt, dieses Mal bewirkt unter anderem, daß der Paktierer nicht mehr in der Lage ist, einen Tempel der Zwölfe zu betreten, weil er das Bewußtsein verliert, sobald er über die Schwelle zu treten versucht.« Thanos spitzte die Lippen und zog die Augenbrauen hoch. »Aber dafür kann ich mich nicht verbürgen.«

Nun, ein kleiner Abendspaziergang zum Rahja- oder Hesinde-Tempel konnte nicht schaden. Ich wollte so bald als möglich Gewißheit haben.

Blieb nur noch eines. »Ich möchte Euch noch ein paar Fragen zu einem ganz bestimmten Erzdämon stellen...«

Thanos hob abwehrend die Hand, und ich brach verblüfft ab. »So Ihr seinen wahren Namen kennt, sprecht ihn auf keinen Fall aus. Ihr seid der Magie nicht kundig und kennt die notwendigen Schutzformeln nicht. Das Nennen seines wahren Namens allein ist schon eine Invocation, und sie kann unter gewissen Umständen ein Tor in unsere Sphäre aufstoßen. Ihr wißt, daß wir dieser Tage besonders auf der Hut sein müssen. Umschreibt den Niederhöllischen, wenn Ihr könnt.«

Mir lief es kalt den Rücken hinunter. Also war schon die Nennung des wahren Namens eine Anrufung. Im stillen flehte ich zu allen Zwölfen, daß meine schreckliche Begegnung tatsächlich nur ein Traum gewesen war und nicht mehr als das.

»Ich meine den ... Herrn der Rache.«

Thanos zuckte zusammen. »Ich scheue mich, ihn mit unserem allgewaltigen und gnadenreichen Herrn Praios in einem Atemzug zu nennen, aber der Herr der Rache ist sein dämonischer Widersacher. Wo Praios Gerechtigkeit walten läßt, kennt besagter Erzdämon nur blinde Rache, Folter und Meuchelmord. Es heißt, daß der Herr der Rache als Preis für seinen Beistand die besten Freunde und liebsten Gefährten fordert – abgesehen davon, daß der Paktierer, wie ich schon sagte, mit jeder Invocation und mit jedem Dienst, den er sich vom Finsteren erbittet, einen weiteren Schritt zur Verdammnis tut.« Der Magier hielt für einen Augenblick inne, dann fuhr er nachdenklich fort: »Aber das ergäbe tatsächlich einen Sinn, Halgor! Falls der Mörder einen Pakt mit dem Herrn der Rache geschlossen hat und ihm etwas an dieser Kurtisane lag, könnte sie gestorben sein, weil der Herr der Rache sie als seinen Preis eingefordert hat.«

Ich war wie vom Donner gerührt. Bei der Vorstellung, daß ich einen unheiligen Bund mit einem praiosverfluchten Erzdämon geschlossen haben konnte, der vielleicht den Tod meiner geliebten Marisha bewirkt hatte, drehte sich mir der Magen um.

»Ich danke Euch, daß Ihr so geduldig meine Fragen beantwortet habt, Thanos. Ich glaube, ich muß mir jetzt ein wenig die Beine vertreten. Ihr wißt schon… das lange Sitzen…«

»Ich hätte auch nichts gegen einen kleinen Abendspaziergang einzuwenden«, sagte Thanos zu meiner Überraschung. »Habt Ihr etwas dagegen, wenn ich Euch begleite?«

Ich hatte etwas dagegen, und zwar ganz entschieden. Ich wollte nicht über meinen Traum und meine an ihn geknüpften Befürchtungen reden – dafür war immer noch Zeit, wenn ich Gewißheit hatte, so oder so. Ich bemühte mich um eine ausdruckslose Miene.

»Nehmt es mir nicht übel, Thanos, aber ich zöge es vor, allein zu gehen. Ich muß über einige Dinge nachdenken, und in diesem Fall würde mich jegliche Gesellschaft nur stören.«

Der Magier zuckte die Achseln. »Ganz, wie Ihr wollt.«

»Versteht mich nicht falsch«, beeilte ich mich dem Magier zu versichern. »Eure Gesellschaft ist mir keineswegs unangenehm, und ich würde mich freuen, wenn wir unser Gespräch später am Abend fortsetzen könnten, vielleicht nach Drogoschs Rückkehr. Aber jetzt muß ich erst einmal eine Weile allein mit mir sein.«

»Wie es Euch gefällt«, sagte Thanos. »Geht nur. Ich glaube, ich verstehe Euch. Gehabt Euch wohl, Halgor.«

Der Magier erhob sich aus seinem Sessel und verließ das Zimmer. Ich folgte ihm nur wenige Augenblicke später, doch als ich mich in der Eingangshalle von Drogoschs Bordell nach ihm umsah, war er bereits spurlos verschwunden.

Als ich *Levthans Horn* verließ und mich auf den Weg zum Rahja-Park machte, sah ich mit einer gewissen Erleichterung, daß der Sonnenuntergang nicht mehr fern war. Erleichterung deshalb, weil das bedeutete, daß sich die Straßen bald leeren würden. Wenn Thanos recht hatte und falls mir der Erzdämon tatsächlich sein Mal aufgedrückt hatte, würde ich beim Betreten des Rahja-Tempels ohnmächtig werden. Ich mochte nicht recht glauben, daß das geschehen würde, wenn aber doch, konnte ich keine Zeugen gebrauchen. Ich wußte nicht, wie verbreitet das Wissen um die Tatsache war, daß ein Gezeichneter beim Betreten eines Tempels das Bewußtsein verlor, aber ich hatte den leisen Verdacht, daß es mir nicht gut bekäme, als Dämonenbündler entlarvt zu werden.

Als ich endlich den Rahja-Park betrat, hatte ich rasendes Herzklopfen. Der Augenblick der Wahrheit stand bevor, und plötzlich wurde mir klar, daß ich schreckliche Angst hatte. Wenn ich nicht geträumt hatte, wenn meine Begegnung in der Dämonenbrache kein Alptraum, sondern Wirklichkeit gewesen war, war ich in eine Lage geraten, die mich meine unsterbliche Seele kosten konnte.

Schneller, als mir lieb war, ragte auch schon der von einer hohen Kuppel gekrönte Bau aus rosafarbenem Marmor vor mir auf. Ich hatte keine Augen für die Schönheit der Parkanlagen mit dem kleinen Teich und den kunstvoll gestutzten Büschen, sondern sah lediglich den Eingang vor mir. Das Herz pochte mir im

Hals, und ich verlangsamte unwillkürlich meinen Schritt.

Zehn Schritt vor dem Eingang blieb ich stehen. Ich konnte nicht weitergehen. Wenn ich von dem Erzdämon gezeichnet war, wollte ich es gar nicht wissen. Im Innersten meines Wesens fühlte ich mich seit meinem Traum nicht anders als zuvor. Warum sollte sich daran etwas ändern?

Andererseits würde ich vielleicht nie wieder einen Tempel betreten, wenn ich jetzt umkehrte. Wollte ich das?

Ich holte tief Luft. Nein! Die Zweifel mußten ein Ende haben.

Ich trat einen Schritt vor. Und noch einen.

Und blieb wieder stehen, diesmal, um mich umzusehen. Der Park war völlig verlassen. Kein Mensch war um diese Uhrzeit noch unterwegs. Gut.

Ich setzte mich wieder in Bewegung. Plötzlich wurde ich gewahr, daß meine Lippen stumme Stoßgebete an alle Zwölfgötter sandten. *Phex, hilf mir! Praios, beschütze mich! Rondra, gib mir Mut und Kraft!*

Vor der Schwelle des Tempels blieb ich erneut stehen, um mich noch einmal umzuschauen, sah aber immer noch niemanden. Ich mußte es jetzt hinter mich bringen. Ich schloß die Augen und tat den letzten Schritt.

Ein Schmerz durchfuhr mich, als wäre ich vom Blitz getroffen worden, und schleuderte mich zurück.

Ich glaubte so etwas wie ein höhnisches Lachen zu hören, während mir die Worte *Kein Traum!* durch den Kopf dröhnten und von den morschen Mauern meines Bewußtseins in endlosem Widerhall zurückgeworfen wurden, bevor mich – wieder einmal – gnädige Schwärze umhüllte.

# 17. Kapitel

Als ich die Augen aufschlug, sah ich zu meiner grenzenlosen Verblüffung in Thanos' nun nicht mehr verschmitzt, sondern besorgt dreinblickendes Gesicht. Mit einem Gefühl, als seien alle meine Glieder gelähmt, versuchte ich mich zu sammeln. Ich lag ein ganzes Stück vom Tempeleingang entfernt im Schutz einer kleinen Baumgruppe auf dem Boden. Thanos, der sich über mich gebeugt hatte, mußte mich hergebracht haben.

»Was ... führt Euch her?« preßte ich mühsam hervor. Sogar meine Zähne schmerzten.

»Ich bin Euch gefolgt«, erwiderte der Magier.

»Habt Ihr Euch ... unsichtbar gemacht? Ich habe keine Verfolger gesehen.«

Der Magier schüttelte den Kopf. »Ich beherrsche keinen Unsichtbarkeitszauber. Nein, ich war einfach nur vorsichtig und habe darauf geachtet, mich nicht sehen zu lassen. Ich glaube, Ihr habt Euch nicht besonders gründlich umgesehen.«

Natürlich hatte Thanos recht. Ich hatte nicht auf Verfolger geachtet, nicht zuletzt deshalb, weil ich mit meinen Gedanken ganz woanders gewesen war. »Warum seid Ihr mir gefolgt?« fragte ich ein wenig geistesabwesend, denn mich traf die volle Erkenntnis dessen, was bei dem Versuch geschehen war, den Tempel zu betreten.

»Eure Fragen haben mich neugierig gemacht, und als Ihr Euch so plötzlich die Beine vertreten wolltet, hatte ich so eine Art ... nennt es eine Ahnung, nennt es eine

Eingebung« – Thanos deutete eine leichte Verbeugung an und zwinkerte mir zu –, »was Ihr vorhattet. Schließlich habt Ihr eine Nacht in der Brache zugebracht.« Der Magier hielt inne, dann fuhr er zögernd fort: »Ihr seid also nicht in den Tempel gekommen. Äußerst bemerkenswert, ganz außerordentlich.«

Mich überkam ein Anflug von Zorn. Was sollte diese Bemerkung? Betrachtete mich der Magier als Studienobjekt? Und was ging ihn das überhaupt an?

»Ja, nicht wahr?« sagte ich sarkastisch. »Zumal Ihr selbst sagtet, daß nur jemand, der der Magie kundig ist, einen Pakt mit einem Erzdämon schließen kann!«

Thanos zuckte wieder einmal die Achseln, was seine liebste Geste zu sein schien. »Und ich sagte Euch auch, daß ich – weiß Hesinde – keine Koryphäe auf dem Gebiet der Daimonologia bin. Aber mir ist tatsächlich kein Fall bekannt, in dem ein gewöhnlicher Sterblicher ohne die Hilfe von Magie einen Pakt mit einem Erzdämon geschlossen hat.« Plötzlich musterte er mich mit einem durchdringenden Blick, bei dem mir ziemlich unbehaglich wurde. »Was ist tatsächlich in der Brache vorgefallen?«

Meine erste Absicht war, auch weiterhin über mein Erlebnis zu schweigen, aber dann ging mir auf, wie wenig Sinn das hatte. Der Magier hatte schließlich gesehen, daß ich den Tempel nicht betreten konnte. Außerdem vermochte er mir vielleicht zu helfen…

Also erzählte ich ihm alles.

Thanos hörte sich meine Geschichte an, ohne mich zu unterbrechen. Als ich geendet hatte, schwieg er zunächst und rieb sich nur nachdenklich das Kinn. Schließlich richtete er sich auf und hielt mir eine Hand hin, um mir beim Aufstehen behilflich zu sein. Dann sagte er nur: »Ich denke, wir sollten ins *Horn* zurückkehren.«

»Mehr habt Ihr dazu nicht zu sagen?« fragte ich mit ungläubiger Empörung, wobei ich seine Hand mit

Nichtachtung strafte und mich ohne seine Hilfe erhob. »Verratet mir lieber, wie ich diesen unseligen Pakt wieder lösen kann!«

»Glaubt mir, wenn ich das wüßte, wäre mir wohler.« Der Magier seufzte. »Ehrlich gesagt, es ist mir ein Rätsel, wie dieser Pakt zwischen dem Erzdämon und Euch zustande gekommen sein soll. Ihr habt keinen Eid und keine Formel gesprochen. Vermagt Ihr ihn zu invocieren?«

»Ob ich ihn rufen kann? Aber ich will ihn doch gar nicht rufen. Ihr habt doch selbst gesagt, daß man mit jeder... Invocation der ewigen Verdammnis einen Schritt...«

»Ja, ja, ich weiß, was ich gesagt habe«, unterbrach Thanos mich mit einer wegwerfenden Handbewegung. »Aber Ihr seid kein Magus. Vielleicht hat Euch der Dämon getäuscht. Vielleicht habt Ihr gar keinen Pakt mit ihm geschlossen, sondern er hat Euch nur mit seinem Mal gezeichnet. Und bevor ich mich auf etwas festlege, muß ich einen Collegus zu Rate ziehen, der mehr von diesen Dingen versteht als ich. Er wird gewiß auch etwas darüber sagen können, wie ein Pakt wieder gelöst zu werden vermag.«

»Und was soll ich in der Zwischenzeit tun?« fragte ich kläglich.

»Nichts. Wartet einfach ab. Natürlich«, fügte er mit ätzendem Spott hinzu, »könnt Ihr auch den Finsteren Herrn der Rache rufen und *ihn* fragen, ob Ihr tatsächlich einen Pakt mit ihm geschlossen habt und wie Ihr ihn wieder lösen könnt. Er gäbe Euch gewiß bereitwillig Auskunft. Natürlich nur, wenn Ihr zu einer Invocation überhaupt in der Lage seid. Und wenn Ihr den ersten Schritt in die ewige Verdammnis nicht scheut.«

Wir gingen schweigend durch den Park. Nach einer Weile fragte ich zaghaft: »Wie lang ist der Weg in die ewige Verdammnis?«

Der Kopf des Magiers ruckte zu mir herum, und er

sah mich mit großen Augen an. Dann schüttelte er den Kopf. »Ich hoffe, Ihr meint die Frage nicht so, wie ich sie zu verstehen geneigt bin.«

»Ich will nur wissen, wie viele Schritte man auf diesem Weg gehen kann, bevor es für eine Umkehr zu spät ist«, erwiderte ich trotzig.

Thanos seufzte. »Das läßt sich nicht genau entscheiden. Aber ich will Euch berichten, was ich darüber weiß. Es gibt sieben Kreise der Verdammnis. Der siebte ist der letzte Kreis und der Mittelpunkt der übrigen. Sobald ein Beklagenswerter das Zentrum der Verdammnis erreicht, ist seine Seele unrettbar verloren. Jede Bestätigung des Paktes, jede Invocatio und jede Gefälligkeit, die der Erzdämon seinem Knecht erweist, kann dazu führen, daß letzterer in den nächsthöheren Kreis eintritt. Ich sage, *kann*, weil das nicht zwingend ist. Nach allem, was ich weiß, hängt es ganz entscheidend davon ab, welchen Widerstand der Paktierer dem unheilvollen, verderblichen Einfluß des Erzdämons leisten kann. Jemand, der auch nicht die geringste Kenntnis der Daimonologia und der Magica contraria besitzt« – hier warf mir Thanos einen bedeutungsschwangeren Blick zu –, »wird seinem niederhöllischen Dienstherrn jedenfalls herzlich wenig entgegenzusetzen haben. Aber auch der stärkste Widerstand erlahmt irgendwann, und es ist letzten Endes nur eine Frage der Zeit, bis es soweit ist. Mit jedem Kreis der Verdammnis wachsen Einfluß und Macht des Dämons.«

»Das heißt also, wenn ich nichts unternehme, den Pakt nicht bestätige, geschieht gar nichts, und alles bleibt, wie es ist: Ich kann keinen Tempel mehr betreten, aber damit hat es sich. Richtig?«

»Richtig.«

Ich schöpfte wieder Hoffnung. »Ich glaube, damit könnte ich leben.«

»Damit zu *leben* ist in diesem Falle nicht das eigentliche Problem.« Der Magier blieb stehen, und als ich seinem Beispiel folgte und mich zu ihm umwandte, um das Gespräch fortzusetzen, betrachtete er mich mit einer Mischung aus aufrichtigstem Mitgefühl und tiefstem Abscheu, und mich überlief es eiskalt. Plötzlich wußte ich ganz genau, was jetzt käme.

»Aber wenn Ihr *sterbt*, ist Eure Seele verloren. Sie wird für alle Ewigkeit in die Domäne des betreffenden Erzdämons verbannt. Es heißt, daß sich die Dämonen auf diese Weise vermehren. Das gilt natürlich nur für Magier«, fuhr Thanos beinahe flüsternd fort, während sich in meinem Magen ein Gefühl kalten Entsetzens ausbreitete. »Als Nichtmagier könntet Ihr dem Dämon wahrscheinlich keinen allzu großen Widerstand entgegensetzen. Vielleicht rückt Ihr mit *jeder* Invocatio der Verdammnis einen Schritt näher. Und vielleicht sind es bei Euch nicht einmal sieben Kreise.« Er zuckte die Achseln. »Es mag aber auch sein, daß der Dämon für eine solche Seele gar keine Verwendung hat. Ich weiß es einfach nicht.«

»Ich gewinne langsam den Eindruck, daß Eure und meine Profession mehr gemein haben, als weithin angenommen wird«, bemerkte ich spitz. Der Magier hatte mir zwar nichts getan, aber ich empfand plötzlich eine ohnmächtige Wut und das Bedürfnis, sie an ihm auszulassen. Auf einmal konnte ich sehr wohl nachempfinden, warum die Überbringer schlechter Nachrichten oft um ihr Leben bangen mußten.

Als der Magier daraufhin schwieg, fügte ich hinzu: »Im übrigen wäre ich Euch dankbar, wenn Ihr meine … Verbindung mit dem Dämon für Euch behalten könntet. Ich komme mir ohnehin schon wie ein Aussätziger vor.«

»Glaubt Ihr etwa, die Bekanntschaft mit einem Dämonenbündler sei ein Grund zum Prahlen?«

»In den Kreisen, in denen Ihr Euch bewegt, vermutlich schon.« Ich hielt mir die Nasenlöcher zu und ahmte den gezierten Tonfall eines blasierten Gelehrten nach: »›*Denkt* Euch nur, auf welch bemerkenswerten Casus ich gestoßen bin... Stellt Euch vor, ein Nichtmagus, der ein Dämonenmal trägt! Es scheint sogar, als habe er einen Pakt mit einem Erzdämon geschlossen!‹ – ›Nein, *wahrhaftig*? *Was* Ihr nicht sagt! Ob man wohl einen klitzekleinen Blick auf das Subjekt werfen dürfte?‹« In normalem Tonfall fuhr ich fort: »Vielleicht übertreibe ich ja auch.«

»Nein, Ihr übertreibt nicht, es gibt solche Vertreter meines Standes. Aber glaubt mir, ich gehöre nicht dazu.«

Wir setzten unseren Weg schweigend fort, bis wir *Levthans Horn* erreichten. In der leeren Eingangshalle wurden wir von Drogosch in Empfang genommen, der offenbar schon auf uns wartete.

»Ah, da seid Ihr ja endlich! Nun, habt Ihr Euch noch ein wenig die Beine vertreten?«

Ein Augenblick verlegenen Schweigens trat ein, bis Thanos sich räusperte und erwiderte: »Nun, ja. Um diese Zeit des Tages ist die Temperatur draußen recht angenehm.«

Der Bordellbesitzer bedachte uns mit einem neugierigen Blick, zuckte dann jedoch die Achseln. An mich gewandt, sagte er: »Euer Zimmer ist fertig. Alles weitere ist in die Wege geleitet. Im Laufe des morgigen Tages werde ich eine Liste der Bekannten, Verwandten und Freunde des Barons bekommen. Was haltet Ihr jetzt von einer kleinen Lektion in Sachen Boltan?«

Ich hielt mit meiner Meinung nicht hinter dem Berg. »Um die Wahrheit zu sagen, gar nichts. Die letzten Tage haben mich sehr erschöpft, und ich kann es kaum erwarten, in einem vernünftigen Bett zu schlafen. Fragt mich morgen früh nach einem ausgiebigen Frühstück noch einmal, Drogosch.«

Der Bordellbesitzer neigte den Kopf. »Einverstanden. Dann zeige ich Euch jetzt Euer Zimmer.«

»Braucht Ihr mich heute abend noch?« fragte Thanos.

Bevor Drogosch antworten konnte, sagte ich rasch: »Heute nicht mehr, aber ich würde mich freuen, wenn Ihr Euch morgen am Nachmittag wieder zu uns gesellen würdet.«

»Ja, geht ruhig nach Hause, Thanos. Morgen ist auch noch ein Tag.«

Wir verabschiedeten uns von dem Magier und stiegen dann über zwei Treppen in den zweiten Stock des großen Hauses hinauf. Drogosch führte mich zu einer Tür am Ende des Ganges, die er mit schwungvoller Gebärde öffnete.

Ich trat in ein geräumiges Zimmer, fünf Schritt im Geviert, das natürlich von einem riesigen Bett mit einem rosafarbenen Baldachin beherrscht wurde. »Ein Arbeitszimmer«, entfuhr es mir unwillkürlich.

Drogosch zuckte die Achseln. »Natürlich. Was hattet ihr erwartet? Aber das Bett ist noch neu und frisch bezogen, also macht Euch keine Gedanken. Dort auf dem Tisch findet Ihr Wein, Wasser und ein paar Früchte. Wenn Ihr etwas braucht – neben dem Bett hängt ein Klingelzug. Auf dem Nachttisch steht eine Schüssel mit Wasser zum Waschen, und der Nachttopf dürfte unter dem Bett stehen. Ich wünsche Euch eine angenehme Nachtruhe.«

Einen Augenblick später war ich allein und sah mich in dem Zimmer um. Die Wände waren in Himmelblau gehalten. Das Bett stand an der linken Wand. An der Wand gegenüber dem Bett hing ein Ölgemälde – der Akt einer sehr jungen Frau mit üppigen Brüsten, ausladenden Hüften, einer zierlichen Taille und vollen, sinnlichen Lippen. Dennoch hatte der Künstler es verstanden, der Frau einen unschuldigen Gesichtsausdruck zu verleihen, was sie noch reizvoller machte. Unter dem Bild war eine kleine hellbraune Sitzgruppe mit einem niedrigen Tisch in der Mitte angeordnet. Auf dem Tisch befanden sich verschiedene Karaffen, Gläser und eine Schale mit Früchten.

Direkt links neben der Tür stand ein massiver Kleiderschrank aus hellem Holz, neben dem Fenster in der Wand gegenüber der Tür eine Frisierkommode mit einem riesigen Spiegel – Drogosch hatte an nichts gespart –, dessen Rahmen mit kunstvollen Schnitzereien verziert war. Die Nachttischchen zu beiden Seiten des Bettes waren ebenfalls aus hellem Holz, und auf dem einen stand eine Schüssel mit Wasser.

Alles in allem konnte ich mich über meine Unterkunft nicht beklagen – vorausgesetzt, das Bett hielt, was Drogosch versprochen hatte. Ich ging gleich hin und probierte die Matratze aus. Ich nickte anerkennend. Kaum ausgeleiert und noch recht straff. Ich haßte zu weiche Betten.

Und das war der Augenblick, als die dünne Maske der Selbstbeherrschung, die ich mir in Gesellschaft der anderen noch bewahrt hatte, mit einem Schlag abbröckelte und Angst, Verzweiflung und Entsetzen darunter zum Vorschein kamen. Ich begriff zwar immer noch nicht das volle Ausmaß des Unglücks, das über mich hereingebrochen war, aber in diesem Moment gewann ich einen recht guten Eindruck davon.

Ich war kein Magus, und ich war auch kein Geweihter. Ich war nur ein Gaukler, ein Spieler, der sich nicht mit den Gepflogenheiten der Zwölfe und noch weniger mit denen ihrer dämonischen Widersacher auskannte. Manchmal *spürte* ich, daß die Zwölfe da *waren*, und zwar auf eine ähnliche Art, wie man spürt, daß ein Wetterumschwung bevorsteht. Es *gab* sie, sie waren leibhaftig, und das hatte mir bisher gereicht. Ich hatte nicht über sie nachgedacht. Ihre Wege waren unergründlich und rätselhaft – warum also über sie nachdenken?

Doch offensichtlich waren die Zusammenhänge verworrener. Offensichtlich war die Herrschaft der Zwölfe nicht unumschränkt. Offensichtlich verfügten ihre Widersacher, die Erzdämonen, über eine vergleichbare Macht.

Und eines dieser unvorstellbar mächtigen Wesen, *ein Erzdämon*, hatte mich gezeichnet. Mir wurde heiß und kalt. Wenn Thanos recht hatte, war meine unsterbliche Seele in Gefahr. Was das *tatsächlich* bedeutete, konnte ich nicht einmal annähernd ermessen, aber ich spürte irgendwie, daß mehr auf dem Spiel stand als mein Leben.

Panik drohte mich zu überwältigen, und es dauerte einige Zeit, bis ich wieder einigermaßen klar denken konnte.

Aus Thanos' Worten ging hervor, daß zumindest Magier die Erzdämonen herbeirufen und mit ihnen *reden* konnten. War das dann etwa auch mit den Göttern möglich? Gewiß, es hieß, daß man sich auf dem Weg des Gebets mit den Göttern unterhalten konnte, aber meine Gebete waren bisher immer sehr einseitig verlaufen. Phex hatte mir noch nie geantwortet, jedenfalls nicht so, wie es der Erzdämon bei unserer Begegnung getan hatte.

Magier konnten die Erzdämonen beschwören, die ihnen daraufhin auch erschienen. Konnte ich das auch? Würde der Herr der Rache erscheinen, wenn ich ihn rief? Und welche Folgen würde das für mich haben?

Fragen über Fragen, auf die ich keine Antwort wußte.

Offenbar wurde ein Magier, der einen Pakt mit einem Erzdämon schloß, diesem immer ähnlicher, je näher er der ewigen Verdammnis kam. Ich konnte aber bisher keine Veränderung an mir feststellen. Ich war immer noch ich, derselbe, der ich immer gewesen war. Oder war das bereits eine Täuschung? Bemerkte man es vielleicht gar nicht, wenn man sich veränderte?

Ich grübelte und grübelte, aber ich konnte mich drehen und wenden, wie ich wollte, ich sah einfach keinen

Ausweg. Ich hatte gegen die wichtigsten Regeln des Spielers verstoßen: Ich hatte an einem Spiel teilgenommen, dessen Regeln ich nicht kannte; ich hatte es einem anderen überlassen, die Höhe des Einsatzes zu bestimmen, derselbe Fehler, den Yasper bei jenem verhängnisvollen Spiel vor drei Tagen bei Karnia der Nelke begangen hatte; und ich hatte den geforderten Einsatz ›blind‹ gebracht, ohne zu wissen, worum ich überhaupt spielte.

Und ich war betrogen worden. Nicht nur in dem Spiel vor drei Tagen, sondern auch in dem ›Spiel‹ mit dem Erzdämon. Ich hatte mich übertölpeln lassen wie ein Anfänger. Verdiente ich die Bezeichnung ›das As‹ überhaupt? Vielleicht war ich ein leidlicher Boltanspieler, aber was das Seelenspiel betraf, war ich ein blutiger Anfänger. Aber was hätte ich tun sollen?

Es half nichts, ich hatte mich an diesen Spieltisch verirrt und meine Seele eingesetzt, und jetzt mußte ich das Spiel bis zum bitteren Ende durchstehen.

Und ich konnte das Spiel zwar verzögern, aber nicht aufhalten. Ich konnte nicht ewig dasitzen und mir überlegen, wie viele Karten ich tauschen sollte. Irgendwann würde ich sterben, und dann hatte ich unwiderruflich verloren.

Wenn ich meine Seele retten wollte, mußte ich das Spiel gewinnen, um meinen Einsatz zurückzubekommen. Ich mußte den Pakt mit dem Erzdämon lösen. Aber wie?

Brauchte ich vielleicht nur in die Dämonenbrache zurückzukehren, dort den Herrn der Rache zu rufen und den Pakt für gelöst zu erklären?

Schwerlich, und selbst wenn sich der Pakt auf diese Weise lösen ließe, bekäme ich keine Möglichkeit dazu. Wenn ich starb, gewann der Erzdämon meine Seele. Und in der Dämonenbrache war die Gefahr, daß ich starb, bevor ich den Pakt lösen konnte, gewiß nicht gering. Zu deutlich erinnerte ich mich an die unheimlichen Gestalten auf der Lichtung, die mir nach dem Leben getrachtet hatten.

Ich lag auf dem Rücken und starrte den in der Dunkelheit des Zimmers farblosen Himmel des Bettes an. Die Grübeleien führten zu nichts, und die Entscheidung über meinen nächsten Schritt war längst gefallen. Ich hatte lange genug überlegt, wie viele Karten ich tauschen sollte. Es wurde Zeit, die Karten abzulegen und neue zu nehmen – welche es auch sein mochten.

Ich würde den Erzdämon rufen.

# 18. Kapitel

A ber *wie?*
Ich legte keinen Wert darauf, daß der Erzdämon leibhaftig hier bei mir in Drogoschs Bordell auftauchte, sondern wollte lediglich mehr über die Regeln dieses Spiels erfahren, das er mit mir spielte.

Offenbar war der wahre Name eines Erzdämons von großer Bedeutung. Also schien es mir das nächstliegende zu sein, meinen Wunsch eindeutig zu formulieren und dabei den Namen zu nennen, den er mir bei unserer ersten Begegnung – einen Traum mochte ich das Erlebnis nicht mehr nennen – verraten hatte.

Etwas halbherzig reckte ich die Arme in dramatischer Geste gegen die rosarote Decke meines Zimmers, schloß die Augen und gab mir einen Ruck. *Herr der Rache, ich wünsche mit dir zu reden, aber ich will nicht, daß du erscheinst,* Blakharaz! sagte ich im stillen.

Nichts geschah, außer daß ich eine ordentliche Gänsehaut bekam. Auf diese Weise käme ich zu nichts. Was tat ich da eigentlich? Es war lachhaft.

Nun, vielleicht mußte der Name laut ausgesprochen werden. »Herr der Rache, ich wünsche mit dir zu reden, aber ich will nicht, daß du erscheinst, *Blakharaz!*«

Ich verspürte einen kühlen Zug im Gesicht und glaubte, einen leichten Schwefelgeruch wahrzunehmen, aber das war auch alles. Soviel zu meinen Möglichkeiten, den Erzdämon zu rufen.

Oder nein, schließlich war ich kein Magier. Vielleicht mußte ich ja ein Opfer bringen; aber dieser Gedanke widerstrebte mir gewaltig. Außerdem – was konnte ich in diesem Zimmer schon opfern?

Möglicherweise legte der Erzdämon aber auch Wert auf einen *ehrerbietigen* Ton!

»Großmächtiger Herr der Rache, sprecht zu mir, aber ich bitte Euch, erscheint nicht leibhaftig, großer, finsterer *Blakharaz*.« Ich kam mir sehr albern vor, als ich diese Worte aussprach, aber dieses Gefühl wich augenblicklich einem Gefühl unwirklichen Grauens, wie man es manchmal im Traum empfindet, als der leichte Geruch nach Schwefel plötzlich zu einem beißenden Gestank wurde und ich eine gewaltige Stimme in meinem Kopf vernahm, die nicht mir gehörte.

*Ah, welch eine Wohltat, einmal höflich um eine Unterredung gebeten und nicht mit dürren Formeln belästigt zu werden! Ich beglückwünsche dich zu deinen Manieren, Halgor. Warum hast du mich gerufen?*

Litt ich an Wahnvorstellungen, oder war das wirklich die Stimme des Erzdämons in meinem Kopf? Noch dazu eine Stimme mit einem entschieden spöttischen Unterton. Konnte ich es mir überhaupt leisten, die Stimme als Einbildung abzutun? Nein, vermutlich nicht.

»Verzeiht die unverzeihliche Störung, großer Herr der Rache, ich muß mehr über den Pakt wissen, den ich... den Ihr mit Euch zu schließen mir erlaubt habt, aber warum, da dies doch sonst nur den Magiern...«

*Du sollst meine Rache vollstrecken, die auch die deine ist, denn ich bin schmählich betrogen worden. Und du brauchst nicht laut zu sprechen, ich kann deine Gedanken lesen. Es reicht also, wenn du denkst, was du sagen willst. War das alles?*

Nein, natürlich nicht. Ich mußte mehr in Erfahrung bringen. Dann ging mir auf, daß der Erzdämon meine Absicht kennen mußte, wenn er meine Gedanken lesen konnte. Spielte er nur mit mir?

*Ihr müßt verstehen, mächtiger Herr der Rache, daß mir*

*der Kopf schwirrt bei dem Gedanken daran, daß sich ein so
unendlich mächtiges Wesen wie Ihr eines so nichtswürdigen,
armseligen Spielers wie meiner bedient. Wenn es stimmt,
daß Ihr Praios' Gegenstück seid...*

*Ich lege keinen Wert darauf, mit diesem Schwächling in
einem Atemzug genannt zu werden!*

Es gelang ihm tatsächlich, seiner gedanklichen
Stimme einen verächtlichen und zugleich würdevollen
Klang zu verleihen.

*Aber es stimmt, oder nicht? Während Praios für Gerech-
tigkeit zuständig ist, seid Ihr sozusagen der Schutzherr der
Rache*, wagte ich nachzuhaken.

*Gerechtigkeit!* Der Erzdämon spie das Wort aus wie
einen Schluck fauligen Wassers. *Ihr Menschen seid wirklich unglaublich einfältig! Du scheinst das Wesen der Dinge
ebensowenig zu begreifen wie alle anderen, Halgor. Ich hatte
mehr von dir erwartet. Aber ich will nicht vorschnell urtei-
len. Heißt es nicht bei euch Menschen, man sei nie zu alt,
um etwas zu lernen? Sag mir, Halgor, was ist Gerechtigkeit?*
Wieder spie er das Wort aus, als wäre es aussätzig.

Ich dachte angestrengt nach. Was sollte die Frage?
Und was *war* Gerechtigkeit?

Schließlich hatte ich eine Umschreibung gefunden,
die mir der Sache sehr nahe zu kommen schien. *Gerechtigkeit ist, wenn jede Tat, gut oder böse, angemessen vergolten wird.*

*Gar nicht schlecht formuliert, Halgor.* Ein Unterton gön-
nerhafter Anerkennung, der mich ein wenig verwirrte.
*Damit verschiebst du das Problem zwar nur, denn statt ›an-
gemessen‹ könntest du auch ›gerecht‹ sagen, aber ich will
nicht kleinlich sein. Also weiter. Stimmst du mir zu, daß
eine Tat nur dann, wie du sagst, angemessen vergolten werden kann, wenn die Wahrheit, und zwar die ganze Wahrheit,
über diese Tat bekannt ist?*

Was ging hier eigentlich vor? Bis eben hatte mich der
Erzdämon wie einen Wurm behandelt, der ich im Vergleich zu ihm wahrscheinlich auch war, und jetzt ver-

wickelte er mich in ein Gespräch über Gerechtigkeit, als wäre er ein großer Gelehrter und ich sein Student. Ich war mehr als verwirrt.

*Könntet Ihr das etwas näher erklären?* fragte ich zaghaft.

*Nimm einen beliebigen Streitfall.* Im Tonfall des Erzdämons lag jetzt Ungeduld, als sei ich ... als sei ich *begriffsstutzig* ... Das war das richtige Wort: *ein zurückgebliebener Student.*

*Ein Mensch behauptet zum Beispiel, ein anderer habe ihn betrogen. Der Beschuldigte bestreitet das entschieden. Die Sache geht vor eines eurer sogenannten Gerichte, deren Aufgabe es angeblich ist, Taten angemessen zu vergelten. Um ein, wie ihr sagt, gerechtes Urteil zu fällen, also eine Tat angemessen zu vergelten, muß der wahre, der* tatsächliche *Sachverhalt bekannt sein, und zwar vollständig, richtig?*

Ich zögerte, da ich jetzt sah, worauf der Erzdämon hinauswollte, und nickte. *Richtig.*

*Wenn auch nur die kleinste Facette dieses wahren Sachverhalts verborgen bleibt, ist nicht nur keine angemessene Vergeltung der Tat möglich, sondern es steht vielmehr zu vermuten, daß die Tat unangemessen vergolten wird. Was nichts anderes bedeutet, als daß ein begangenes Unrecht ein zweites nach sich zieht. Was glaubst du, Halgor, wie oft der wahre Sachverhalt in solchen Fällen ans Licht kommt?*

Ich brauchte nicht lange zu überlegen. *Wahrscheinlich nicht sehr oft.*

*Und was folgt daraus hinsichtlich der angemessenen Vergeltung einer Tat?*

Ich hätte gern etwas anderes gesagt, aber ich konnte mich der Schlüssigkeit der Argumente des Erzdämons nicht entziehen. *Daß Taten nicht sehr oft angemessen vergolten werden.* Dann kam mir ein Gedanke, und ich fügte rasch hinzu: *Jetzt redet Ihr von der Gerichtsbarkeit in der Welt der Menschen. Ich dachte, es ginge um* Gerechtigkeit. *Ich kann mich nicht so gut ausdrücken und verstehe auch nicht soviel von der Sache wie Ihr. Aber ich glaube, wenn wir Sterbliche alles richtig und gut machten, wären wir den Göttern gleich. Wir haben viele Fehler und Schwächen, und demzufolge können wir Gerechtigkeit –* ich suchte nach Worten –, *die* Vorstellung *von Gerechtigkeit auch nur fehlerhaft umsetzen. Ich glaube, das liegt in der Natur der Sterblichen. Aber das kann doch dem Gedanken der Gerechtigkeit an sich nichts anhaben. Oder irre ich mich?*

Ich hatte kaum ausgeredet, als ich mich im stillen wegen meines vorlauten Mundwerks verfluchte. Ich hatte dem Erzdämon widersprochen! Das mußte ganz einfach schreckliche Folgen für mich haben.

*Bravo, Halgor. Sehr gut. Ich muß sagen, diese Unterhaltung ist sehr erfrischend.* Jetzt war sein Tonfall herablassend und gönnerhaft. Mir fiel ein Stein vom Herzen, da ich mit einer weitaus heftigeren Reaktion gerechnet hatte. *Aber ich bin noch nicht fertig. Die Kenntnis des wahren Sachverhalts ist für die angemessene Vergeltung einer Tat eine zwar notwendige, aber nicht hinreichende Voraussetzung.*

*Es tut mir leid, aber ich kann Euch nicht folgen.* Was wollte der Erzdämon eigentlich von mir? Wollte er mich etwas *lehren?* Ich verstand überhaupt nichts mehr.

*Es ist ganz einfach! Die Kenntnis des wahren Sachverhalts – die es ohnehin nicht geben kann – reicht nicht aus, um eine Tat angemessen zu vergelten. Es muß auch eine Wiedergutmachung möglich sein!*

*Eine Wiedergutmachung?*

*Ja, natürlich. Keine Wiedergutmachung, keine Gerechtigkeit, so einfach ist das! Was ist, wenn jemand einen Menschen umbringt? Ein Toter kann nicht wieder lebendig gemacht oder ersetzt werden. Kurzum, die Tat kann nicht wiedergutgemacht werden. Wie steht es in einem solchen Fall mit der Gerechtigkeit?*

*Sie muß sich mit der Bestrafung des Täters begnügen.*

Der Dämon ließ mich kaum ausreden. Er steigerte sich immer mehr in das Gespräch hinein, und seine

Stimme in meinem Kopf nahm einen immer eifrigeren und – es überlief mich kalt, als mir das zutreffende Wort einfiel – geradezu *fanatischen* Tonfall an.

*Ich sage dir, die Idee von der Gerechtigkeit ist eine einzige Illusion. Sie fußt auf Irrtümern und Trugschlüssen. Was auch der Grund dafür ist, warum alle Fragen, die mit ihr zusammenhängen, so kompliziert erscheinen. Wäre die Idee von einer Gerechtigkeit tragfähig, wäre sie einfach und auch für den Dümmsten verständlich und nachvollziehbar.*

Der Dämon schien gedanklich tief Luft zu holen. *Und jetzt vergleich diese verschwommene Idee mit meinem glasklaren, einfachen Prinzip. Rache. Jeder versteht Rache. Jeder weiß, was Rache ist. Jeder hat das Bedürfnis danach, wenn er glaubt, daß ihm Unrecht widerfahren sei. Wenn jemand nach Gerechtigkeit schreit, meint er im Grunde Rache, nur haben die meisten nicht den Mut, das Kind beim Namen zu nennen und sie zu nehmen, oder sie verlassen sich auf das sogenannte Recht, auf eine organisierte Rache. Jämmerlich. Geradezu erbärmlich. Und mein Prinzip ist nicht nur einfach, es bewährt sich auch!*

*Nimm an, ein Mann wird von seinem Bruder gequält. Irgendwann ist das Maß voll, und er rächt sich. Drastisch und endgültig, aber der Tote hat es schließlich nicht anders gewollt. Und damit ist der Fall erledigt, weil sich niemand finden wird, der den Toten rächt. Er war schließlich ein Tunichtgut und hat daher auch keine Freunde, oder aber diese Freunde sind ebenfalls Tunichtgute ohne Ehrgefühl, denen nicht genug an dem Toten liegt, um ihn zu rächen. Wäre es anders, wäre der Tote ein besserer Mensch gewesen, und dann hätte er seinen Bruder nicht gequält, so daß dieser ihn auch nicht ermordet hätte. Das nenne ich Gerechtigkeit. Du siehst also, im Grunde ist alles ganz einfach. Wenn man der Vorstellung von Gerechtigkeit Inhalt geben will, kann das nur über die Rache geschehen.*

*Was ist mit der Familie des Ermordeten?* wandte ich ein.

*Was soll mit ihr sein? Glaubst du, sie wird ihren zweiten Sohn umbringen, um ihren ersten zu rächen?*

*Aber nehmen wir an, der Mörder ist kein Familienangehöriger, sondern ein Außenstehender. Wird die Familie des Ermordeten die Tat dann nicht rächen wollen?*

*Möglich, aber nicht wahrscheinlich. Wenn die Familie sich zu Lebzeiten des Tunichtguts nicht um ihn gekümmert hat – denn hätte sie es getan, wäre er kein Tunichtgut geworden –, wird sie es auch nach seinem Tod nicht mehr tun. In den Herzen einer solchen Familie ist kein Platz für das Streben nach wahrer Gerechtigkeit, denn die Herzen sind bereits bis zum Rand voll – voll mit Gleichgültigkeit. Nein, Halgor, glaub mir, Gerechtigkeit gibt es nur, wie ich sie verstehe. Nur in Gestalt der Rache.*

Ich war verunsichert. Vieles, was der Erzdämon sagte, klang einleuchtend. Schließlich wollte auch ich mich an Marishas Mörder rächen. Dennoch...

*Nimm deinen eigenen Fall, Halgor. Nimm an, der wirkliche Mörder würde gefaßt und zum Tode verurteilt. Wäre das Gerechtigkeit? Anders gefragt: Wärst du dann zufrieden?*

Ich überlegte. Wäre ich dann zufrieden? Und dann sah ich Marisha vor mir und stellte mir vor, wie sie erwürgt und geschändet wurde, und plötzlich waren der Haß und der unstillbare Drang wieder da, dem Mörder die Hände um den Hals zu legen und zu spüren, wie er in meinem Würgegriff zuckte und zappelte. Und die Antwort fiel mir sehr, sehr leicht.

*Nein! Nein, ich wäre nicht zufrieden. Ihr habt recht, ich will Rache. Ich will nicht, daß er von einem Henker geköpft wird. Ich will ihn eigenhändig umbringen, ich will, daß er etwas von den Qualen spürt, die er Marisha zugefügt hat. Ich will, daß er leidet!*

*Dann sind wir uns also einig.*

Angesichts der plötzlichen, völlig unbegreiflichen Mitteilsamkeit des Erzdämons vergaß ich meine Angst nahezu ganz. Vielleicht konnte ich noch mehr in Erfahrung bringen. *Ich weiß nicht recht. Ich habe noch viele weitere Fragen.*

*Nur zu.*

*Nach allem, was ich gehört habe, ist dieser Pakt mit Euch nicht ganz ungefährlich für mich beziehungsweise für meine Seele.* Ich versuchte mich möglichst vorsichtig auszudrücken. *Je öfter ich Eure Hilfe in Anspruch nehme, desto größer die Gefahr, daß ich meine Seele an Euch verliere. Ich will mich rächen, gewiß, aber ich will auch meine Seele behalten!*

*Das kann dir nur dieser Scharlatan von einem Magier erzählt haben.* Die Stimme des Erzdämons hatte jetzt einen wegwerfenden Unterton. Und dann seufzte er auch noch! Der mächtige Herr der Rache stieß einen Seufzer aus wie ein Mensch, dem das Leben eine schwere Last ist. Ich konnte es nicht glauben!

*Leider wenden sich im allgemeinen nur verzweifelte und bedauerlicherweise auch viele wahnsinnige Personen an mich. Hinzu kommt, daß Magier – und normalerweise können sich nur Magier an mich wenden – von vornherein wegen ihrer ständigen Nähe zu Dingen, die sie nicht einmal in Ansätzen verstehen, zu einer gewissen geistigen … Schwäche neigen. Diese Leute sind äußerst beeindruckt, wenn sie mich in dem Glauben rufen, sie könnten mich herumkommandieren, und dann feststellen, daß ich viel stärker bin, als sie glauben. Und dann lehnen sie sich an mich an und versuchen sich an meiner inneren Kraft zu orientieren.*

Ein spöttisches Kichern. *Das kann nicht gutgehen. Je länger sie meiner Macht ansichtig werden, desto mehr versuchen sie, so wie ich zu sein, aber das geschieht aus freien Stücken. Den meisten ist dieser Anzug natürlich zu groß. Du kannst mir glauben, Halgor, jeder bekommt das, was er verdient, nicht mehr und nicht weniger!*

*Was ist, wenn ich in dieser Situation sterbe?*

*Du meinst, während wir einen Pakt geschlossen haben?* fragte der Erzdämon in nüchternem, endgültigem Tonfall. *Dann gehört deine Seele mir. Ich kann damit anstellen, was ich will.*

*Aber das gefällt mir nicht! Ich will nicht, daß meine Seele Euch gehört! Ich will nach meinem Tod kein Dämon werden!*

*Was soll das Gejammer? Deine Seele ist mein, wenn du stirbst, das ist wahr, aber du solltest die Gunst würdigen, die dir damit zuteil wird, anstatt zu jammern und zu wehklagen. Sieh dir meine* Asqarathi *an. Sind es nicht kraftvolle, herrliche Geschöpfe?*

Plötzlich schwoll seine Stimme wieder zu einem Donnerhall an.

*Du erbärmlicher Wurm, warum verschwende ich überhaupt meine Zeit mit dir? Weißt du denn die Ehre nicht zu schätzen, die damit verbunden ist, einer meiner unvergleichlichen* Asqarathi *zu sein? Denn zu einem der Ihren könnte ich dich machen!*

Wie tröstlich. *Ich nehme an, es gibt keine Möglichkeit, den Pakt zu lösen, oder?* fragte ich kleinlaut.

*Du wirst mir bei meiner Rache helfen, die auch die deine ist,* donnerte der Erzdämon. *Du wirst meinen Schutz genießen, und mein Lohn soll dich nicht enttäuschen. Im übrigen,* fuhr der Dämon in etwas gemäßigterem Tonfall fort, *läßt sich der Pakt lösen, wenn alle Beteiligten es wollen – einvernehmlich.*

Offenbar verspottete er mich. Und selbst wenn die Auskunft stimmt, der Dämon hatte mir ja soeben unmißverständlich klargemacht, daß er gar nicht daran dachte, den Pakt zu lösen. Ich seufzte tief. Natürlich. Was hatte ich erwartet? Damit waren meine Fragen beantwortet. Nein, nicht ganz, eine Frage hatte ich noch. *Was muß ich tun, wenn ich Euren Schutz in Anspruch nehmen möchte?*

*Du mußt mich rufen und mir sagen, was du von mir wünschst. Ob ich dir helfe und mit welchen Mitteln, entscheide ich. Und jetzt hast du mich lange genug mit deinen unverschämten Fragen behelligt, Wurm. Diene mir gut, dann wird die Rache dein sein!*

Und der Erzdämon ging. Ich spürte irgendwie, daß er mich verließ, daß ich wieder allein mit mir war.

Ich schüttelte den Kopf. Hatte dieses ›Gespräch‹ tatsächlich stattgefunden? Im nachhinein kam es mir bizarr, ja geradezu absurd vor. Der Erzdämon hatte sich mit mir über Gerechtigkeit unterhalten. Gut, ›unterhalten‹ war vielleicht nicht das richtige Wort. Er hatte mich an seiner unendlichen Weisheit teilhaben lassen. Unglaublich. Mir kam der Gedanke, daß es nicht schlecht gewesen wäre, jetzt noch Praios' Meinung zu diesem Thema zu hören, und mußte unwillkürlich kichern. Verlor ich langsam, aber sicher den Verstand?

Ich konnte nicht behaupten, alles begriffen zu haben, was der Dämon gesagt hatte, aber ich war trotzdem beeindruckt. Der Dämon war ganz anders, als ich ihn mir vorgestellt hatte. War es möglich, daß er vielleicht sogar recht hatte? Ich horchte in mich hinein. Ja, kein Zweifel, ich wollte Rache. Wiedergutmachung war unmöglich. Marisha war tot und konnte nicht wieder lebendig gemacht werden. Ihr Leben war ausgelöscht, unwiderruflich verloren.

Dagegen ließ mich der Tod Baldur von Hohensteins völlig kalt. Jemand hatte ihn umgebracht – und wenn schon! Möglicherweise hatte der Mörder damit der Menschheit sogar einen großen Dienst erwiesen. Aber für den Mord an Marisha würde jemand büßen.

Ich stand vorsichtig auf und tat ein paar Schritte. Meine Beine waren weich wie Butter, aber eigentlich fühlte ich mich gar nicht so schlecht. Ich hüpfte ein wenig auf der Stelle und ließ die Arme kreisen, bis ich mich wieder ganz in der Gewalt hatte. Nein, ich fühlte mich überhaupt nicht schlecht, ganz im Gegenteil. Es ging mir prächtig. Was hatte der Dämon noch gesagt? ›Meine Rache, die auch die deine ist …‹ Wie sollte ich das verstehen?

Gedankenverloren entledigte ich mich meiner Kleider und legte mich wieder aufs Bett. Warum war seine Rache auch meine Rache? Ich konnte mir keinen Reim darauf machen, und als mir plötzlich aufging, daß mir das zumindest in diesem Augenblick auch völlig gleichgültig war, fragte ich mich, ob ich nicht vielleicht schon in rasender Geschwindigkeit die sieben Kreise der Verdammnis durcheilte.

Aber das mochte ich doch nicht glauben. Ich horchte in mich hinein, und da spürte ich wieder die kühlende Flamme der Wut, wie sie in meinen Eingeweiden brannte und als gewaltige Kraft in alle meine Glieder strahlte. Ich wußte plötzlich, daß der Mörder Marishas seiner Strafe nicht entrinnen würde, und mit dieser wunderbaren Gewißheit fiel ich kurz darauf in einen tiefen und erholsamen Schlaf.

TEIL DREI

# Aufdecken

# 19. Kapitel

Am nächsten Morgen erwachte ich mit einem Gefühl innerer Ruhe und Kraft. Während meiner Morgentoilette horchte ich in mich hinein und stellte zu meinem Erstaunen fest, daß ich keinerlei Angst mehr verspürte, weder vor dem Finsteren noch vor meinem weiteren Schicksal, sei es vor oder nach meinem Tod. Ich fand lediglich eine kühle Entschlossenheit in mir, wie ich sie gewöhnlich vor einem größeren Spiel empfand, mit dem Unterschied, daß diese Entschlossenheit nicht darauf gerichtet war, einige Adlige oder Kaufleute um ein hübsches Sümmchen zu erleichtern, sondern darauf, Marishas Mörder zur Strecke zu bringen.

Und ich stellte fest, daß ich hungrig war.

Die Früchte in der Obstschale auf dem Tisch konnten mich nicht begeistern, und ich wollte schon das Zimmer verlassen und nach Drogosch oder der Küche sehen, als mein Blick auf den Klingelzug an der Wand fiel.

Warum nicht? Mit einem Achselzucken ging ich hinüber und zog zweimal daran, hörte aber keinen Klingelton.

Ein paar Augenblicke später klopfte es zweimal kurz an die Tür, die sich auf mein »Herein« öffnete.

Vor mir stand eine etwa zwanzig Jahre alte Frau mit schulterlangem, glattem, blondem Haar. Sie war nicht sehr groß, keine acht Spannen, und schlank, aber wohlgeformt. Ihre prallen runden Brüste drohten das enge Mieder zu sprengen, und unter ihrem kurzen Rock schien sich ein wohlgerundetes Hinterteil zu verbergen. Ihre eisblauen Augen, in denen der Schalk funkelte, musterten mich.

»Ihr habt geläutet, Herr?« fragte sie mit einer für ihre Größe erstaunlich tiefen Stimme, bei der sich mir die Nackenhaare aufrichteten.

Ich schluckte. »Ja, ich würde gern frühstücken, zusammen mit Drogosch, wenn es ihm recht ist. Ist er schon aufgestanden?«

»Der Herr ist gegenwärtig nicht im Hause und wird nicht vor Mittag zurückerwartet. Er läßt Euch ausrichten, daß Ihr Euch ganz wie zu Hause fühlen sollt. Wollt Ihr das Frühstück hier auf dem Zimmer einnehmen?«

Ich überlegte kurz. Wahrscheinlich war es besser, wenn mich nicht allzu viele Leute sahen, also schien es mir geraten zu sein, bis zu Drogoschs Rückkehr in diesem Zimmer zu bleiben. Ich nickte.

»Was darf ich Euch bringen?«

Mir stand der Sinn nach etwas Deftigem, und ich wollte wissen, was Drogoschs Küche zu bieten hatte. »Brot, Butter, ein weichgekochtes Ei, Schafskäse, Sikrami und Honig, dazu Tee.«

Sie neigte den Kopf. »Ich mag Männer, die wissen, was sie wollen.«

Bevor ich etwas darauf entgegnen konnte, hatte sie das Zimmer bereits verlassen und die Tür hinter sich geschlossen.

Ich schüttelte den Kopf. Natürlich war sie eines von Drogoschs Mädchen und witterte möglicherweise ein frühes Geschäft. In dieser Beziehung erwartete sie eine Enttäuschung. Sie hatte zwar Eindruck auf mich gemacht, aber ich besaß ganz einfach kein Geld und konnte sie nicht bezahlen.

Eine Viertelstunde später klopfte es erneut, aber diesmal wurde die Tür bereits geöffnet, bevor ich etwas sagen konnte.

»Entschuldigt, Herr, daß es so lange gedauert hat,

aber der Tee ist frisch aufgebrüht worden.« Was sie sagte, war sehr höflich und ehrerbietig, aber ihr Tonfall klang eher keck und herausfordernd.

»Dafür brauchst du dich nicht zu entschuldigen. Und sag nicht ›Herr‹ zu mir. Ich heiße … Halgas. Und wie heißt du?« Mir fiel gerade noch ein, daß es vielleicht zu gefährlich war, meinen richtigen Namen zu nennen, aber als ich das belustigte Funkeln in ihren Augen sah, konnte ich mich des Eindrucks nicht erwehren, daß sie wußte, wer ich war, was mich ein wenig beunruhigte.

»Ich heiße Kitara. Habt Ihr vielleicht noch einen Wunsch, Halgas?« Bei dem verheißungsvollen Augenaufschlag, der diese Frage begleitete, wurde mir warm. Jetzt erst bemerkte ich, daß sich auf dem vollbeladenen großen Tablett in ihren Händen zwei Frühstücksgedecke befanden. Offenbar war sie entschlossen, mir Gesellschaft zu leisten. Es wurde Zeit, einiges klarzustellen.

»Versteh mich bitte nicht falsch, Kitara, du bist ein reizendes Mädchen und gefällst mir sehr gut. Aber ich bin, was den Aufenthalt hier anbelangt, ganz auf Drogoschs Gastfreundschaft angewiesen. Ich selbst könnte ihn mir nicht leisten, von dir ganz zu schweigen.« Ich musterte sie von oben bis unten. »Was ich sehe, verrät mir, daß deine Dienste ein Vermögen kosten müssen, und offen gesagt bin ich im Augenblick etwas knapp bei Kasse.«

Kitara schlug ob des Komplimients die Augen nieder, doch dann hob sie den Kopf und sah mich herausfordernd an. »Ihr solltet den Herrn nicht dadurch beleidigen, daß Ihr seine Gastfreundschaft unterschätzt. Wir haben Anweisung, Euch als Gast des Hauses mit allen Vorrechten zu behandeln. Und«, fügte sie mit einem koketten Augenaufschlag hinzu, »ich kann mir wesentlich unangenehmere Anweisungen vorstellen.«

Ich hätte mir eigentlich denken können, daß Drogoschs Gastfreundschaft sich nicht auf Kost und Logis beschränken würde. Ich zuckte die Achseln. Nun, ich hatte nichts gegen nette Gesellschaft beim Frühstück einzuwenden, und das sagte ich ihr auch. Ich räumte rasch den niedrigen Tisch ab, und Kitara stellte das Tablett darauf ab. Dann goß ich uns Tee ein und machte mich wie ein Wolf über das Frühstück her, während Kitara sich mit einer dünnen Scheibe Brot mit Honig begnügte, die sie sehr langsam und mit großen Pausen aß, um ihr Frühstück nicht vor mir zu beenden.

Das Ei war genau richtig, der Dotter flüssig, das Eiweiß hart. Das Brot war ganz frisch und noch warm, die Butter goldgelb und sahnig. Schafskäse und Honig schmeckten ausgezeichnet, aber sie kamen nicht gegen die Sikrami an. Die deftige Hartwurst war scharf gewürzt, und ich schmeckte mehr als nur einen Hauch von Bärlauch.

Anfänglich bestritt Kitara das Tischgespräch allein, da es mir unangemessen vorkam, mit vollem Mund zu reden, und mein Mund ständig voll war. Sie hatte eine unbeschwerte und sehr witzige Art, Dinge zu erzählen, und unterhielt mich mit Klatsch aus der feinen Gesellschaft. Sie verblüffte mich mit genauen Kenntnissen darüber, welche Adligen sich Mätressen oder Liebhaber hielten und welche sinnlichen Vorlieben gewisse Adlige hatten. Auf meine Frage, woher sie das alles wisse, winkte sie ab und sagte: »Manches weiß ich aus erster Hand, anderes von anderen Mädchen und den Rest von den Kunden. Man sollte nicht glauben, wie redselig manche Männer bei einer Frau sind.«

In der Tat. Mir kam ein Gedanke. »Weißt du vielleicht auch etwas über Baldur von Hohenstein?« fragte ich, als ich satt war und mich mit meiner dritten Tasse Tee zurücklehnte.

»Der Herr hat uns heute bereits in aller Früh zusammengerufen und uns nach Baron von Hohenstein befragt«, sagte sie. »Er wird Euch gewiß alles erzählen, wenn er zurückkommt.«

Mich beschlich ein Gefühl des Unbehagens. Ich war davon ausgegangen, daß Drogosch seine Erkundigungen diskret einzöge, aber das schien ganz und gar nicht der Fall zu sein. Wahrscheinlich wußte schon das ganze Haus, daß der totgeglaubte und des Doppelmordes verdächtige Halgor in *Levthans Horn* logierte. Ich beschloß, die Probe aufs Exempel zu machen.

»Du weißt, wer ich bin?« fragte ich Kitara.

Die Kurtisane sah mich ungerührt an. »Ja, Herr.«

Das verblüffte mich nun doch. Die ganze Stadt wußte, daß ich die Kurtisane Marisha umgebracht hatte, eine Berufsgenossin Kitaras. Wie konnte sie da so freundlich zu mir sein? Ich stellte eine entsprechende Frage, und sie antwortete schlicht:

»Der Herr hat uns versichert, daß Ihr nichts mit den Morden zu tun habt, und er hat uns noch nie belogen. Ihr könnt Euch auf das Stillschweigen dieses Hauses verlassen, Halgor.«

Bei der Nennung meines Namens zuckte ich unwillkürlich zusammen, doch dann entspannte ich mich wieder. Drogosch wußte, was er tat. Offenbar hatten seine Mädchen Vertrauen zu ihm und er Vertrauen zu ihnen. Und ich konnte ohnehin nichts mehr daran ändern.

»Hat es Euch geschmeckt?« fragte Kitara wohlerzogen, und als ich ein wenig geistesabwesend nickte, erhob sie sich aufreizend träge von ihrem Stuhl und reckte sich wie eine Dschungelkatze. Ihr enges Mieder spannte sich so stark, daß ich befürchtete, es werde platzen. Die Hände strichen sinnlich über den Körper und zogen an der Schleife, die das Mieder zusammenhielt.

»Vielleicht möchtet Ihr noch einen Nachtisch?« fragte sie ein wenig heiser. Das Mieder öffnete sich, und ihre prallen festen Brüste sprangen mir entgegen.

»Ja, gern«, antwortete ich mit ebenso heiserer Stimme, während eine innere Stimme mich bedrängte und flüsternd fragte, wie es kam, daß ich meine Trauer über Marishas Tod so rasch überwunden hatte und nichts dabei fand, mich nur ein paar Tage danach mit einer Kurtisane zu vergnügen.

Mir wollte keine Antwort darauf einfallen, und als wir wenig später unter dem rosafarbenen Himmel lagen und ich mich in Kitaras süßlichem Duft und ihrer üppigen Weichheit verlor, war die innere Stimme längst verstummt.

Drogosch kehrte kurz nach Mittag zurück, und kurz darauf saßen wir uns in seinem Arbeitszimmer im Erdgeschoß gegenüber. »Wie gefällt Euch Kitara?« fragte er mich augenzwinkernd.

»Sie ist ihr Gewicht in Gold wert«, sagte ich anerkennend, um dann mit ernster Stimme hinzuzufügen: »Was mir weniger gefällt, ist die Tatsache, daß jedermann im Haus über meine Anwesenheit Bescheid zu wissen scheint.«

Drogosch winkte ab. »Gestern nacht hat es noch eine Menge Gerede gegeben. Daria hat allen Mädchen von der Ankunft eines geheimnisvollen Fremden erzählt, und ich hielt es für das beste, den üppig wuchernden Gerüchten durch die Wahrheit Einhalt zu gebieten. Ich kann mich auf meine Mädchen verlassen.«

Diese Auskunft beruhigte mich ein wenig. »Kitara hat mir erzählt, Ihr hättet die Mädchen heute morgen nach Baldur von Hohenstein gefragt. Erfuhrt Ihr irgendwelche aufschlußreichen Neuigkeiten?«

Drogosch zuckte die Achseln. »Ich dachte, eine solche Befragung könne nicht schaden. Die Mädchen schnappen eine Menge auf, aber ich fürchte, in diesem Fall bringt uns das nicht weiter.« Er grinste. »Offenbar hat mein Gewerbe mit dem Baron eine sprudelnde Einnahmequelle verloren. Wie es aussieht, hatte er das Ziel, über kurz oder lang sämtliche Kurtisanen der Stadt kennenzulernen. Darüber hinaus scheint er einerseits etwas phantasielos und andererseits immer ein wenig in Eile gewesen zu sein, wenn Ihr versteht, was ich meine.« Drogosch zwinkerte vielsagend, um dann stirnrunzelnd fortzufahren: »Wie gesagt, nichts, was Euch weiterhelfen könnte. Andererseits bekomme ich heute nachmittag Auskünfte über die Familien- und Bekanntschaftsverhältnisse des Barons. Vielleicht hilft uns das weiter.«

»Wann kommt Thanos?« fragte ich.

»Ich lasse ihn rufen, sobald ich die Auskünfte habe. Und da wir bis dahin noch etwas Zeit haben, schlage ich vor, daß wir sie nutzen, indem Ihr mich jetzt in einige Eurer Boltangeheimnisse einweiht.« Der Bordellbesitzer musterte mich erwartungsvoll.

Ich zuckte die Achseln. »Einverstanden, aber erwartet Euch nicht zuviel.«

»Nur keine falsche Bescheidenheit, Halgor. Schließlich habe ich schon des öfteren mit Euch an einem Tisch gesessen. Als Spieler kann Euch niemand, den *ich* kenne, das Wasser reichen.«

Natürlich war mir klar, was Drogosch vorschwebte. Der Bordellbesitzer war ein Gelegenheitsspieler, wenngleich ein guter, und ging als solcher davon aus, daß ein Berufsspieler wie ich Kniffe und Tricks kannte, und zwar erlaubte Kniffe und Tricks, die ihm einen Vorteil im Spiel verschafften. Das entsprach natürlich nicht den Tatsachen, und ich gab mir alle Mühe, Drogosch das auch verständlich zu machen, weil ich in ihm nicht den Eindruck erwecken wollte, ihm seine Gastfreundschaft nicht vergelten zu wollen.

»Im Grunde ist alles ganz einfach, Drogosch«, schloß ich meine Ausführungen. »Das wichtigste ist ein klarer Kopf. Ihr dürft Euch nicht vom Spiel mitreißen lassen und übermütig werden. Wenn man auf Dauer beim Boltan gewinnen will, muß man seine Freude am Spiel im Zaum halten, weil man an einem Abend ohne besonderes Glück weitaus mehr Hände bekommt, mit denen es angeraten ist, sofort zu passen, als Hände, auf die zu setzen sich lohnt. Wenn Ihr Euch zu sehr mitreißen laßt, dauert es nicht lange, bis Ihr auf Blätter setzt, mit denen Ihr nur mit übermäßig viel Glück gewinnen könnt. Jeder Spieler weiß, wann er gute Karten hat und wann es sich zu setzen lohnt. Der gute Spieler muß vor allem wissen, wann er schlechte Karten hat, mit denen es sich *nicht* zu setzen lohnt. Gute Spieler erkennt man daran, daß sie schneller und häufiger passen als andere.«

»Das hört sich ziemlich langweilig an, Halgor«, meinte Drogosch. »Ihr müßt doch zugeben, daß es keinen Spaß macht, in neun von zehn Spielen sofort zu passen. Und stellt Euch vor, alle würden so spielen, die Spieltische wären schnell leer.«

Ich zuckte die Achseln. »Ihr wolltet wissen, wie Ihr Euch als Spieler verbessern könnt. Wenn Ihr beim Spiel gewinnen *und* Euren Spaß haben wollt, haltet Euch an meinen Rat und laßt ein hübsches Mädchen auf Eurem Schoß sitzen. Erfolgreich spielen heißt hart arbeiten.« Ich grinste breit. »Im übrigen habe ich nichts dagegen, wenn meine Mitspieler beim Spiel ihren Spaß haben wollen. Schließlich lebe ich davon. Oder vielmehr habe ich davon gelebt«, verbesserte ich mich.

Ich versuchte es anders. »Was die meisten Leute meinen, wenn sie von Boltan reden, ist das Spiel in seiner einfachsten Art. Fünf verdeckte Karten, auf die geboten wird, danach kann man bis zu drei Karten tauschen, woraufhin noch einmal geboten wird. Als Gewinnkombinationen werden nur Karten gleichen Werts zugelassen. Es gibt aber noch viele andere Möglichkeiten, Boltan zu spielen, und man kann auch viel mehr Gewinnkombinationen zulassen. Fünf Karten gleicher Farbe zum Beispiel oder fünf aufeinanderfolgende Karten. Ich zeige Euch jetzt die Art Boltan, die mein Lehrmeister am liebsten gespielt hat, weil dabei, wie er meinte, die goldenen Regeln des Spiels viel deutlicher zu Tage treten.«

Ich nahm das Kartenspiel, das Drogosch zu Beginn unserer kleinen Unterrichtsstunde geholt hatte, und gab ihm und mir zunächst eine Karte verdeckt und dann eine Karte offen.

»Bei dieser Art des Boltan bekommt jeder zunächst eine verdeckte Karte und eine offene«, fuhr ich fort. »Es folgt die erste Bietrunde. Danach erhält jeder, der noch im Spiel ist, eine weitere offene Karte. Dieses Spiel setzt sich fort, bis alle noch verbliebenen Spieler fünf Karten haben, vier offene, eine verdeckte. Danach folgt die letzte Bietrunde.«

Ich teilte weitere Karten aus.

»Wenn Ihr mitgezählt habt, wißt Ihr jetzt, daß es bei dieser Variante vier Bietrunden gibt anstatt nur zwei. Ihr wollt nicht drei Bietrunden lang einen Haufen Geld zahlen, um dann festzustellen, daß Ihr keine guten Karten habt, und in der vierten Bietrunde passen. Als Faustregel gilt, daß bei neun von zehn Blättern, mit denen nach der dritten Bietrunde gepaßt wird, bereits nach der ersten Bietrunde hätte gepaßt werden sollen. Ich wiederhole noch einmal: Der erfolgreiche Spieler gewinnt nicht mehr oder öfter als andere, er verliert nur weniger.«

»Ich verstehe, was Ihr meint, Halgor, aber wollt Ihr allen Ernstes behaupten, daß es Leute gibt, die Boltan mit offenen Karten spielen? Da weiß doch jeder, was der andere hat!«

»Nicht ganz, Drogosch.« Ich deutete auf unsere beiden verdeckten Karten. »Der Witz ist die eine verdeckte Karte. Natürlich seht Ihr, daß ich in diesem Spiel zwei Siebener, einen Magier und eine Drei habe, und ich sehe, daß Ihr zwei Sechsen, einen Ritter und eine Fünf habt. Damit habe ich das bessere Blatt – mit vier Karten! Die fünfte kann alles verändern. Gebt

Euch als verdeckte Karte noch eine Sechs, dann gewinnt Ihr – natürlich nur, wenn meine verdeckte Karte keine Sieben ist. Ich versichere Euch: Das Spiel ist auf diese Art noch reizvoller, und es ist schade, daß die Leute immer nur ganz einfaches Boltan spielen wollen.«

Drogosch sah aus, als teile er meine Ansicht nicht, äußerte aber nichts Dementsprechendes. Wahrscheinlich hielt er sich zurück, weil er meine Ansicht als Meister meines Faches gelten ließ. Seine nächste Bemerkung bestätigte dies.

»Vielleicht habt Ihr recht, Halgor. Was meine Mädchen betrifft, so kann ich den Geschmack vieler Leute auch nicht nachvollziehen. Offenbar muß man sich mit einer Sache wirklich gründlich auseinandersetzen, um sie auch nur einigermaßen zu verstehen. Nach allem, was Ihr mir erzählt habt, ist es wohl besser, wenn ich bleibe, was ich bin, und hin und wieder nur zu meinem Vergnügen ein wenig Boltan spiele.«

Ein Klopfen unterbrach unser Gespräch. Es war Daria, die Drogosch mitteilte, draußen stehe ein Junge mit einer Botschaft für ihn.

»Sage ihm, ich komme sofort«, befahl Drogosch ihr und fuhr dann an mich gewandt fort: »Der Junge wird mich wahrscheinlich zu meinem Gewährsmann führen.« Als ich mich daraufhin erhob, winkte Drogosch ab. »Nein, nein, bleibt ruhig sitzen. Ich muß allein gehen. Mein Gewährsmann ist sehr auf Vertraulichkeit bedacht. Er sagt immer, wenn alle wüßten, daß er mit Informationen handelt, bekäme er bald keine mehr. Wenn ich Euch mitnehme, hat er das letztemal für mich gearbeitet. Euch wird nichts anderes übrigbleiben, als hier auf meine Rückkehr zu warten.«

Ich nickte, und als Drogosch gegangen war, nahm ich das Kartenspiel und vertrieb mir die Zeit mit einigen komplizierten Fingerübungen.

## 20. Kapitel

Eine gute Stunde später kehrte Drogosch zurück.
»Ich habe Thanos bereits Bescheid gegeben«,
sagte er, als er mir wieder gegenübersaß. »Er wird
gleich kommen. Ich will nicht später alles noch einmal
wiederholen, also warte ich mit meinem Bericht, bis er
da ist. Was haltet Ihr von einem guten Mittagessen?«

»Viel.« Während Drogosch Anweisungen hinsichtlich des Essens gab, kam ich zu dem Schluß, daß er
etwas Bemerkenswertes in Erfahrung gebracht haben
müsse, weil er sonst kaum ein Hehl aus seinem Miß-
erfolg gemacht hätte. Andererseits schienen seine Er-
kenntnisse auch nicht umwerfend aufregend zu sein,
weil er keinen besonders zuversichtlichen Eindruck
machte. Vielleicht konnte er mit dem einen oder anderen brauchbaren Hinweis aufwarten, dem nachzu-
gehen sich lohnen würde.

Thanos traf gerade ein, als das Essen gebracht
wurde. Beim Anblick der dampfenden Hühnerkeulen, die in einer dicken Soße aus Zwiebeln, Pfeffer-
schoten, Tomaten und Bärlauch schwammen, rieb sich
der Magier erwartungsvoll die Hände. »Mmm, das
sieht lecker aus, Drogosch. Offenbar komme ich gerade zur rechten Zeit. Eure Küche kann sich wirklich
sehen lassen.« Er setzte sich und häufte sich ohne
große Umstände Reis, eine Hühnerkeule und mehrere
Löffel der köstlich duftenden Gemüsesoße auf den
Teller.

»Was haben wir denn da?« meinte Thanos mit einem
anerkennenden Blick auf die Karaffe mit Rotwein. Er

nahm sich ein Glas, goß sich einen winzigen Schluck ein, schwenkte das Glas, hielt es sich vor die Nase und stieß einen leisen Seufzer aus. Dann trank er den Wein, schluckte ihn aber nicht hinunter, sondern spülte ihn ein paar Augenblicke im Mund herum.

»Bei den Zwölfen, Drogosch! Welch ein Tropfen! Raschtulswaller, und von solcher Güte! Wollt Ihr, daß wir in zwei Stunden schnarchend in der Ecke liegen?«

Trotz seiner angeblichen Befürchtungen goß Thanos sich ein volles Glas von dem schweren, aber außerordentlich süffigen Rotwein ein. Der Bordellbesitzer schüttelte lächelnd den Kopf.

»Ihr müßt ihn ja nicht saufen wie ein Pferd, Thanos. Übt Euch in Enthaltsamkeit, das steht Euch als Magier ohnehin besser zu Gesicht. Trunkenheit und Magie vertragen sich nicht, das solltet Ihr wissen.«

Der Magier winkte ab. »Keine Bange, Drogosch. Es bedarf schon mehr als eines Glases Raschtulswaller, um mich umzuwerfen.«

Ich räusperte mich ungeduldig. »Wir sind vollzählig, und das Essen steht auf dem Tisch. Vielleicht könntet Ihr jetzt zur Sache kommen, Drogosch!«

»Also gut.« Der Bordellbesitzer nahm eine Hühnerkeule und biß herzhaft hinein, um dann mit vollem Mund fortzufahren.

»Baldur von Hohenstein hatte keine echten Freunde, was nicht weiter verwunderlich ist. Offenbar hatten alle, die ihn kannten, denselben Eindruck von ihm: ein hochnäsiger Flegel, ein aufgeblasener, wichtigtuerischer Geck, dazu rüpelhaft und tückisch wie eine Abortratte. Er soll auch dem Rauschkraut nicht ganz abgeneigt gewesen sein.« Der Zwerg nahm einen weiteren großen Bissen und fuhr dann mit vollen Backen fort: »Andererseits scheint es so, als hätte er auch keine richtigen Feinde gehabt.«

»Ist das nicht ein Widerspruch?« meldete sich Thanos zu Wort, ebenfalls mit vollem Mund. »Wenn er wirklich ein solcher Widerling war, muß er sich doch eine Menge Feinde gemacht haben.«

»Nicht unbedingt«, widersprach Drogosch. »Er war einfach nur ein unangenehmer Mensch, der von allen gemieden wurde, und er legte es keineswegs darauf an, Leute vor den Kopf zu stoßen oder ihnen gar zu schaden. Ein unbedeutender Gernegroß. Hinzu kommt, daß er zu arm war, um die Art von falschen Freunden anzuziehen, die für gewöhnlich den wohlhabenderen Adel umschwärmen, Schmarotzer, die sich von den Reichen aushalten lassen.«

Drogosch verzog angewidert das Gesicht und spülte den schlechten Geschmack, den der bloße Gedanke an diese Leute hervorzurufen schien, mit einem ordentlichen Schluck Raschtulswaller hinunter.

»Die von Hohensteins besitzen eine kleine Baronie in der Grafschaft Waldstein und dazu ein kleines Stadthaus in Gareth. Sie waren nie wirklich vermögend«, fuhr Drogosch fort. »Hinzu kommt, daß sich Baldur in den letzten Jahren alle Mühe gegeben hat, das ohnehin geringe Vermögen der von Hohensteins am Spieltisch zu verschleudern und mit Kurtisanen durchzubringen. Vor vier Jahren mußte der alte von Hohenstein ein ansehnliches Stück Land verkaufen, damit sich sein Sohn auch weiterhin seine Abenteuer leisten konnte. Und«, fuhr Drogosch mit einer energischen Geste fort, die etwas Endgültiges hatte, »um die Freunde und Bekannten aus dem Kreise der Verdächtigen endgültig auszuschließen: Wenn mein Gewährsmann recht hat, was ich nicht bezweifle, hat Baldur von Hohenstein in seinem ganzen Leben nur einen einzigen Magus gekannt, und der ist schon lange tot.«

Das war keine gute Nachricht. »Wie kann Euer Gewährsmann da so sicher sein?« fragte ich Drogosch.

»Vor Jahren waren die von Hohensteins – die alten, nicht etwa Baldur – mit einem angesehenen Magus befreundet, Mirsan von Gallys. Diese Freundschaft zerschlug sich dann, und zwar als Baldur noch ein Kind war. Vermutlich haben die von Hohensteins den Magier um einen Dienst gebeten. Hier wird es etwas ungenau, weil mein Gewährsmann auf Gerüchte und Vermutungen angewiesen ist. Es könnte sein, daß der Magier versagt hat, möglicherweise endeten seine Bemühungen sogar mit einem Fiasko. Tatsache ist: Danach haben die von Hohensteins die Verbindung zu Mirsan von Gallys abgebrochen und von da an nie ein Hehl aus ihrer Abneigung gegen Magie und Magier gemacht. Diese Abneigung scheint sich auf Baldur übertragen zu haben, da er Magiern immer aus dem Weg gegangen zu sein scheint.«

»Ich habe nachgedacht«, warf Thanos ein. »Der Mörder muß gar nicht selbst Magier sein. Er kann sich auch lediglich der Hilfe eines Magus bedient haben. Schließlich kann man einen *Impostoris Imagotin* nicht nur gegen sich selbst, sondern auch gegen andere wirken.«

»Das mag sein«, antwortete ich Thanos, obwohl ich an diese Möglichkeit nicht glaubte, »aber das ändert nichts daran, daß wir jemanden suchen, der Baldur von Hohenstein und möglicherweise auch mich außerordentlich gehaßt haben muß. Und nach allem, was Drogosch berichtet hat, scheint es in seinem Bekanntenkreis niemanden zu geben, auf den das zutrifft.« Ich überlegte kurz und fuhr dann an Drogosch gewandt fort: »Was ist mit Verwandten? Hat er Geschwister? Was ist mit Vettern und Basen? Wer erbt jetzt nach Baldurs Tod die Baronie?«

»Jetzt kommen wir zum lohnenderen Teil«, sagte Drogosch eifrig kauend und offenbar recht gutgelaunt. Uns schien eine aufschlußreiche Eröffnung bevorzustehen.

»Baldur von Hohenstein hat noch einen jüngeren Bruder, Wolfherr. Das genaue Gegenteil von Baldur, zurückhaltend und bescheiden, tritt kaum in Erscheinung. Er meidet gesellschaftliche Anlässe, Festivitäten und so weiter wie die Pocken. Kaum jemand kennt ihn. Bis jetzt hatte er auch keinen Grund, sich in der guten Gesellschaft blicken zu lassen«, sagte Drogosch beinahe heiter. »Schließlich wäre er als jüngster Sohn bei der Erbfolge übergangen worden, so daß ihm beim Tod seines Vaters nur der Titel geblieben und er, um seinen Lebensunterhalt zu bestreiten, ganz auf den guten Willen seines Bruders oder auf eine im Testament seines Vaters festgeschriebene Apanage angewiesen wäre. Wolfherr von Hohenstein hat nämlich nichts gelernt und bisher wie sein älterer Bruder vom Familienvermögen gelebt, allerdings in einem wesentlich bescheideneren Rahmen.«

Drogosch sah mich beifallheischend an, und ich nickte anerkennend. Auf den ersten Blick war Baldur von Hohensteins Bruder ein erstklassiger Kandidat für die Morde – und für den Moment auch unser einziger. »Ist er auch ein Magier oder kennt er welche? Und besucht er Bordelle? Schließlich muß der Täter Marisha gekannt haben. Das läßt darauf schließen, daß der Mörder Stammkunde in den Freudenhäusern sein muß.«

»Warum?« fragte Thanos. »Er kann sie auch auf der Straße gesehen haben und ihr dann gefolgt sein. Vielleicht hat er sie aus Enttäuschung darüber umgebracht, daß sie keine ehrbare Frau, sondern eine Kurtisane war.«

Drogosch hob die Hände, und Thanos verstummte. »Es ist müßig, Mutmaßungen darüber anzustellen«, sagte der Bodellbesitzer. »Ich habe meinem Gewährsmann aufgetragen, bis morgen so viel wie möglich über Wolfherr von Hohenstein in Erfahrung zu bringen. Falls er ein Magier ist, hängt er es nicht an die große Glocke. Collegus der Garether Akademia ist er jedenfalls nicht und war es auch nie. Mein Gewährsmann will zusehen, daß er mit dem einen oder anderen Dienstboten der von Hohensteins redet. Was mögliche

Bordellbesuche anbelangt, so wird sich mein Gewährsmann in den *Sechzehn Ministerinnen* umhören, ob sich jemand an einen Mann erinnert, auf den Wolfherr von Hohensteins Beschreibung paßt.« Er legte eine Kunstpause ein, bevor er in dramatischem Tonfall fortfuhr: »Er zählt wohl um die dreißig Lenze, hat blondes Haar, blaue Augen, ist von mittlerer Größe. Unscheinbares Äußeres, keine besonderen Merkmale.«

Ich fuhr zusammen. »Aber das sind fast genau die Worte, mit denen Marisha den Mann beschrieben hat, der ihr mit seiner Aufdringlichkeit so schwer zu schaffen machte!« rief ich aus. »Es paßt zusammen!«

Drogosch nickte. »Bis auf die Tatsache, daß Wolfherr von Hohenstein anscheinend kein Magier ist. Aber wie gesagt, darüber erfahre ich morgen mehr.«

»Ich habe das doch recht verstanden, daß Euer Gewährsmann sich in den *Sechzehn Ministerinnen* umhört, ob ein Mann, auf den die Beschreibung zutrifft, dort Stammkunde war?« fragte ich Drogosch, und der nickte.

»Aber das wissen wir bereits«, sagte ich. »Ein solcher Mann war Stammkunde bei Marisha. Wir müssen nur noch in Erfahrung bringen, ob es sich bei diesem Mann auch tatsächlich um Wolfherr von Hohenstein handelt!« erklärte ich mit Nachdruck.

»Aber wie?« fragte Drogosch. »Wir können den Mann kaum dorthin schleifen und ihn dem Personal vorstellen.«

»Ich wüßte eine Möglichkeit«, meldete sich Thanos mit nachdenklicher Stimme zu Wort. »Was der Mörder kann, können wir auch. Ich müßte einen genauen Blick auf Wolfherr von Hohenstein werfen, dann könnte ich mit Hilfe eines *Impostoris* sein Aussehen annehmen und die *Sechzehn Ministerinnen* aufsuchen. Wenn man mich dort erkennt, ist das ein eindeutiger Beweis.«

Einen Moment lang herrschte verblüfftes Schweigen. Dann sagte ich: »Das ist eine ausgezeichnete Idee, Thanos.« Und zu Drogosch: »Wissen wir, wo sich Wolfherr von Hohenstein gegenwärtig aufhält?«

Der Bordellbesitzer nickte. »Er wohnt derzeit im Garether Stadthaus der von Hohensteins.«

»Wo liegt dieses Stadthaus?« fragte ich.

»Nun, ich sagte bereits, daß die von Hohensteins nicht sehr wohlhabend sind«, antwortete Drogosch. »Ihr Haus befindet sich zwar in Neu-Gareth, aber es liegt ziemlich weit von der Stadt des Lichts und der Neuen Residenz entfernt. Es steht nahe der Stadtmauer.«

»Dann bleibt uns wohl nichts anderes übrig, als uns zu diesem Stadthaus zu begeben und es so lange zu beobachten, bis es dem Baron in den Sinn kommt, einen Spaziergang zu unternehmen«, sagte ich. »Das mag lange dauern.«

Wieder war es Thanos, der sich zu Wort meldete. »Aber nein, wozu gibt es die Magie? Wir brauchen nur einen vertrauenswürdigen Mann, der das Haus beobachtet. Ich besitze ein Amulett, mit dem er mich verständigen kann, wenn der Baron das Haus verläßt. Wie es der Zufall will, beherrsche ich einen alten druidischen Zauber, der mir den Blick durch fremde Augen gestattet, in diesem Fall unseres Beobachters. Der Zauber ist überaus kompliziert und auch alles andere als ungefährlich, aber ich halte dieses Vorgehen für die eleganteste Lösung.«

Ich nickte. »Also gut, dann brauchen wir nur noch einen vertrauenswürdigen Mann, der das Haus beobachtet. Wie steht es damit, Drogosch?«

»Nichts leichter als das«, meinte der Bordellbesitzer mit einer wegwerfenden Handbewegung, um sich dann die fettigen Finger an einer Leinenserviette abzuwischen und aufzustehen. »Ich veranlasse alles Nötige.«

»Nicht so eilig!« wandte Thanos ein. »Ich muß die Person kennen, durch deren Augen ich sehen will, sonst wird der Zauber zu schwierig. Ihr solltet mich also dem Beobachter vorstellen, Drogosch. Außerdem muß ich noch das Amulett holen und es unserem Mann übergeben.«

»Wie wirkt dieses Amulett, Thanos?« fragte ich aus Neugier.

»Ich glaube nicht, daß Ihr das ohne weiteres verstündet. Die Thaumaturgia oder Hohe Alchymia, die Herstellung magischer Artefakte, ist eine der am schwierigsten zu erlernenden Disziplinen der Magie, und ich müßte lügen, wollte ich behaupten, daß ich darin wirklich bewandert bin. Stellt es Euch einfach so vor, daß der Magus ein arkanes Muster in die hylische Componentia seines Artefakts webt, so daß ...«

Ich winkte ab. »Schon gut, Thanos, schon gut. Ich verstehe.« *Nämlich gar nichts*, fügte ich in Gedanken hinzu.

»Also«, fuhr der Magier fort, »ich bin in etwa einer halben Stunde mit dem Amulett wieder da. Bis dahin sollte euer Beobachter ebenfalls hier sein, Drogosch.«

»Nichts leichter als das«, wiederholte der Bordellbesitzer.

Augenblicke später war ich allein in Drogoschs Arbeitszimmer und nutzte die Zeit, um mich den Hühnerkeulen zu widmen, die ich im Laufe unserer Unterhaltung so sträflich vernachlässigt hatte.

# 21. Kapitel

Eine knappe Stunde später öffnete sich die Tür des Arbeitszimmers, und Thanos trat ein.

»Der Beobachter ist unterwegs«, sagte er. »Jetzt bleibt uns nur noch, auf das Zeichen zu warten. Drogosch läßt sich übrigens entschuldigen. Er muß sich um einige geschäftliche Dinge kümmern, wird sich aber wieder zu uns gesellen, sobald es etwas Neues gibt.«

Eine unbehagliche Stille trat ein, in der mich der Magier aufmerksam musterte. Wahrscheinlich hatte Thanos Drogosch sogar darum gebeten, uns alleinzulassen, damit wir Gelegenheit hatten, uns unter vier Augen zu unterhalten. Mittlerweile war ich jedoch längst nicht mehr so verzweifelt wie noch am Tag zuvor und hatte im Grunde wenig Lust, über meine ›Besessenheit‹ zu reden. Andererseits mochte der Magier durchaus etwas Wissenswertes hinsichtlich meiner Verbindung mit dem Erzdämon in Erfahrung gebracht haben, wenngleich ich nicht recht daran glaubte.

Ich stieß einen tiefen Seufzer aus. Wahrscheinlich konnte ich diesem Gespräch nicht ausweichen, also wollte ich gleich damit beginnen.

»Wie steht es? Habt Ihr etwas herausgefunden, Thanos?« fragte ich ihn.

Der Magier räusperte sich, holte tief Luft und atmete dann langsam und geräuschvoll aus. »Nein«, sagte er schließlich, »ich konnte heute vormittag nur kurz mit zwei Collegi reden, und beide sagten übereinstimmend, nur der Magiekundige, in welcher ihrer Formen auch immer, könne einen Pakt mit einem Erzdämon schließen.« Er hielt inne und musterte mich mit einem sehr merkwürdigen Gesichtsausdruck, der mein Unbehagen verstärkte. »Seid Ihr sicher«, fuhr er fort, »daß Ihr nicht vielleicht doch magisch begabt seid? Das würde einiges erklären.«

»Ich? Magisch begabt?« Der Gedanke war mir noch nie gekommen. »Wenn es sich so verhielte, müßte ich es dann nicht wissen?«

»Keineswegs. Es gibt viele Magiebegabte, die sich ihrer Begabung nicht bewußt sind. Es gibt sogar einige Gelehrte, die behaupten, *alle* Lebewesen seien von Natur aus magiebegabt, nur sei diese Gabe bei vielen verkümmert.« Thanos strich sich nachdenklich über das Kinn, während er mich unverwandt musterte. »Denkt nach. Hattet Ihr als Kind sonderbare Erlebnisse? Vorahnungen, die sich später bestätigten? Haben sich Dinge in Eurer Umgebung scheinbar ganz von allein bewegt? Irgend etwas in dieser Art?«

Ich brauchte nicht lange zu überlegen. »Nicht, daß ich wüßte.« Ich schüttelte energisch den Kopf. »Thanos, das ist doch vollkommen absurd. Außerdem übersehet Ihr etwas: So wie ich es sehe, habe nicht ich einen Pakt mit dem Dämon geschlossen, sondern der Dämon mit mir. Was sagen Eure gelehrten Kollegen *dazu?*«

Der Magier musterte mich einen Moment lang schweigend und stieß dann einen tiefen Seufzer aus. »Ihr habt recht, auch das ist eigentlich unmöglich. Dämonen müssen beschworen werden. Für gewöhnlich können sie nicht einfach ungebeten auftauchen und einer Person ihrer Wahl einen Pakt vorschlagen. Von daher haben wir es hier in der Tat mit einem ungewöhnlichen Phänomen zu tun. Allerdings, wenn man in Betracht zieht, was sich in den letzten Monden zugetragen hat …«

»Und was wäre das, wenn Ihr mir die Frage gestattet?« warf ich ein. Thanos hielt inne und stieß erneut einen tiefen Seufzer aus. »Es ist besser, wenn ich Euch davon nichts erzähle. In jedem Falle wäre mir viel wohler, wenn Ihr eine magische Begabung besäßet«, fuhr er fort. »Dann gäbe es nämlich eine Möglichkeit, den Pakt zu lösen. Ihr könntet die Magica studieren, und wenn Ihr alle Eure Anstrengungen auf die Daimonologia und insbesondere die zur Auflösung eines Pakts notwendigen Rituale konzentriertet, könntet Ihr sie im nächsten oder übernächsten Jahr vielleicht mit Erfolg zur Anwendung bringen. Über eine andere Möglichkeit zur Auflösung eines solchen Pakts konnte ich nichts in Erfahrung bringen.« Die Stimme des Magiers hatte einen endgültigen, hoffnungslosen Unterton angenommen, der mich jedoch nicht bestürzte, sondern eher erboste.

»Ich habe heute nacht noch mit dem Herrn der Rache parliert«, sagte ich beiläufig aus einem plötzlich aus der Wut erwachsenen Bedürfnis heraus, den Magier vor den Kopf zu stoßen. Dessen Kopf ruckte denn auch hoch wie der eines in Panik geratenen Huhns, und er sah mich an, als hätte ich ihm gerade eröffnet, daß ich zum Frühstück kleine Kinder zu verspeisen pflegte. »Er hat gesagt, der Pakt sei dann gelöst, wenn alle Beteiligten ihn lösen wollen.«

»Mit anderen Worten, niemals«, stellte Thanos düster fest. »Warum sollte ein Erzdämon einen Pakt lösen wollen? Schließlich kann er dabei nur gewinnen, aber nicht verlieren.«

»Laßt das getrost meine Sorge sein«, erwiderte ich spitz. »Ich komme schon zurecht.« Jede Pore des Magiers strömte ein Gefühl des Bedauerns, ja sogar der Trauer aus, als litte ich an einer schrecklichen, unheilbaren Krankheit, als wäre ich im Grunde schon tot und hätte nur noch eine winzige Gnadenfrist. Ich fühlte mich aber höchst lebendig und verspürte nicht die geringste Neigung, mir von Thanos' Grabesstimmung die Laune verderben zu lassen. »Jedenfalls solltet Ihr Euch die Vorstellung, ich besäße eine magische Begabung, aus dem Kopf schlagen. Wenn Ihr etwas in Erfahrung bringt, das mir tatsächlich weiterhelfen kann, können wir gern wieder über dieses Thema reden, aber bis dahin wäre ich Euch dankbar, wenn Ihr mich mit Eurer Schwarzseherei verschonen würdet!«

Das kam schärfer heraus als beabsichtigt, und Thanos zuckte wie unter einem Peitschenhieb zusammen. Augenblicklich bereute ich meine Grobheit. Was war nur in mich gefahren? Schließlich half mir der Magier nach Kräften, und darüber hinaus machte er sich nur Sorgen um mich. Das war wahrhaftig kein Grund, ihn derartig anzufahren.

»Entschuldigt, Thanos«, sagte ich aufrichtig. »Ich habe es nicht so gemeint. Es ist nur so, daß Ihr mir ein Gefühl vermittelt, als litte ich unter einer unheilbaren Krankheit. Das macht mir ein wenig zu schaffen.«

Thanos winkte ab. »Es gibt nichts zu entschuldigen. Aber der Vergleich ist gar nicht so schlecht. Obwohl ich bete und hoffe, daß es für Euren Zustand eine Kur gibt.«

Ich biß die Zähne zusammen und verkniff mir eine scharfe Erwiderung. Anscheinend konnte er es einfach nicht lassen, mich zu bedauern.

Danach schwiegen wir beide, und das Schweigen breitete sich wie ein dicker Nebel im Raum aus. Es hüllte uns ein, legte sich auf unser Gemüt und drohte uns fast zu ersticken. Ich glaube, wir waren beide froh, als es, ich weiß nicht, wieviel später, kurz klopfte und Drogosch eintrat. Der Zwerg strotzte nur so vor Tatendrang und guter Laune, und der frische Wind, den er mitbrachte, vertrieb den Nebel im Nu.

Der Nachmittag kam und ging, und nichts geschah. In dem Maße, wie meine Rastlosigkeit angesichts der erzwungenen Untätigkeit stieg, schien Thanos gelassener zu werden, und als Drogosch gegen Abend ein leichtes

Mahl servieren ließ, bekam ich vor Ungeduld keinen Bissen hinunter.

Thanos dagegen griff herzhaft zu. Der druidische Zauber, mit dem Thanos durch die Augen unseres Beobachters einen Blick auf Wolfherr von Hohenstein werfen wollte, um danach sein Aussehen annehmen zu können, war, wie er uns am Nachmittag erklärt hatte, aufwendig und keineswegs ungefährlich, und ich bewunderte seine Gelassenheit. Unterlief Thanos bei dieser Formel ein Fehler, so konnte es geschehen, daß sich sein Geist auf Dauer vom Körper trennte und im Körper desjenigen gefangen wurde, durch dessen Augen er zu blicken versuchte.

Wir waren übereingekommen, heute einfach abzuwarten, ob Wolfherr von Hohenstein noch ausging. Wegen der Namenlosen Tage würde er nach Einbruch der Dunkelheit wahrscheinlich zu Hause bleiben, was uns nur recht sein konnte, weil Thanos ihn ohnehin bei Tageslicht sehen mußte, um sich seine Gesichtszüge einzuprägen. Falls er heute nicht mehr ausging, müßten wir uns am nächsten Tag etwas einfallen lassen, um ihn aus dem Haus zu locken.

Wie sich kurz nach dem Abendessen herausstellte, enthob uns der Baron jedoch glücklicherweise dieser Notwendigkeit. Drogosch hatte sich ein Glas Wein eingeschenkt und erzählte gerade eine frivole Anekdote über die Erlebnisse eines seiner Mädchen mit einem etwas heiklen Kunden, als Thanos plötzlich den Kopf ein wenig neigte, als lausche er einer unhörbaren Stimme, und die Hand hob, was Drogosch augenblicklich zum Verstummen brachte.

»Das war das Zeichen«, sagte Thanos nach einem Augenblick. »Ich werde jetzt mit dem Zauberspruch beginnen.«

Er schloß die Augen und wiegte den Oberkörper rhythmisch hin und her. Schon nach wenigen Herzschlägen hörten die Schaukelbewegungen auf, und der

Körper des Magiers schien in sich zusammenzufallen. Nach einem oberflächlichen Blick sah es so aus, als schlafe er, aber bei genauerem Hinsehen fiel mir auf, daß sich sein Atem unglaublich verlangsamt hatte: Auf zehn Herzschläge folgte vielleicht ein Atemzug.

In den nächsten Minuten änderte sich daran nichts. Thanos' Zustand blieb unverändert, und Drogosch und ich wurden immer unruhiger. Warum erwachte der Magier nicht aus seiner Trance? Es konnte doch nicht so lange dauern, einen vernünftigen Blick auf das Gesicht des Barons zu werfen.

Je mehr Zeit verstrich, desto mehr bestätigte sich mein Eindruck, daß sich die Gesichtszüge des Magiers veränderten. Seine Wangen schienen hohler zu werden, und unter seinen Augen bildeten sich dunkle Schatten, die sich nach und nach zu Ringen verdichteten. Offenbar verlangte dieser Zauber Thanos eine Menge ab.

Drogoschs und meine Blicke trafen sich immer häufiger, und der Zwerg stand kurz davor, einen Heiler oder Medicus rufen zu lassen, als sich Thanos' Atemzüge sichtlich beschleunigten und er schließlich mit einem leisen Seufzer die Augen aufschlug.

Der Zauber schien ihn in der Tat sehr erschöpft zu haben, denn er sah aus, als hätte er drei Tage weder geschlafen noch gegessen. »Wein«, hauchte er kaum hörbar, und als Drogosch ihm ein volles Glas reichte, trank er es gierig in einem einzigen Zug leer.

»Es ist geglückt«, erklärte Thanos mit etwas lauterer Stimme. »Und schaut nicht so besorgt drein. Ich sagte doch, der Zauber ist anstrengend. Aber ich werde mich bald wieder erholt haben.«

»So bald, daß wir heute noch die *Sechzehn Ministerinnen* aufsuchen können?« Ich konnte mir die Frage nicht verkneifen.

Drogosch warf mir einen empörten, mißbilligenden Blick zu, aber Thanos nickte und sagte: »Laßt mir eine Stunde Zeit, dann können wir aufbrechen.«

Wir überbrückten die Stunde, in der sich der Magier in der Tat schnell erholte, mit weiteren Anekdoten. Drogosch als Bordellbesitzer und ich als Spieler hatten naturgemäß einiges erlebt, darunter auch viele lustige, groteske und lehrreiche Dinge, so daß die Zeit schnell verstrich und ich meine Ungeduld einigermaßen bezähmen konnte.

Während Drogosch eine verblüffende Geschichte über eine bizarre Beziehung zwischen einer bekannten Kurtisane und einem Hauptmann der Löwengarde erzählte, kam mir plötzlich ein Gedanke, und als Drogosch die Anekdote beendet hatte, wandte ich mich an den Magus: »Sagt, Thanos, Ihr erwähntet, daß der Zauber, den Ihr vorhin gewirkt habt, druidischen Ursprungs sei. Falls Ihr die Frage nicht zu indiskret findet: Ist es für einen Magus, wie Ihr einer seid, nicht sehr ungewöhnlich, einen solchen Zauber zu beherrschen?«

»Da habt Ihr völlig recht«, erwiderte Thanos, dem die Frage nichts auszumachen schien. »Ich bin nicht in Gareth geboren, sondern in einem kleinen Dorf am Rande des Farindelwaldes in Albernia. Ein in jenem Wald lebender Druide muß wohl meine Veranlagung gespürt haben und erwählte mich als Schüler. Er kaufte mich meinen Eltern regelrecht ab. Ich blieb eine Weile bei ihm und lernte einiges, aber später wurde mir immer klarer, daß der Weg der Druiden nicht der meine ist, und so bin ich ihm eines Tages davongelaufen.«

Thanos' Augen umwölkten sich ein wenig und nahmen einen traurigen Ausdruck an. Ich konnte mir vorstellen, daß es ein schwerer Schlag für ein Kind sein mußte, von seinen Eltern verkauft zu werden. Offenbar hatte ihn später nichts mehr in seiner Heimat gehalten.

»Jedenfalls«, fuhr der Magier fort, »habe ich eine Menge von diesem Druiden gelernt, unter anderem auch die Grundlagen dieses Zaubers.«

Thanos schien eine bewegte Geschichte zu haben, die meine Neugierde weckte. »Wie seid Ihr danach Magier geworden?«

Thanos zuckte die Achseln. »Ich bin einige Jahre lang umhergezogen und schließlich in Rommilys gelandet, wo gerade ein Platz in der Kaiserlichen Academia frei wurde. Ich habe mich beworben und den Platz bekommen.« Er hielt für einen Augenblick inne, um dann versonnen fortzufahren: »Ja, ja, die Kaiserlich Garethische und Fürstlich Darpatische Academia zur Mehrung magischen und nichtmagischen Wissens.« Er schüttelte den Kopf. »Die Stadt ist ein sehr lichter, freundlicher Ort, aber die Academia ist das genaue Gegenteil. Die Bürger machen alle einen großen Bogen darum, und man kann nicht gerade behaupten, daß die Magier des Instituts besonders beliebt in der Stadt sind. Nein, wahrhaftig nicht.«

Der Magier holte tief Luft. »Bei meiner Immatriculatio hatte ich meine druidische Vergangenheit verschwiegen, weil ich wußte, daß im Institut alle Druidensprüche strengstens verboten sind. Irgendwann war ich es leid, von den sauertöpfischen Spektabilitäten herumgescheucht zu werden, und wirkte in den Mauern der Academia einen Druidenzauber. Natürlich bin ich sofort unehrenhaft des Instituts verwiesen worden.«

Die Lippen des Magiers verzogen sich zu einem spöttischen Lächeln. »Ihr könnt Euch vorstellen, daß es ein unehrenhaft aus einer Academia entlassener Magier schwer hat, irgendwo Fuß zu fassen. Also ging ich nach Gareth, denn je größer die Stadt, desto zahlreicher die Möglichkeiten. Und nachdem ich meine Fähigkeiten unter Beweis gestellt hatte, wurde ich sogar in die Academia von Gareth aufgenommen, wo ich meine Ausbildung im Anschluß an einen Abstecher nach Punin beenden konnte. Aber das sind alte Geschichten.«

Er holte wiederum tief Luft und richtete sich auf. »Wenden wir uns der Gegenwart zu.«

Die Spuren der Erschöpfung waren fast vollständig aus Thanos' Gesicht gewichen. Der Magier sammelte sich kurz, dann spreizte er die Finger der linken Hand, fuhr sich damit langsam über das Gesicht und murmelte dabei etwas vor sich hin.

Die Wirkung war geradezu unheimlich.

Von einem Augenblick zum anderen saß uns ein Fremder mit blonden Haaren und blauen Augen gegenüber, dessen Aussehen man in der Tat nur als unscheinbar und nichtssagend bezeichnen konnte. Es war bart-, falten- und narbenlos, und auch bei genauestem Hinsehen entdeckte ich keinen Unterschied zwischen der rechten und der linken Gesichtshälfte. Trotz der Symmetrie und Makellosigkeit war das Gesicht beim besten Willen nicht hübsch. Nach einem Augenblick des Nachdenkens wurde mir auch der Grund dafür klar: Dem Gesicht mangelte es ganz einfach an Eigenheiten, an Ausdruckskraft, an Persönlichkeit. Es sah wie das Gesicht eines in Windeseile erwachsen gewordenen Kindes aus. Oder nein, der Vergleich war unzutreffend. Für ein Kindergesicht wirkte es einfach zu leblos, wobei dieses Merkmal möglicherweise auf der Tatsache beruhte, daß es sich um kein echtes Gesicht, sondern um eine Illusion handelte.

Es schien fast so, als hätte Thanos meine Gedanken gelesen, denn plötzlich sagte das Gesicht des Barons mit der Stimme des Magiers: »Falls Euch das Gesicht merkwürdig ausdruckslos oder leblos vorkommen sollte, dann liegt das nicht etwa daran, daß Ihr nur eine Illusion seht. Das Gesicht des Barons sieht tatsächlich so aus. Ich habe es besonders lange studiert, um irgendwelche herausstechenden Merkmale oder Wesenszüge zu entdecken, aber es gibt keine. Wenn man Gesichter mit Landschaften vergleichen will, dann wäre dieses ein See bei Windstille.«

Drogosch räusperte sich. »Nehmen wir eine Kutsche, oder machen wir einen Spaziergang?«

»Ich ziehe einen Spaziergang vor«, sagte ich, da ich den ganzen Tag noch nicht aus dem Haus gekommen war und mir ein wenig Bewegung guttäte. Ich hatte mich mittlerweile wieder mit den Theaterrequisiten verkleidet und war im Gegensatz zum Vortag heute festentschlossen, mich ungeachtet des hohen Risikos, daß man mich trotz meiner Verkleidung dort erkennen könnte, in die *Sechzehn Ministerinnen* zu wagen. Ich hatte einfach keine Lust mehr, untätig herumzusitzen, während Thanos und Drogosch sich für mich ins Zeug legten.

Drogosch und Thanos waren mit einem Spaziergang einverstanden, und so verließen wir *Levthans Horn* und schlenderten gemächlich durch die Kaiserthermen in Richtung Osttor. Draußen war es noch hell, und die Straße war einigermaßen belebt, aber kein Passant warf mehr als einen flüchtigen Blick auf uns.

Drogosch als Besitzer von *Levthans Horn* und die Oberrätin Tispia Lussian, eine Enddreißigerin von überaus anziehendem Äußeren, kannten sich natürlich – Gerüchten zufolge sogar besser als unter Freunden üblich – und pflegten trotz der geschäftlichen Konkurrenz einen beinahe freundschaftlichen Umgang miteinander, so daß wir sofort zu Tispia vorgelassen wurden, die uns in ihrem üppig ausgestatteten Kontor erwartete.

Nach einem einleitenden Austausch von Höflichkeiten und Schmeicheleien stellte Drogosch mich als weitläufigen Verwandten aus Greifenfurt und Thanos als einen Geschäftsfreund vor, um ihr gleich darauf unser Anliegen vorzutragen. Ihre Empfangsdamen sollten sich einmal seinen Geschäftsfreund ansehen und sagen, ob sie ihn wiedererkennen würden. Tispia musterte Thanos neugierig und offenbar auch ein wenig verblüfft und strich sich nachdenklich über das Kinn.

Viele Leute behaupten von Tispia, sie sei geldgierig. Wahrscheinlich haben diese Leute recht. Ihr unablässiges Streben nach Silbertalern wird nur noch von ihrer Versessenheit auf Golddukaten übertroffen, aber abgesehen davon habe ich sie als einen anständigen und manchmal sogar warmherzigen Menschen kennengelernt und ziehe es daher vor, ihr hervorstechendstes Merkmal als Geschäftstüchtigkeit zu bezeichnen.

Auch in diesem Fall stellte sie diese Eigenschaft unter Beweis, indem sie Drogoschs Wunsch nicht einfach entsprach, sondern zunächst zu erfahren versuchte, was dahintersteckte. »Das ist ein recht ungewöhnliches Ansinnen, Drogosch«, sagte sie zögernd. »Könnt Ihr mir einen Grund dafür nennen?«

»Ich versichere Euch, daß es dabei nicht um Geld geht«, sagte Drogosch, der natürlich ebenfalls genau wußte, wie es um den Geschäftssinn der Bordellbesitzerin stand. »Betrachtet es als einen Gefallen, den Ihr mir damit erweist.«

Tispias Züge hellten sich auf, denn Drogoschs Bemerkung besagte, daß er ihr einen Gefallen schuldete, wenn sie seinem Wunsch nachkam.

»Gut«, stimmte sie zu. »Ihr wißt ja, daß ich Euch immer gern zu Gefallen bin«, sagte sie mit einem, wie mir schien, etwas anzüglichen Lächeln. »Wartet einen Augenblick.«

Die Bordellbesitzerin zog an einer Klingelschnur, und mir kam der Gedanke, daß an den Gerüchten über Drogosch und Tispia vielleicht doch etwas Wahres sein mochte.

Ein paar Augenblicke später klopfte es, und nach Tispias »Herein« trat ein hübsches junges Mädchen ein.

»Ja, Herrin?«

»Schick Katya zu mir.«

Katya war, wie sich kurz darauf herausstellte, eine der Empfangsdamen des Hauses.

»Ihr habt mich rufen lassen, Herrin?«

Tispia nickte. »Sieh dir das Gesicht dieses Mannes an«, verlangte sie, während sie auf Thanos deutete, »und dann sag mir, ob du ihn kennst. Hast du ihn schon bei uns gesehen? Und wenn ja, wann?«

Ich beobachtete Katya ganz genau, um mir ihre Reaktion nicht entgehen zu lassen, aber das hätte ich mir sparen können. Sie warf kaum mehr als einen flüchtigen Blick auf Thanos, bevor sie antwortete.

»Gewiß, Herrin. Dieser Mann war schon oft Gast unseres Hauses. Er hat immer um eine Audienz bei Marisha ersucht, möge sie in Borons Hallen Glück und Frieden finden. Ihr selbst habt erst vor wenigen Tagen angeordnet, ihn nicht mehr zu Marisha vorzulassen. Ich glaube, sie hatte sich über ihn beschwert. Zuletzt war er in der Nacht von Marishas Tod bei uns. Das weiß ich genau, weil ich ihn Eurer Anordnung gemäß abwies. Ich bot ihm an, bei einer anderen Ministerin vorzusprechen, aber er lehnte ab. – Ist sonst noch etwas, Herrin?«

»Bist du sicher?« mischte sich Drogosch ein, bevor die verblüfft dreinschauende Tispia antworten konnte. »Und wann genau war er in jener Nacht da?«

Katya warf einen fragenden Blick auf ihre Herrin, und erst, als diese nickte, antwortete sie. »Er kam gegen Mitternacht, nicht lange vor Halgor. Ich bin ganz sicher. Ich vergesse nie ein Gesicht.« In ihrer Stimme lag ein Anflug von Stolz.

»Ja, ja, schon gut, Kind«, winkte Tispia ab. »Du kannst gehen.«

Als sie den Raum verlassen hatte, sagte Tispia: »Sie ist etwas eingebildet, aber nicht ganz zu Unrecht. Schließlich ist genau das der Grund, warum ich sie als Empfangsdame beschäftige, obwohl ihre Qualitäten, das kann ich Euch versichern, auch in anderer Beziehung beachtlich sind.« Sie lächelte vielsagend, um an Thanos gewandt fortzufahren. »So so, Ihr seid also der Mann, über den sich Marisha beschwert hat.« Sie schüttelte traurig den Kopf. »Für die arme Marisha wäre es besser gewesen, wenn ich anstatt Euch diesem dreimal verdammten Halgor Hausverbot erteilt hätte, möge seine Seele in den Niederhöllen verfaulen!«

Bei dieser Bemerkung lief es mir kalt den Rücken hinunter, und plötzlich hatte ich es eilig, die *Sechzehn Ministerinnen* zu verlassen. Wir hatten ohnehin alles erfahren, was wir wissen mußten.

Ich starrte Drogosch so lange an, bis er meinen Blick erwiderte, und neigte dann den Kopf unmerklich in Richtung Tür.

Der Bordellbesitzer räusperte sich. »Ja, ja … wahrscheinlich habt Ihr recht. Aber jetzt wollen wir Euch nicht länger von Euren Geschäften abhalten. Im übrigen müssen wir uns sputen, wenn wir noch vor Einbruch der Dunkelheit zu Hause sein wollen, verehrte Tispia. Seid nochmals bedankt für Eure Hilfe, und wenn ich mich für Eure Gefälligkeit erkenntlich zeigen kann, zögert nicht und kommt zu mir.«

»Worauf ihr Euch verlassen könnt«, erwiderte Tispia trocken. »Im übrigen wußte ich gar nicht, daß Ihr Euch vor der Dunkelheit fürchtet, mein lieber Drogosch«, fügte sie etwas spöttisch hinzu. »Vielleicht fehlt Euch jemand, der im Dunkeln … Eure Hand hält.«

Und da war sie wieder, diese Anzüglichkeit! Während wir uns wohlgeordnet, aber nichtsdestoweniger hastig aus den *Sechzehn Ministerinnen* zurückzogen, nahm ich mir vor, Drogosch bei der nächsten Gelegenheit in bezug auf sein Verhältnis zur Oberrätin auf den Zahn zu fühlen.

# Zwischenspiel

Wolfherr von Hohenstein war äußerst bestürzt. Er hatte in der Nacht nicht gut geschlafen und war am Morgen mit einem Gefühl rastloser Unruhe aufgestanden, das sich im Laufe des Tages nur noch verstärkt hatte.

Seit der Lösung des Pakts mit dem Dämon überkam ihn mehrmals am Tag das Bedürfnis zu baden, aber seine rastlose Unruhe hatte sich auch nach drei Bädern nicht gelegt, von denen er das letzte am Nachmittag genommen hatte.

Gegen Abend hatte er es im Haus nicht mehr ausgehalten. Einer plötzlichen Eingebung folgend, hatte er beschlossen, die Kaiserthermen aufzusuchen. Zum einen fühlte er sich bereits wieder unangenehm verschwitzt und sehnte sich nach einem Bad, und zum anderen war ihm zu Ohren gekommen, daß die Thermen eine mehr als annehmbare Alternative zu den Kurtisanen der einschlägigen Bordelle Gareths boten, und zwar in Gestalt der dortigen Bediensteten.

Die Erregung, die ihn beim Gedanken an eine Frau erfaßte, hatte ihn selbst überrascht. Obwohl ›überrascht‹ vielleicht das falsche Wort war – ›zu Tode erschreckt‹ traf es eher. Und eigentlich hatte ihn die Erregung auch gar nicht beim Gedanken an eine Frau erfaßt, sondern beim Gedanken an die tote Marisha. Plötzlich, wie aus heiterem Himmel, hatte er gegen Mittag ihren nackten, weißen, wächsernen Körper vor Augen gehabt, und ebenso plötzlich war ihm die Erregung in die Lenden geschossen. *Das* hatte ihn so erschreckt.

Er war regelrecht aus seinem Haus geflohen. Kaum auf der Straße, hatte er das unbehagliche Gefühl gehabt, beobachtet zu werden, wodurch sich seine Unrast noch gesteigert hatte. Zwar war er sich sicher, daß es sich bei diesem Gefühl um reine Einbildung handelte, aber dadurch war es auch nicht besser geworden.

Er verließ Neu-Gareth durch das Angbarer Tor und nahm einen Einspänner zu den Kaiserthermen, wo er mit der Erleichterung eines Fisches, der eine Ewigkeit auf dem Trockenen gezappelt hat, in das ein wenig faulig riechende, aber ansonsten außerordentlich angenehme Wasser eines Badebeckens glitt.

Nach dem längeren Aufenthalt in der tröstlichen Wärme des Wassers hatte er sich einigermaßen sauber und etwas entspannter gefühlt und die Bediensteten näher in Augenschein genommen. Seine Wahl war schließlich auf eine üppige Schwarzhaarige gefallen. Er hatte sie zu sich gewunken und sie gefragt, ob sie auch für eine Betreuung persönlicherer Art zur Verfügung stehe, worauf sie verführerisch gelächelt, sich, um ihre körperlichen Vorzüge besser zur Geltung zu bringen, in Positur gerückt und erwidert hatte, das käme ganz auf den Preis an.

Der Preis war kein Problem – die Frauen in den besseren Bordellen der Stadt waren wesentlich teurer –, ebensowenig wie die Willigkeit der Schwarzhaarigen. Das Problem war er selbst.

Irgendwie war seine Lust eingeschlafen und hatte sich trotz ihrer kundigen, einfallsreichen Bemühungen zunächst nicht wieder wecken lassen. Die Situation war ihm peinlich, nein, mehr als peinlich gewesen: Er hatte sich geschämt und sich gedemütigt gefühlt, obwohl es wirklich nicht ihre Schuld war.

Er wäre am liebsten Hals über Kopf geflohen, hatte es aber nicht gekonnt, weil er wie gelähmt war. Er hatte das Gefühl gehabt, neben sich zu stehen und einen Fremden bei dessen unbeholfenen und vergeblichen

Bemühungen zu beobachten, sich zu nehmen, wofür er bezahlt hatte.

Bis er plötzlich wieder das Bild der toten Marisha vor Augen gehabt hatte. Auf einmal – ungebeten und abstoßend grausam – hatte er sich auf Marisha liegen sehen, die Hände um ihren Hals gelegt und wild zustoßend. Und augenblicklich und wie durch Magie war seine Lust wieder erwacht.

Die Schwarzhaarige, die wohl schon nicht mehr damit gerechnet hatte, schien angenehm überrascht gewesen zu sein und hatte ihn durch leidenschaftliches Stöhnen und frivole, herausfordernde Worte angespornt, aber das war es nicht, was seine Leidenschaft aufs äußerste entfacht hatte. Nein, wahrhaftig nicht.

Es fiel ihm schwer, es sich einzugestehen, aber warum sollte er sich etwas vormachen? Er mußte sich der Wahrheit stellen: Als er in sie eingedrungen war, hatte er sich vorgestellt, die Hände um ihren weichen weißen Hals zu legen und zuzudrücken. Zwar war ihm dabei zumute gewesen, als würde ihm jemand einen Kübel Eiswasser über den Kopf schütten, aber seiner wilden, geradezu ekstatischen Leidenschaft hatte das keinen Abbruch getan.

Er hatte nicht wirklich zugedrückt, obwohl die Versuchung übermächtig gewesen war. Alles in allem jedoch war es ein äußerst befriedigendes Erlebnis gewesen, obgleich es bei nüchterner Betrachtung Anlaß zur Sorge bot.

Er hatte den Pakt mit dem Herrn der Rache gelöst, das stand außer Frage, und doch schien der Dämon immer noch in ihm zu stecken und einen höchst verderblichen Einfluß auszuüben, obwohl (und auch in diesem Punkt hatte es keinen Sinn, sich etwas vorzumachen) dieses Erlebnis und – ja, bei allen Göttern – auch der … Unfall mit Marisha bei weitem die befriedigendsten Erfahrungen seines Lebens waren.

Derart in Gedanken versunken, hatte er die Kaiserthermen verlassen und dann etwas gesehen, das wirklich Anlaß zu äußerster Bestürzung bot: sich selbst.

Er stand im Schatten des Eingangs zu den Kaiserthermen und konnte seinen Augen nicht trauen. Kaum zehn Schritt entfernt gingen drei Männer die Straße entlang. Den ersten, schwarzhaarig, von durchschnittlicher Gestalt und das Gesicht unter einem dichten Vollbart versteckt, kannte er nicht. Der zweite, ein auffällig gekleideter, gedrungener Zwerg mit kupferroter Haarpracht, kam ihm bekannt vor, und es dauerte keine zwei Augenblicke, bis er in ihm Drogosch erkannte, den Besitzer von *Levthans Horn*.

Beim dritten brauchte er nicht zu überlegen, denn dieser Anblick bot sich ihm jeden Tag, wenn er in den Spiegel schaute und sich rasierte. Der dritte war er selbst.

Dann sah er genauer hin, und da fiel ihm auf, daß der dritte zwar sein Gesicht hatte, Gestalt und Gang aber einer anderen Person gehörten.

Als die drei an ihm vorbeigingen, wich er unwillkürlich einen Schritt zurück, während er ihnen offenen Mundes hinterherstarrte. Und dann traf ihn die Erkenntnis wie ein Keulenschlag: *Dieser Mann ist kein Doppelgänger von mir. Sein Gesicht ist eine Illusion, gewirkt durch einen* Impostoris!

Aber warum? *Warum*, in Praios' Namen? Wer war dieser Mann, und was hatte er vor?

Er mußte es herausfinden. Er ließ den drei Männern dreißig Schritt Vorsprung und heftete sich ihnen dann an die Fersen.

Noch bevor sie ihr Ziel erreichten, beschlich ihn das unbehagliche Gefühl, es bereits zu kennen, und sein Gefühl bestätigte sich, als er sah, wie die drei die *Sechzehn Ministerinnen* betraten.

Was konnte das zu bedeuten haben?

Diese Entwicklung war mehr als beunruhigend, und

er versuchte krampfhaft, sich einen Reim darauf zu machen.

Plötzlich hatte er eine Eingebung. Der Mann mit seinem Gesicht war entweder selbst ein Magus, oder er war von einem Magus verzaubert worden. Und bei diesem Magier mochte es sich durchaus um den Stümper Thanos handeln, der schließlich ein guter Bekannter Drogoschs und so etwas wie dessen Hausmagus war. In diesem Fall ließen die Vorgänge nur einen Schluß zu: Thanos oder Drogosch, möglicherweise sogar beide, hatten sich an die Ereignisse in der Nacht seines größten Triumphs erinnert und wollten den Dingen jetzt auf den Grund gehen! Thanos war zwar ein Stümper, ein Scharlatan, aber immerhin doch auch Magier. Vielleicht hatte er Thanos' Fähigkeiten ein klein wenig unterschätzt, und der Zauber, den er über ihn gesprochen hatte, um ihn seines Gedächtnisses zu berauben, war zu schwach gewesen.

Tatsächlich deutete die Tatsache, daß Drogosch in Begleitung einer Person mit seinem Gesicht die *Sechzehn Ministerinnen* betrat, darauf hin, daß sie den Dingen schon viel zu tief auf den Grund gegangen waren. Kein Zweifel, sie waren ihm auf der Spur!

Welche Folgen mochte das für ihn haben?

Nun, der Spieler war tot. Damit hatte die Garde die beiden Mordfälle abgeschlossen. So weit, so gut. Wenn Drogosch und Thanos mit den Fakten, die sie in Erfahrung gebracht haben mußten und noch in Erfahrung bringen würden, zur Garde gingen, und sei es auch nur, um den Namen des Spielers reinzuwaschen, saß er ernsthaft in der Klemme. Die Garde mochte zu der Ansicht gelangen, daß es ratsam sei, den Fall erneut aufzurollen, und ihn zu einer Befragung vorladen.

So weit durfte er es nicht kommen lassen! Er mußte schnell etwas unternehmen. Aber was?

Nach kurzer Überlegung kam er zu dem Schluß, daß

er am vordringlichsten herausfinden mußte, wieviel Drogosch und seine Begleiter wußten und, vor allem, wer alles eingeweiht war. Schließlich hatte es wenig Sinn, die drei Männer zu beseitigen, wenn sich später herausstellen sollte, daß weitere Personen Bescheid wußten.

Er verfluchte die Tatsache, daß er den Zauber *Adleraug Und Luchsenohr* nicht beherrschte. Mit seiner Hilfe hätte er die Unterhaltung der drei aus sicherer Entfernung belauschen können.

Natürlich konnte er sein Aussehen verändern und ihnen, wenn sie die *Sechzehn Ministerinnen* verließen, möglichst dichtauf folgen. Vielleicht gelang es ihm auf diese Weise auch, etwas von Bedeutung aufzuschnappen.

Er grübelte noch eine Weile, aber aus dem Stegreif wollte ihm keine bessere Möglichkeit einfallen.

Also wieder den *Impostoris Imagotin?* Nein, *Ignorantia Ungesehen* eignete sich besser für seinen Zweck. Der Zauber würde zwar sein Aussehen nicht verändern, aber dafür sorgen, daß er von zufälligen Beobachtern nicht bemerkt wurde. Und da die drei gewiß nicht nach ihm Ausschau hielten, wenn sie die *Sechzehn Ministerinnen* verließen, sollte er seinen Zweck voll und ganz erfüllen.

Er konzentrierte sich, berührte Augen und Ohren und murmelte die Formel – keinen Augenblick zu früh, denn kaum hatte der Zauber seine Wirkung entfaltet, als sich die Eingangstüren des Bordells öffneten und die drei in das Zwielicht der hereinbrechenden Dämmerung heraustraten.

Sie machten auf ihn einen ziemlich erregten Eindruck. Insbesondere der Unbekannte mit dem schwarzen Vollbart schien außer sich zu sein.

Er selbst stand gelassen am Straßenrand und ließ die drei auf sich zukommen. Wahrscheinlich hätten sie ihn auch dann nicht bemerkt, wenn er sich nicht durch den

Zauber geschützt hätte, da sie in einen angeregten und zu seiner Freude auch recht lautstarken Disput vertieft waren. Schon von weitem schnappte er einzelne Gesprächsfetzen auf:

»…war es, der Schweinehund, kein Zweifel.« Das kam von dem Schwarzbärtigen, den er nicht kannte, obwohl er ihm jetzt aus der Nähe irgendwie vertraut vorkam und auch seine Stimme einen vertrauten Klang hatte.

»Es sieht so aus«, sagte der Mann mit seinem Gesicht.

»Ich bin der Ansicht, daß wir den Hergang der Tat mit unseren neuen Erkenntnissen jetzt ziemlich genau rekonstruieren können«, warf Drogosch ein, während die drei eiligen Schrittes vorübergingen. Er folgte ihnen in wenigen Schritten Abstand, damit ihm kein Wort ihrer Unterhaltung entging.

»Zunächst hat er Euer Aussehen angenommen, Thanos.« Also war der Mann mit seinem Gesicht tatsächlich der Magier Thanos, so wie er es vermutet hatte. »Dann hat er Euch niedergeschlagen, Halgor.« Die Nennung dieses Namens traf ihn wie ein Keulenschlag. Konnte der dritte Mann tatsächlich der Spieler Halgor sein? Er konzentrierte sich auf die Gestalt, deren Rücken er drei Schritte vor sich sah. *Bei allen Dämonen, ja, er ist es! Es ist der Spieler, ihr Götter, steht mir bei!* »Dann hat er auf seinen Bruder gewartet und ihn erstochen. Wahrscheinlich war die Wirkung des Zaubers da bereits wieder erloschen. Vom Schauplatz des Mordes ist er geradewegs zu den *Sechzehn Ministerinnen* gegangen, wo er abgewiesen wurde. Damit wollte er sich nicht abfinden, also nahm er Euer Aussehen an, Halgor, ging zu Marisha und erwürgte sie. Aber warum hat er sie erwürgt?«

*Ja, warum habe ich sie erwürgt? Sagt es mir!*

»Weil sie ihn erkannt hat«, beantwortete Thanos die Frage. »Die Illusion veränderte schließlich nur das Gesicht. Alles andere blieb, wie es war. Die Täuschung flog bei der ersten Berührung auf. Sie hat ihn erkannt und wahrscheinlich zur Rede gestellt. Ich stelle es mir so vor, daß sie damit gedroht hat, ihn hinauswerfen zu lassen, aber vielleicht hat er sich auch verplappert. Also hat er sie umgebracht.«

*Ja, aber das ist nur die halbe Wahrheit. Es war der Finstere Herr, ja, der Dämon war es, nicht ich!*

»Wie auch immer, es bleibt die Tat eines Wahnsinnigen«, erklärte Drogosch. »Schließlich hat er sie auch noch geschändet!«

*Ich bin nicht wahnsinnig!* hätte Wolfherr fast hinausgeschrien. *Versteht doch endlich: Nicht ich war es, es war der Dämon! Ich wollte sie nicht umbringen!*

»Ich weiß, was er getan hat!« knurrte Halgor. »Und es ist mir vollkommen gleichgültig, ob er wahnsinnig ist oder nicht, ich werde Marishas Tod rächen! Mit den eigenen Händen werde ich ihn erwürgen, so wie er Marisha erwürgt hat!«

Bei diesen Worten lief es Wolfherr kalt über den Rücken. Der Spieler meinte es ernst. Wenn er die Gelegenheit dazu bekam, würde er seine Drohung wahrmachen.

»Sollten wir nicht mit unserem Wissen zur Garde gehen?« fragte Drogosch. »Bei den Beweisen, die wir haben, wird man dort gar nicht anders können, als ihn in Gewahrsam zu nehmen.«

»Welche Beweise haben wir denn?« schleuderte Halgor ihm beinahe wütend entgegen. »Wir können nur beweisen, daß der Bruder des Ermordeten Stammkunde bei Marisha war und dem Bordell kurz vor ihrem Tod einen Besuch abgestattet hat. Wir wissen nicht einmal, ob er wirklich ein Magier ist.« *Wie aufschlußreich.* »Stellt Euch vor, er ist kein Magier, dann müßte man den Magier finden, der ihm geholfen hat. Man wird Euch nicht einmal ausreden lassen!«

»Ihr könntet Euch stellen, Halgor«, sagte Drogosch nachdenklich. »Wir mögen nicht viele Beweise haben, aber zusammen mit Eurer Aussage würden sie reichen, um eine Untersuchung zu rechtfertigen, zumal wegen der Namenlosen Tage ja noch keine solche stattgefunden hat.«

»Soll ich Euch sagen, was geschieht, wenn ich mich der Garde stelle?« Halgor wirkte jetzt sehr erregt. »Ich bin des Doppelmordes verdächtig und zudem aus der Untersuchungshaft geflohen, was für sich genommen bereits ein Eingeständnis meiner Schuld ist. Außerdem weiß man, daß ich in die Dämonenbrache geflohen bin, und zwar bei Nacht. Während der Namenlosen Tage! Wenn ich mich stelle, wird man zunächst einmal annehmen, daß ich von allen Dämonen der Niederhöllen besessen bin, weil ich noch lebe, und mich wahrscheinlich ohne viel Federlesens wie einen tollwütigen Hund erschlagen. Bestenfalls kann ich davon ausgehen, daß man mich in die sicherste Zelle des Kerkers sperrt und ein Dutzend Magier in den nächsten Tagen bei mir das Unterste zuoberst kehrt.«

»Wäre das so schlimm?« fragte Drogosch.

Halgor zögerte einen Augenblick, bevor er mit mühsam unterdrückter Wut fortfuhr: »Ja. Wenn sich der totgesagte Halgor der Garde stellt, weiß das eine Stunde später ganz Gareth. Der Baron wäre gewarnt und hätte Gelegenheit zur Flucht.«

»Aber durch eine Flucht gestünde er seine Schuld praktisch ein, und Euer Name wäre vom Makel des Mordes reingewaschen«, konterte Drogosch.

»Das sagt *Ihr*«, widersprach Halgor, »aber wenn ihm die Flucht gelänge, wäre er erst einmal in Sicherheit und ich immer noch des Doppelmordes verdächtig. Der gegenwärtige Zustand gefällt mir wesentlich besser. Man hält mich für tot, und niemand kümmert sich um mich. Ich schwebe also in keiner unmittelbaren Gefahr. Und ich will nicht, daß er flieht. Er darf seiner gerechten Strafe nicht entgehen, um Marishas willen. Das ist mir viel wichtiger, als meinen Namen reinzuwaschen, der ohnehin noch nie makellos war!«

»Was wollt Ihr also tun?« fiel Thanos ein. Wolfherr horchte auf – jetzt wurde es wahrhaftig spannend.

»Ich werde ihm morgen einen Besuch abstatten«, erklärte der Spieler, und der Zorn in seiner Stimme ließ keinen Zweifel daran, welche Absicht er mit diesem Besuch verknüpfte.

»Und wozu soll das gut sein?« fragte Drogosch. »Wollt Ihr ihn etwa kaltblütig umbringen?«

»Warum fragt Ihr, Drogosch, wenn Euch die zu erwartende Antwort nicht gefällt? Aber wenn Ihr es unbedingt wissen wollt: Ja. Falls sich bestätigen sollte, daß er der Mörder ist, werde ich keinen Augenblick lang zögern.«

»Und warum dann nicht schon heute?« fragte Drogosch mit spöttischem Unterton. »Warum geht Ihr nicht jetzt gleich? Und warum sich der Gefahr aussetzen und in sein Haus eindringen? Brennt es doch einfach nieder!«

»Ich will ihm dabei in die Augen sehen«, erwiderte Halgor knapp. »Und im Grunde habt Ihr recht. Ich könnte es auch heute schon tun, aber ich will erst noch sehen, mit welchen Neuigkeiten Euer Gewährsmann morgen aufwartet. Ich wüßte schon ganz gern, ob Hohenstein ein Magier ist oder nicht, bevor ich in sein Haus eindringe.«

»Handelt nicht vorschnell!« riet Drogosch. »Ah, ich sehe, wir sind da. Ich schlage vor, daß wir alles noch einmal bei einem Glas Wein durchsprechen.«

Wolfherr schreckte aus seiner Versunkenheit hoch und sah sich rasch um. Die drei Männer gingen geradewegs auf eine mit prächtigen Schnitzereien verzierte Doppeltür zu, in der er den Eingang von *Levthans Horn* erkannte. Bedauerlicherweise war es ihm nicht möglich, ihr Gespräch weiterhin zu verfolgen, denn zum einen konnte er ihnen auf keinen Fall unbemerkt in das Bordell folgen, und zum anderen würde die Wirkung des Zaubers bald erlöschen.

Als sie vor der Tür stehenblieben, ging er einfach an ihnen vorbei, bog an der nächsten Ecke auf den Südwall ab und hielt einen Einspänner an, dessen Kutscher trotz der zunehmenden Dunkelheit noch bereit war, ihn nach Hause zu fahren.

In seinem leeren Haus angekommen – er hatte alle Bediensteten längst entlassen –, bereitete er sich zunächst ein heißes Bad. Als er in dem wohltuenden Wasser lag und die Anspannung langsam von ihm abfiel, ging ihm allmählich auf, daß er eigentlich keinen Grund zur Sorge hatte, nicht den geringsten. Der Entschluß des Spielers stand fest, und niemand könnte ihn davon abbringen. Schließlich kannte Wolfherr das Rachegefühl, das den Spieler jetzt erfüllte, aus eigener Erfahrung.

Morgen würde ihm der Spieler einen Besuch abstatten, vermutlich während der Nacht. Er würde in sein Haus einbrechen, und wenn er, Baron Wolfherr von Hohenstein, in Notwehr einen Einbrecher tötete, bei dem es sich noch dazu um den nach seiner Flucht in die Brache offensichtlich von Dämonen besessenen Doppelmörder Halgor handelte, würde die Garde noch weniger Fragen stellen als in solchen Fällen üblich.

Der Bordellbesitzer Drogosch mit seinem zweifelhaften Ruf hatte zuviel zu verlieren, um sich in unglaubwürdigen Beschuldigungen gegen ihn zu ergehen, und nach dem Tod des Spielers hätte er nichts mehr zu gewinnen. Und dem zwielichtigen Magier würde ohnehin niemand Glauben schenken, wenn er auf den Gedanken kam, zur Garde zu gehen.

Wolfherr kicherte leise vor sich hin. Natürlich war es Pech für den Spieler, daß es ihm, Wolfherr, gelungen war, einen Blick auf seine Karten zu werfen. Er kannte jetzt das Blatt des Spielers und wußte, daß er selbst ein besseres hatte. Schließlich war er Magier.

Er würde ein paar Vorbereitungen treffen, und dann brauchte er nur noch abzuwarten, bis der Spieler seinen Einsatz brachte.

# 22. Kapitel

Ich marschierte in Drogoschs Arbeitszimmer auf und ab wie ein Tiger im Käfig. Drogosch redete auf mich ein, um mich von meinem Vorhaben abzubringen, während Thanos ziemlich schweigsam war und sich damit zufriedengab, mich mit besorgten Blicken zu mustern.

»Was ist, wenn er tatsächlich ein Magier ist?« Drogosch versuchte es mit Vernunft. »Ich hoffe, wir werden es morgen erfahren, aber laßt uns annehmen, er ist ein Magus. Was könnt Ihr dann gegen ihn ausrichten? Magier wissen sich zu schützen! Und wenn Ihr tot seid, hat er gewonnen. Er könnte einfach zur Garde gehen und melden, daß er in Notwehr einen Einbrecher getötet hat. Und ich könnte ihm nichts nachweisen, nicht ohne Euch, nicht mit den wenigen Anhaltspunkten, die wir haben, und vor allem nicht mit meinem Leumund. Wollt Ihr, daß er ungestraft davonkommt?«

»Mein Leumund ist gewiß nicht besser als Eurer«, erwiderte ich. »Und Ihr habt Verbindungen. Wie vielen Kanzlisten und Schreiberlingen füllt Ihr den Beutel? Fünf? Zehn? Von Gardisten und unbedeutenden Subalternen ganz zu schweigen. Wenn *Ihr* keine Möglichkeit seht, mit den Mitteln des Gesetzes gegen ihn vorzugehen, sehe *ich* erst recht keine.«

»Das ist etwas anderes. Natürlich könnte *ich* mich einer Gedankenprobe stellen, aber dabei käme wahrscheinlich nur heraus, daß Ihr beim Spiel betrogen worden seid. Und damit gäbe ich der Garde nur noch mehr Grund zu der Annahme, daß Ihr Baldur von Hohenstein getötet habt. Überlegt selbst. Man könnte den Hergang folgendermaßen erklären: Ihr hättet Euch vielleicht damit abgefunden, Euer Vermögen bei einem anständigen Spiel verloren zu haben, aber den Gedanken, um Euer Vermögen *betrogen* worden zu sein, konntet Ihr nicht ertragen. Also habt Ihr den vermeintlichen Betrüger kurzerhand erstochen. Ein durchaus nachvollziehbarer, starker Beweggrund.

Wenn *Ihr* Euch dagegen einer Gedankenprobe stellt, muß die Wahrheit herauskommen. Schließlich wüßtet Ihr, wenn Ihr Baldur von Hohenstein und Marisha umgebracht hättet.«

Ich schwieg. Die Darlegungen des Bordellbesitzers waren durchaus schlüssig. Sie hatten nur einen kleinen Schönheitsfehler: Er wußte nicht, daß mich ein Dämon gezeichnet hatte und ich mich daher keinem Gedankentest unterziehen konnte. Ich nahm an, daß das auch der Grund war, warum Thanos sich so still verhielt. Schließlich wußte er Bescheid.

Andererseits versetzte mich die Verbindung mit dem Dämon in die Lage, es auch mit einem Magier aufzunehmen. Das hoffte ich zumindest. Und ich war entschlossen, Marishas Tod zu rächen. Niemand konnte mich davon abbringen.

Andererseits wollte ich Drogoschs Ausführungen auch nicht unwidersprochen hinnehmen. »Wenn ich mich nicht sehr irre, sind Gedankenproben vor Gericht als Beweis unzulässig.«

Der Bordellbesitzer winkte ab. »Offiziell nicht, das ist wahr. Aber das Ergebnis einer Gedankenprobe spräche sich natürlich herum, hinterließe zumindest einen Eindruck bei der Garde und würde begründete Zweifel an Eurer Schuld wecken. – Und wie stellt Ihr Euch das überhaupt vor?« hakte Drogosch nach. »Wollt Ihr nachts in sein Haus einbrechen und ihn im Schlaf erstechen wie ein gemeiner Meuchelmörder?«

»Natürlich nicht«, brauste ich auf. »Ich werde in sein Haus eindringen und ihn kampfunfähig machen. Danach stelle ich ihm ein paar Fragen. Ich gebe ihm Gelegenheit, sich zu rechtfertigen. Wenn ihm das gelingt, übergebe ich ihn der Garde. Wenn nicht …«

Wenn nicht, würde ich ihn mit meinen eigenen Händen erwürgen.

»Wenn nicht, was? Bringt Ihr einen Wehrlosen um?«

»Was hat er denn Marisha angetan?« platzte ich zornig heraus. »Ich werde ihn nicht einfach nur umbringen. Ich werde ihn *richten!*«

»Und wie wollt Ihr ihn *richten?* Mit einem Henkersbeil? Laßt Ihr ihn vor Euch niederknien und schlagt ihm dann den Kopf ab, oder legt Ihr ihm eine Schlinge um den Hals? Wollt Ihr Kläger, Richter und Henker in einem sein?« fragte Drogosch ungläubig.

»Ja!« schleuderte ich ihm entgegen. »Ja, das will ich! Er hat den Tod verdient!«

Thanos räusperte sich und sagte: »Laßt es einstweilen gut sein, Drogosch. Ich halte es für das beste, wenn wir dieses Gespräch morgen fortsetzen, nachdem uns Euer Gewährsmann hoffentlich weiteres über Hohenstein beibringen wird. Und ich würde gern noch ein paar Worte mit Halgor wechseln, unter vier Augen, wenn es Euch recht ist, Drogosch.«

Drogosch schienen ob dieses Ansinnens die Worte zu fehlen. Aus seinem Blick, der zwischen Thanos und mir hin und her irrte, sprach völlige Verblüffung. Dann straffte er sich, aber seine Miene verriet, daß er gekränkt war.

»Tut Euch keinen Zwang an!« Der laute Knall, mit dem er die Tür des Arbeitszimmers hinter sich zuschlug, ließ die Gläser und Karaffen leise klirren.

Die braunen Augen des Magiers schienen mich mit ihren Blicken zu durchbohren und in die tiefsten und finstersten Winkel meiner Seele zu leuchten. »Ihr hängt am Haken, mein Bester«, sagte er leise, fast flüsternd.

»Ihr hängt am Haken wie ein Fisch an der Angel, und Ihr merkt es nicht einmal.«

»Wovon redet Ihr?« erwiderte ich unwirsch, obwohl ich es ganz genau wußte.

»Ihr seid auf dem besten Weg, Euch dem Dämon mit Haut und Haaren zu verschreiben«, stellte Thanos ruhig fest.

»Das ist doch Unsinn! Falls Ihr andeuten wollt, es sei der Dämon, der mir den Wunsch eingegeben hat, Wolfherr von Hohenstein zur Strecke zu bringen, so seid Ihr auf dem Holzweg. Ohne ein Ziel vor Augen, ohne den Willen, Marishas Tod zu rächen, wäre ich von Wolfherrs gedungenem Meuchelmörder im Kerker getötet worden! Und soll ich Euch noch etwas sagen? Ich hätte mich nicht dagegen gewehrt! Wahrscheinlich hätte ich meinen Tod nicht einmal mitbekommen, weil ich innerlich schon fast gestorben war! Und da *wußte* ich noch nicht einmal, daß es einen Herrn der Rache gibt.«

Thanos wollte etwas sagen, aber ich war noch nicht fertig. Ich redete mich langsam in Zorn. »Der Dämon hat nichts damit zu tun. Rache nehmen wollte ich schon lange vor diesem sogenannten Pakt. Und ich habe mich nicht verändert.«

»Mag sein«, sagte Thanos gelassen, obwohl sein Tonfall verriet, daß er anderer Ansicht war. »Mag sein, daß Ihr Euch *noch* nicht verändert habt. Aber glaubt Ihr wirklich, Ihr könntet den einsamen Rächer spielen, in anderer Leute Häuser einbrechen und kalten Blutes jemanden töten, den Ihr für einen Mörder *haltet?* Glaubt Ihr allen Ernstes, Ihr könntet das tun, ohne Euch zu verändern? Glaubt Ihr, daß Ihr danach noch derselbe seid? Habt Ihr schon einmal jemanden getötet?«

»Nein.«

»Glaubt Ihr, daß Ihr einen guten Henker abgäbt?«

»Wofür haltet Ihr mich?« fragte ich empört.

»Also würdet Ihr nicht den Platz des Henkers einnehmen wollen?«

»Selbstverständlich nicht! Wie könnt Ihr überhaupt fragen?«

»Habt Ihr etwas gegen Henker?«

Welch eine Frage! »Warum, glaubt Ihr, trägt ein Henker immer eine Kapuze?« stellte ich die Gegenfrage. »Wenn Henker allseits beliebt wären, brauchten sie das Gesicht nicht zu verstecken. Würdet Ihr Euch etwa mit jemandem an einen Tisch setzen, von dem Ihr wüßtet, daß er ein Henker ist?«

»Gewiß«, antwortete Thanos noch gelassener als zuvor. »Ihr etwa nicht?«

»Nein.«

»Warum nicht?«

Ich schüttelte den Kopf. Warum stellte Thanos mit derart unsinnigen Fragen meine Geduld auf die Probe? »Weil an den Händen eines Henkers Blut klebt. Ein Henker tötet, weil er dafür bezahlt wird. Er kennt seine Opfer nicht. Jemand, der freiwillig diese unselige Arbeit übernimmt, muß in seinem innersten Wesen« – ich suchte nach Worten – »verdorben sein«, beendete ich den Satz in Ermangelung einer besseren Bezeichnung.

»Aber wenn ein Todesurteil ausgesprochen wird, muß es auch vollstreckt werden«, sagte Thanos. »Irgend jemand muß es schließlich tun.«

»Man könnte bei jedem Urteil jemanden durch das Los bestimmen lassen, der das Henkersamt auf sich nimmt«, sagte ich gelassener, als ich mich in Wahrheit fühlte. »Oder man könnte dieses Amt dem Geschädigten oder, im Falle eines Mordes, einem Angehörigen oder Freund des Opfers übertragen.«

»Das sind zwei ganz außerordentliche Vorschläge, wirklich großartig, Halgor, aber glaubt Ihr im Ernst, eine Person, die auf diese Weise zum Henker bestimmt wird, ist noch dieselbe, nachdem sie ihres Amtes gewaltet hat?«

»Warum nicht?«

Der Magier schüttelte den Kopf. »Menschen verändern sich, wenn sie töten. Ihr kennt doch das alte Sprichwort: Das erste Mal ist das schwerste Mal.«

Ich verlor langsam die Geduld. »Ehrlich gesagt, Thanos, ist mir nicht ganz klar, worauf Ihr hinauswollt. Ihr stellt mir schwachsinnige Fragen und redet von Henkern und Veränderungen, und dabei liegen die Dinge ganz einfach. Damit Ihr es endlich in Euren Schädel bekommt, will ich es Euch noch einmal darlegen.« Ich holte tief Luft. »Wir können davon ausgehen, daß Baron Wolfherr von Hohenstein zwei Personen ermordet hat, seinen Bruder und Marisha. Es ist ihm gelungen, den Verdacht auf mich abzuwälzen, und man hält mich für den Mörder und glaubt außerdem, ich sei tot. Drogosch gegenüber habe ich es natürlich nicht erwähnt, aber Ihr wißt genau, warum ich nicht zur Garde gehen kann. Falls man mich nicht sofort erschlägt, weil ich in diesen Tagen in der Brache war und lebendig zurückgekehrt bin, wird man es spätestens dann tun, wenn ein Praiospfaffe bei der Garde an mir das Mal des Herrn der Rache entdeckt. Möglicherweise wird man mich in einen Tempel schleifen, und was dann geschieht, wissen wir.« Ich schüttelte den Kopf. »Nein, Thanos, Ihr müßt doch einsehen, daß ich gar keine andere Möglichkeit habe. Die Obrigkeit wird den Baron nicht zur Rechenschaft ziehen, und wenn er nicht ungestraft davonkommen soll, bleibt mir gar nichts anderes übrig, als ihn persönlich dorthin zu befördern, wohin er gehört, nämlich in die Niederhöllen!«

»Und Ihr werdet ihm auf dem Fuße folgen, Halgor. Es gibt andere Möglichkeiten.«

»Ach ja? Dann nennt mir eine.«

»Ihr könntet versuchen, ihn zu einem Geständnis zu bewegen.«

»Zu einem Geständnis?« lachte ich laut auf. »Wie stellt Ihr Euch das vor? Soll ich zu ihm gehen und zu ihm sagen: ›Gnädigster Baron, hättet Ihr vielleicht die

Güte, mit mir zur Garde zu kommen und dort Eure schändlichen Taten zu gestehen?‹«

»Euer Spott ist fehl am Platze. Ihr könntet in Begleitung von Zeugen, die sich natürlich versteckt halten müssen, in sein Haus eindringen und ihn dort zur Rede stellen. Ich bin davon überzeugt, daß er die Taten gesteht, wenn er sich unter vier Augen mit Euch wähnt. Die Aussage der Zeugen müßte reichen, um ihn auf den Richtblock zu bringen.«

Daß er mich da hatte, wo er mich haben wollte, wurde mir erst klar, als mir auffiel, daß ich ernsthaft über seinen Vorschlag nachdachte.

»An wen hattet Ihr als Zeugen gedacht?« fragte ich schließlich.

»Zunächst einmal an mich selbst. Falls sich morgen herausstellen sollte, daß er tatsächlich ein Magier ist, braucht Ihr ohnehin magischen Schutz.« In seinem bohrenden Blick lag eine deutliche Warnung, und obwohl er sie nicht laut aussprach, hörte ich sie trotzdem: Und wagt es ja nicht, den Herrn der Finsternis um Hilfe anzurufen.

Ich war nicht bereit, auf meine Rache zu verzichten, aber sein Vorschlag bot mir eine Gelegenheit, einzulenken und die Unterhaltung gütlich zu beenden. Sollte Thanos mich begleiten. Es konnte gewiß nicht schaden, einen Magier zu meinem Schutz mitzunehmen. Und wenn ich dem Baron erst einmal gegenüberstand, konnte mich auch Thanos nicht mehr daran hindern, dem Baron den Mord an Marisha mit gleicher Münze heimzuzahlen.

»Euer Vorschlag ist im Grunde gar nicht übel«, heuchelte ich. »Ja, so könnte es tatsächlich gelingen. Laßt uns abwarten, was wir morgen noch erfahren, danach können wir uns überlegen, wie wir vorgehen wollen. Und jetzt werde ich mich, wenn Ihr gestattet, zurückziehen und zu Bett gehen. Heute ist viel geschehen, und ich muß über einiges nachdenken.«

Der Magier neigte den Kopf. »Wie Ihr wollt, Halgor. Aber ich kann Euch nur raten, *gründlich* nachzudenken. Schließlich steht Eure Seele auf dem Spiel.«

Welch dramatischer Abgang! dachte ich spöttisch, als mich der Magier einfach stehenließ und ging. Ich folgte ihm kurz darauf und betrat mein Zimmer. Die stumme Leere, die mich dort begrüßte, trug nicht gerade zur Besserung meiner Laune bei. Weder war ich müde, noch verspürte ich große Lust zum Nachdenken. Was sollte ich also tun?

Ich schenkte mir ein Glas Wein ein, und als ich mich auf einen Stuhl setzte, fiel mein Blick auf das große Bett mit dem rosafarbenen Baldachin. Warum nicht?

Ich ging zum Empfang, wo Daria mit offensichtlicher Langeweile ihren Dienst versah. »Ist Kitara frei?« fragte ich sie.

Sie nickte. »Während der Namenlosen Tage ist nachts nie viel los. Soll ich sie zu Euch aufs Zimmer schicken?«

»Das wäre nett. Dank Euch.«

Ich ging wieder nach oben. Eine Viertelstunde später hatte sich meine Laune bereits entschieden gebessert.

# 23. Kapitel

In dieser Nacht schlief ich erst im Morgengrauen ein, was einzig und allein Kitaras Verdienst war, stand dafür aber auch erst am frühen Nachmittag auf. Nach einer Kanne Tee und einem ausgiebigen Frühstück fühlte ich mich einem erneuten Zusammentreffen mit den beiden Moralpredigern Thanos und Drogosch gewachsen, erfuhr jedoch am Empfang, daß beide nicht im Hause waren und erst am frühen Abend zurückerwartet wurden.

Ich unternahm einen längeren Spaziergang durch den Rahja-Park und vertrieb mir anschließend die Zeit mit dem Üben von Mischtechniken und Falschspielertricks, die man als Berufsspieler beherrschen muß, und zwar nicht so sehr deshalb, um sie selbst anzuwenden, sondern um zu erkennen, wenn sich ein anderer ihrer bedient.

Ich widerstand der Versuchung, mir die Karten zu legen. Falls die Zukunft Schlimmes für mich bereithielt, wollte ich es im Augenblick gar nicht wissen. Falls nicht, brauchte ich kein Orakel.

Drogosch und Thanos trafen tatsächlich zur erwarteten Zeit ein, und wir zogen uns gleich wieder in Drogoschs kleines Arbeitsgemach zurück, in dem ich mich immer heimischer fühlte. Drogosch kam gleich zur Sache.

»Mein Gewährsmann hat weitere Nachforschungen angestellt und noch keinen eindeutigen Beweis dafür entdeckt, daß Wolfherr von Hohenstein ein Magus ist oder magische Fähigkeiten besitzt. Allerdings hat er auch mit einer früheren Zugehfrau der von Hohensteins gesprochen, und die konnte sich noch daran erinnern, daß es früher, als Wolfherr noch ein Kind war, häufig zu sonderbaren Vorfällen kam. Herumfliegende Gegenstände – Teller, Obst, Spielzeug und dergleichen mehr, immer in Gegenwart des kleinen Wolfherr.

Andererseits hat Wolfherr von Hohenstein nie die Academia von Gareth besucht, und es gibt auch keinen Hinweis darauf, daß er in einer anderen Stadt an einer Academia gelernt hätte, weil nichts über eine längere Abwesenheit Wolfherrs bekannt ist.« Er zögerte und fügte dann hinzu: »Was schließt Ihr daraus, Thanos?«

»Die sonderbaren Vorfälle, von denen die Bedienstete gesprochen hat, weisen ganz zweifellos auf eine magische Begabung hin.« Thanos hielt kurz inne, dann sagte er nachdenklich: »Er könnte privaten Unterricht genossen haben.«

»Privatunterricht?« fragte ich erstaunt. »Ist so etwas denn möglich?«

»Aber natürlich«, erklärte Thanos. »Es gibt viel mehr Magiebegabte, als jemals an den Academien aufgenommen werden könnten, und es ist keine Seltenheit, daß begabte Kinder bei einem alten Scholaren der Magie in die Lehre gehen.«

»Wir wissen aber auch«, warf Drogosch ein, »daß die von Hohensteins aus irgendeinem Grund eine starke Abneigung gegen Magie und Magier hatten. Da kann ich mir nicht vorstellen, daß sie ihn zu einem privaten Lehrmeister geschickt hätten.«

»Und wenn er sich ohne ihr Wissen einen solchen Lehrer genommen hat?« fragte ich.

»Ein Lehrer kostet Geld«, sagte Drogosch. »Und ein Kind hat kein Geld.«

»Es kommt nicht selten vor, daß ein erfahrener Magus einen Adeptus ins Haus holt, der ihm die minderen Arbeiten abnimmt, und ihn dafür die Magica lehrt. In diesem Falle hätte der Baron allerdings schon früh das Haus seiner Eltern verlassen«, sann Thanos.

Ich zuckte die Achseln. »Er kann sich einen Privatlehrer genommen haben, als er erwachsen war. Nach seiner Volljährigkeit muß er eigenes Geld bekommen haben.«

»Das bezweifle ich«, sagte Thanos. »Magische Begabungen verkümmern, wenn sie nicht rechtzeitig gefördert werden. In der Regel beginnt der Verkümmerungsprozeß mit dem Erreichen der Mannbarkeit. Wenn er mit dem Unterricht bis zu seiner Volljährigkeit gewartet hätte, wäre nicht mehr viel zu unterrichten gewesen.« Er zuckte die Achseln. »Natürlich gibt es zu jeder Regel Ausnahmen, aber ...« Er brach jäh ab und wandte sich an Drogosch. »Hat die Bedienstete, die Euer Gewährsmann befragt hat, etwas darüber ausgesagt, ob die sonderbaren Vorfälle irgendwann aufgehört haben, und wenn ja, wann?«

Drogosch überlegte kurz, dann sagte er: »Ich glaube, mein Gewährsmann hat erwähnt, daß diese Vorfälle aufgehört haben, als Wolfherr ungefähr zehn Jahre alt war.«

»Aha. Nun, das läßt in der Tat darauf schließen, daß er unterrichtet worden ist, da er sein Talent offenbar beherrschen konnte. Andernfalls hätten sich die Vorfälle mindestens bis zur Zeit seiner Mannbarkeit fortgesetzt.«

Plötzlich fiel mir ein, was Drogosch am Vortag berichtet hatte. »Was ist mit diesem Freund der Familie?« fragte ich. »Dieser alte Magier. Wie hieß er noch gleich?«

»Meint Ihr Mirsan von Gallys?« sagte Drogosch.

»Genau. Wolfherr muß ihn gekannt haben. Vielleicht fand er ihn nett und schlich sich öfter heimlich zu ihm, nachdem die von Hohensteins die Beziehung abgebrochen hatten. Wenn Wolfherr tatsächlich magisch begabt war, wird Mirsan von Gallys diese Tatsache nicht verborgen geblieben sein. Er könnte Wolfherr kostenlos unterrichtet haben, weil er den Jungen mochte oder weil er den von Hohensteins eins auswischen wollte – oder warum auch immer.« Ich sah Thanos fragend an.

Der Magier dachte kurz nach, dann zuckte er die Achseln. »Warum nicht? Jedenfalls klingt es ganz einleuchtend.«

Eine längere Pause trat ein. Schließlich räusperte sich Thanos und fragte: »Nun? Habt Ihr Euch die Sache überlegt?«

Ich nickte. »Ja, versuchen wir, Euren Vorschlag in die Tat umzusetzen, Thanos.«

»Vorschlag? Welchen Vorschlag?« fragte Drogosch.

»Thanos und ich suchen Wolfherr auf. Thanos hält sich verborgen und schützt mich vor einem möglichen magischen Angriff des Barons, während ich den Baron stelle und ihm die Wahrheit ins Gesicht sage. Vielleicht gesteht er die Morde, wenn er sich mit mir allein wähnt. Dann könnte Thanos als Zeuge auftreten. So jedenfalls sieht Thanos' Plan aus.« Ich wandte mich an den Magier. »Was bringt Euch eigentlich auf den Gedanken, daß er die Morde zugibt, wenn ich ihn beschuldige?« Ich hatte zwar mehr denn je die Absicht, Wolfherr von Hohenstein eigenhändig in die Niederhöllen zu schicken, aber dennoch wollte ich wissen, was Thanos zu der Annahme veranlassen mochte, der Baron werde mir Rede und Antwort stehen.

»Er hat nicht nur seinen Bruder erstochen, sondern mindestens noch einen weiteren Mord begangen, einen sehr grausamen dazu. Ich könnte mir vorstellen, daß diese beiden Taten schwer auf seinem Gewissen lasten und er die Gelegenheit ergreifen wird, sich zu rechtfertigen, wenn sie sich bietet«, erklärte Thanos, ohne zu zögern.

»Ihr könntet recht haben«, sagte ich. »Aber was ist, wenn er alles leugnet?«

»In diesem Fall«, erwiderte Thanos, »wird es wahrscheinlich zum Kampf kommen, und dann werde ich versuchen, ihn außer Gefecht zu setzen. Danach können wir uns immer noch überlegen, wie wir weiter verfahren.«

»Einverstanden«, sagte ich. »Dann schlage ich vor, daß wir ein oder zwei vertrauenswürdige Leute mit der Beobachtung seines Hauses beauftragen. Schließlich sollten wir sicher sein, daß der Fuchs in seinem Bau ist, wenn wir ihm auf den Pelz rücken. Drogosch, könntet Ihr das Nötige veranlassen?«

Der Zwerg kraulte sich den Bart, nickte zögernd und sagte dann: »Ich nehme an, es gibt keine Möglichkeit, Euch beiden dieses Unternehmen auszureden.«

»Mein Entschluß steht fest«, antwortete ich. »Da fällt mir ein, Drogosch, ich muß noch ein paar Besorgungen machen. Könntet Ihr mir ein wenig Geld leihen? Sagen wir: zehn Dukaten?«

»Selbstverständlich.« Der Bordellbesitzer öffnete seinen Beutel, warf einen Blick hinein und reichte ihn mir. »Das dürfte reichen.«

Ich erhob mich und nahm den Beutel. »Danke, Drogosch.« Ich holte tief Luft. »Damit wäre von meiner Seite aus alles geklärt. Ich schlage vor, daß wir hier wieder um Mitternacht zusammenkommen«, sagte ich, während ich mich erhob.

Ich wartete ein paar Augenblicke, und als ich keine Antwort bekam, nahm ich das Schweigen als Zustimmung und ging.

In meiner Verkleidung ging ich unerkannt durch das Osttor auf den Markt von Meilersgrund. Zwei Stände verkauften Werkzeug, und ich ging ohne Zögern zum kleineren der beiden, wo ich einen Satz ›Feineisen‹ verlangte. Der schmierige kleine Inhaber des Standes musterte mich mißtrauisch und heuchelte Unwissenheit. Ich nannte ihm ein paar Namen, und als ich ihn schließlich noch einen Blick in Drogoschs wohlgefüllten Beutel werfen ließ, wußte er plötzlich, wovon ich redete.

»Ach, *Feineisen* wollt Ihr, Herr? Aber selbstverständlich, verzeiht. Einen winzigen Augenblick – ich glaube, ich habe da etwas, das Euch gefallen wird.« Er kramte unter seinem Stand herum und brachte schließlich ein teuer aussehendes, mit kunstvollen Schnitzereien verziertes Holzkästchen zum Vorschein.

»Bitte, Herr. Ein vollständiger Satz. Das Beste, was man für Geld bekommen kann. Die Werkzeuge sind aus Angbarer Stahl, und der Holzkasten allein ist gut und gern fünfzig Dukaten wert. Ich überlasse Euch alles zusammen für fünfunddreißig Dukaten.«

Ich öffnete das Kästchen und warf einen Blick auf das Sortiment von Dietrichen, um den Kasten gleich darauf wieder zu schließen.

»Du scherzt wohl, Mann«, fuhr ich ihn an. »Das soll ein vollständiger Satz aus Angbarer Stahl sein? Und wenn ich ein Schmuckkästchen kaufen wollte, käme ich nicht zu dir. Hast du nichts Besseres anzubieten?«

Der Mann lächelte verschmitzt. »Gewiß, Herr, gewiß. Ich sehe, Ihr versteht etwas vom Handwerk.«

Der Satz Dietriche, den er mir daraufhin zeigte, war in ein schwarzsamtenes Tuch eingewickelt und tatsächlich hervorragend gearbeitet. Zusammengerollt und mit einer Kordel verschnürt, war das Bündel nicht dicker als eine Kerze und nicht länger als ein Dolch.

»Ausgezeichnet«, sagte ich. »Wieviel?«

»Nur achtzehn Dukaten, Herr.«

Nach zähem Feilschen wechselte der Satz Dietriche für elf Dukaten den Besitzer, und ich machte mich wieder auf den Weg in die Innenstadt.

Ich verspürte ein Kribbeln in der Magengegend wie vor einem großen Spiel, und als ich das Osttor durchschritten hatte, schlug ich, ohne nachzudenken, den Weg zum Phex-Tempel ein, bis mir einfiel, daß ich auf diesen Teil meines Rituals verzichten mußte.

Schließlich tröstete ich mich mit dem Gedanken, daß es schließlich kein Spiel war, zu dem ich heute ging, und beschloß den Tag mit einem langen Bad in den Kaiserthermen. Nach den besonderen Diensten der hübschen Badegehilfinnen stand mir jedoch auch heute nicht der Sinn: Kitara hatte sich in der vergangenen Nacht in dieser Hinsicht mehr als ausgiebig um mich gekümmert.

Kurz vor Sonnenuntergang kehrte ich in *Levthans Horn* zurück. Da ich keine große Lust verspürte, mich in den verbleibenden Stunden bis Mitternacht mit Drogosch und Thanos über Fragen der Moral zu unterhalten, suchte ich schnurstracks mein Zimmer auf, wo ich mir etwas zu essen bestellte.

Als das Essen kurz darauf eintraf, stellte ich fest, daß ich gar keinen rechten Appetit hatte. Das Kribbeln in der Magengegend hatte sich verstärkt, und ich brannte darauf, endlich zu beginnen und den Mörder Marishas in die Finger zu bekommen. Also aß ich nur wenig und legte mich dann aufs Bett, wo ich ungeduldig darauf wartete, daß es endlich Mitternacht schlug.

Schließlich hielt ich es nicht mehr aus und ging nach unten in Drogoschs Arbeitszimmer. Thanos und der Zwerg waren noch nicht dort, und so blieb mir nichts anderes übrig, als zu warten und mir die Zeit mit den Karten zu vertreiben.

Zu meiner Erleichterung kamen die beiden kurz darauf, und ich drängte zum Aufbruch.

»Die Posten haben nichts gemeldet, also ist er zu Hause«, sagte Drogosch.

»Gut. Ich habe mir einen Satz Eisen besorgt, so daß es keine Schwierigkeiten bereiten dürfte, in das Haus einzudringen«, sagte ich. »Wie steht es, Thanos, seid Ihr bereit?«

Drogosch räusperte sich und sagte: »Ich könnte Euch ein paar zuverlässige Männer mitgeben …«

»Auf keinen Fall«, unterbrach ich ihn. »Wir würden nur unnötig auffallen. Die Anwesenheit mehrerer Leute wird sich kaum verbergen lassen, und ich glaube nicht, daß der Baron dann reden würde. Wir führen es so durch, wie abgesprochen. Also, Thanos, seid Ihr bereit?«

Der Magier nickte nur.

»Also gut. Drogosch, ich denke, wir werden vor Morgengrauen wieder zurück sein. Wenn nicht ...« Ich zuckte vielsagend die Achseln. »In diesem Fall möchte ich mich schon jetzt für Eure Gastfreundschaft bedanken. Ich habe mich in Eurem Haus sehr wohl gefühlt.«

Thanos verabschiedete sich ebenfalls von Drogosch, und dann machten wir uns auf den Weg.

# 24. Kapitel

Wir gingen zu Fuß. Gareth ist zwar eine riesige Stadt, aber innerhalb der Stadtmauern braucht man zu Fuß höchstens eine halbe Stunde, um von einem beliebigen Ausgangspunkt zu einem beliebigen Zielpunkt zu gelangen. Thanos machte einen nachdenklichen, in sich gekehrten Eindruck und keine Anstalten, ein Gespräch zu beginnen, und da mir ebenfalls nicht nach Reden zumute war, gingen wir schweigend nebeneinander her.

Die Straßen waren nicht mehr ganz so ausgestorben wie in den beiden Tagen zuvor. Morgen war der letzte Namenlose Tag, und einige Leute schienen ihre Angst vor der Dunkelheit angesichts der Tatsache abgelegt zu haben, daß die Dämonen bisher noch nicht über Gareth hergefallen waren.

Wir gingen über den Ostmarkt, überquerten die Kaiser-Reto-Straße und den Greifenplatz und passierten dann den Bürgerplatz. Auf der Straße des 22. Rondra sagte Thanos unvermittelt etwas zu mir, das ich nicht verstand, weil ich meinen Gedanken nachhing.

»Was sagtet Ihr?« fragte ich ihn.

»Ich sagte, wie wollt Ihr vorgehen?«

»Nun, Drogosch sagte, Baron von Hohenstein habe keine Hausangestellten, also wird er allein sein. Wir werden das Haus eine Zeitlang beobachten. Wenn alles dunkel und ruhig ist, brechen wir ein. Ich habe mir einen guten Satz Dietriche besorgt, so daß die Schlösser kein Hindernis darstellen dürften.« Plötzlich fiel mir etwas ein. »Wie steht es mit magischen Schutzvorrichtungen? Könnte er seine Türen und Fenster magisch gesichert haben?«

»Ich hatte mich schon gefragt, wann Ihr wohl darauf kämt. Natürlich könnte er das, wenn er wirklich ein Magier ist! Und nicht nur das – er kann sie sogar mit Fallen versehen haben. Im übrigen ist das natürlich noch ein Grund mehr, warum Ihr nicht ohne magische Hilfe gehen konntet.«

»Können wir etwas dagegen unternehmen?«

»Wenn Ihr Euch ein Fenster oder eine Tür ausgesucht habt, wo Ihr eindringen wollt, kann ich feststellen, ob ein Zauber darauf liegt, und wenn ja, von welcher Art der Zauber ist. Also zum Beispiel, ob es sich um einen Verriegelungszauber oder einen Kampfzauber handelt.«

»Aha. Und könnt Ihr einen solchen Zauber unwirksam machen?«

»Falls es sich um einen Kampfzauber handelt, kann ich uns mit einem Schutzschild umgeben. Was den Verriegelungszauber betrifft, nun, wie gut seid Ihr als Einbrecher?«

»Ich bin ziemlich fingerfertig«, sagte ich, »was für einen Spieler nicht weiter überraschend ist.«

»In diesem Fall solltet Ihr das betreffende Schloß selbst dann knacken können, wenn es von einem Verriegelungszauber geschützt ist.« Der Magier hielt kurz inne, dann fuhr er fort: »Und wie geht es weiter? Ich meine, wenn wir im Haus sind?«

»Wir suchen ihn, wobei Ihr Euch natürlich verborgen haltet. Vermutlich wird er schlafen. Es wird ein ziemlich unsanftes Erwachen für ihn geben. Die Überraschung wird dazu beitragen, ihn zum Reden zu bringen. Und dann haben wir ihn.«

Wir gingen weiter, an der Alten Residenz vorbei und die Schloß-Promenade entlang zum Angbarer Tor, das rund um die Uhr geöffnet ist.

Ich war ein wenig besorgt gewesen, die Wachen

könnten mißtrauisch werden, wenn während der Namenlosen Tage so spät noch jemand die Stadt verließe, doch Thanos hatte meine Bedenken zerstreut. »Nein, mißtrauisch wären sie nur, wenn noch jemand in die Stadt *hinein* wollte. Man wird uns für zwei wohlhabende Bewohner der Neustadt halten, die ein wenig über die Stränge geschlagen haben.«

Dementsprechend täuschten wir einen leicht schwankenden Gang vor, und ich legte Thanos einen Arm um die Schulter, aber vermutlich hätten wir uns diese Komödie auch sparen können. Das Tor war trotz der Uhrzeit gut besetzt – ich zählte allein acht Gardisten, die ich sehen konnte –, die uns jedoch kaum Beachtung schenkten, als wir in inniger Umarmung durch das Tor wankten.

Wir wandten uns an der ersten Kreuzung nach links in Richtung Neustadt und schlugen wieder unseren normalen Schritt an, als wir vom Tor aus nicht mehr zu sehen waren. Thanos hatte die Führung übernommen, da er bei seinem Blick durch die Augen des Beobachters das Haus der von Hohensteins und dessen Umgebung gesehen hatte und daher wußte, wo es sich befand.

So dicht an der Stadtmauer waren die Häuser und die sie umgebenden Grundstücke eher klein und unscheinbar und zeigten nichts vom Prunk und Pomp der Anwesen in der näheren Umgebung der Stadt des Lichts und der Neuen Residenz, wo die Reichen und Mächtigen wohnten. Trotzdem war unverkennbar, daß es sich um eine sehr gute Wohngegend handelte. Die Häuser machten einen sauberen, gepflegten Eindruck, und der Gestank nach Unrat, Urin und Fäkalien war hier trotz der immer noch drückenden Schwüle längst nicht so stark wie innerhalb der Stadtmauern oder gar in Meilersgrund oder auch im Südquartier.

Wir bogen noch einmal links, einmal rechts und noch einmal links ab, und schließlich blieb Thanos stehen und deutete auf ein etwas zurückversetzt stehendes Haus ein Stück voraus, das völlig dunkel war. »Das ist es.«

Ich blieb ebenfalls stehen und nahm es in Augenschein. Das Haus war … schmuck, mir fiel kein besseres Wort ein. Es war ein Haus, in dem ich in ein paar Jahren gern mit Marisha gewohnt hätte, nicht zu klein und nicht zu groß. Natürlich war es aus Stein erbaut, und das spitzgiebelige Dach, auf dem winzige Zinnen und Türme mit noch winzigeren Fenstern sprossen, war mit roten Ziegeln gedeckt. Ein solides Haus mit einem kleinen Vorgarten und einer massiv aussehenden Doppeltür als Eingang.

Ein Kiesweg, breit genug für eine Kutsche, führte von der Straße durch den Vorgarten zum Eingang und beiderseitig um das Haus herum zur Rückseite, wo es vermutlich einen Hintereingang und möglicherweise einen Stall für Kutsche und Pferde sowie sehr wahrscheinlich einen Obstgarten gab.

»Also schön«, knurrte ich mit leicht heiserer Stimme. »Sehen wir uns die Rückseite an.«

Wir gingen über den Kiesweg und dann links um das Haus herum. Aus der Nähe betrachtet, sah das Haus ganz und gar nicht mehr so schmuck aus, sondern machte einen etwas heruntergekommenen Eindruck. Die Mörtelfugen zwischen den Backsteinen waren zum Teil vom Regen ausgewaschen, und hier und da wuchs Unkraut darin. Die Nacht war wolkenlos, und im hellen Licht Madamals war deutlich zu erkennen, daß die Farbe an den geschlossenen Fensterläden verblichen und zum Teil abgeblättert war, so daß graues Holz darunter zum Vorschein kam.

Im Gegensatz zum einigermaßen gepflegten Vorgarten war der Garten hinter dem Haus ein Durcheinander aus Obstbäumen, wildwuchernden Gräsern und Ranken und verwelkten Blumen. Es gab tatsächlich einen Schuppen für eine Kutsche und einen Stall, vermutlich für die Pferde, aber beide Gebäude wirkten baufällig und wurden offenbar schon seit Jahren nicht mehr benutzt.

Der Hintereingang war zwar nicht ganz so breit wie die Doppeltür auf der Vorderseite, aber doch groß genug, um einem rechts und links mit Lasten beladenen kräftigen Mann ein Eintreten ohne Verrenkungen zu gestatten.

Ich flüsterte Thanos zu, daß er auf mich warten solle, und sah mir auch noch die rechte Seite des Hauses an. Das ganze Haus lag völlig im Dunkeln. Nirgendwo drang auch nur ein Lichtschimmer durch ein Fenster.

Als ich zu Thanos zurückkehrte, stand dieser reglos da, den Blick starr auf die Hausmauer gerichtet. Offenbar hatte er irgendeinen Zauber gewirkt. Ein paar Augenblicke später erwachte er aus seiner Versunkenheit.

»Ich habe einen Blick durch die Mauern geworfen«, flüsterte er mir zu, »aber im Haus ist es stockfinster, und ich habe den Baron nicht gesehen.«

»Hmm. Was ist mit der Hintertür?«

»Augenblick!«

Der Magier fixierte die Hintertür und murmelte etwas vor sich hin. Kaum war sein Gemurmel verstummt, als er sich bereits wieder an mich wandte.

»Es liegt tatsächlich ein Zauber auf der Tür. Jetzt werde ich herausfinden, um welche Art von Zauber es sich handelt.«

Dieser neue Zauber schien komplizierter zu sein und dauerte auch länger. Während Thanos den Blick unverwandt auf die Tür gerichtet hielt, ging mir plötzlich auf, welche Macht diese Magier besaßen. In den letzten Tagen hatte ich die Macht der Magie am eigenen Leib verspürt und die unglaublichsten Dinge miterlebt. Die überwiegende Mehrzahl der Leute würde sich – ebensowenig wie ich bis vor ein paar Tagen – keine Vorstellung davon machen, *wieviel* Macht Magier besaßen.

Sie konnten das Aussehen anderer Leute annehmen, bei Phex! Mir schwindelte, als ich an die Möglichkeiten dachte, die sich ihnen allein dadurch eröffneten. Wie viele Magier waren wohl schon in die Haut von Königen und Adligen geschlüpft?

Und sie konnten Gedanken lesen! Und durch feste Mauern sehen! Und Leuten ihren Willen aufzwingen! Und und und! Kein Geheimnis, das vor ihnen sicher war, kein Wille, der nicht von ihnen beherrscht werden konnte.

Mir lief es kalt über den Rücken. Tanzten die sogenannten Herrscher, die Könige und Landesfürsten, möglicherweise nach der Pfeife irgendwelcher Magier, hingen sie vielleicht wie Marionetten an den unsichtbaren Fäden magisch begabter Halbgötter – oder Halbdämonen – und führten nur Befehle aus? Oder *waren* die sogenannten Herrscher gar Magier und verbargen diese Tatsache nur vor dem gemeinen Volk?

Ich wußte es nicht, aber ich nahm mir vor, später mit Thanos darüber zu reden, um die Meinung eines ›Fachmanns‹ einzuholen.

Der Magier seufzte leise und erwachte aus seiner Trance. Er atmete ein paarmal tief durch und flüsterte dann: »Keine Falle, aber ein starker Verriegelungszauber. Ich glaube, daß sämtliche Türen und Fenster damit gesichert sind. Ihr müßt Euch anstrengen, wenn Ihr in dieses Haus eindringen wollt.«

»Macht Euch deswegen keine Gedanken«, erwiderte ich, und dann kam mir ein neuer Gedanke. »Was ist mit einem Warnzauber? Läßt sich eine magische Verriegelung so ·wirken, daß der Magier vor Eindringlingen gewarnt wird?«

»Im Grunde genommen schon, aber ich habe nichts dergleichen entdeckt.«

»Also gut. Ich versuche jetzt, die Tür zu öffnen.«

Ich trat vor die Tür und begutachtete das Schloß. Es handelte sich um ein simples Schnappschloß, das mich ohne den Verriegelungszauber wahrscheinlich keine fünf Herzschläge lang aufgehalten hätte. Zur Sicherheit probierte ich die Klinke. Sie ließ sich herunterdrücken, aber die Tür war in der Tat verschlossen. Ich zückte mein Werkzeug und entnahm dem Samttuch einen mittelgroßen Dietrich.

Ich setzte den Dietrich an, erlebte jedoch eine bittere Enttäuschung. Es war fast so, als lebe das Schloß und leiste meinen Bemühungen erbitterten Widerstand. Der Haken des Dietrichs fand einfach nirgendwo Halt. Es war, was Wunder, wie verhext.

Nach einem Dutzend vergeblicher Anläufe fluchte ich leise, aber dafür um so ausgiebiger vor mich hin. Dann sammelte ich mich noch einmal, lockerte den verkrampften Griff um den Dietrich und schloß die Augen, um mich ausschließlich auf das Gefühl in meinen Fingern zu verlassen.

Es gab einen heiklen Moment, als ich den Dietrich schon fast ganz herumgedreht hatte und das Schloß unter meinen Fingern plötzlich bockte wie ein wildgewordener Esel und wie von selbst zurückschnappte. Ich fing den jähen Ruck mit einer unmerklichen Beugung des Handgelenks ab, und diesmal rutschte mir der Dietrich nicht ab. Einen Augenblick später ergab sich das Schloß und öffnete sich mit einem leisen Klicken.

Ich atmete tief durch und verstaute mein Werkzeug wieder. Dann holte ich ein Ölkännchen aus der Tasche und ölte Angeln und Scharniere der Tür sowie den Klinkenmechanismus.

»Beachtlich«, flüsterte mir Thanos zu. »Ich muß gestehen, daß ich große Zweifel an Euren Fähigkeiten hatte, diesen Zauber zu überwinden. Respekt! Wahrscheinlich könntet Ihr als Dieb reich werden.«

»Ich kenne viele Leute, die mich ohnehin als solchen bezeichnen würden«, antwortete ich ebenso leise. »Aber ganz im Ernst, mit Euch oder einem anderen fähigen Magier als Partner wäre das eine Überlegung wert.«

»Ist das ein geschäftliches Angebot?« fragte Thanos.

»Laßt uns noch einmal darüber reden, wenn wir hier fertig sind«, wich ich einer klaren Antwort aus. Ich hatte mir noch keine Gedanken um meine weitere Zukunft gemacht, und jetzt war nicht der rechte Augenblick, das nachzuholen.

»Wir treten jetzt ein. Haltet Euch im Hintergrund«, wies ich den Magus an. »Seine Schlafkammer befindet sich vermutlich im Obergeschoß. Also müssen wir hinauf.«

Thanos nickte. Ich drückte die Klinke nieder und dann sanft gegen die Tür, die geräuschlos nach innen schwang.

Im Innern des Hauses war es stockfinster. Draußen schien zwar das Madamal, aber die Fensterläden waren verschlossen, so daß nur ein wenig Licht durch die geöffnete Tür fiel.

Thanos trat hinter mir ein und schloß die Tür. Wir blieben kurz stehen, um unseren Augen Gelegenheit zu geben, sich an die Finsternis zu gewöhnen.

Langsam nahm das Dunkel Konturen an. Wir standen in einem kleinen Flur, der nach drei Schritten vor einer geschlossenen Tür endete. Links von uns befand sich nur eine solide Mauer, rechts eine Art hölzerne Reling, mit der eine schmale, steil nach unten führende Stiege gesichert war: eine Kellertreppe.

Thanos stieß mich an und deutete auf die geschlossene Tür. Ich hob eine Hand und bedeutete ihm, die Ruhe zu bewahren. Schließlich war mir auch klar, daß sich das Schlafgemach des Barons nicht in seinem Vorratskeller befand.

Ich ging weiter und schlich lautlos zu der geschlossenen Tür. Bei dem Zustand allgemeiner Verwahrlosung, in dem sich das Haus befand, hätte es mich nicht verwundert, wenn sämtliche Türen im Haus quietschten, also ölte ich auch hier zunächst Klinkenmechanismus, Angeln und Scharniere, bevor ich die Tür vorsichtig aufzog.

Bei dem Raum dahinter handelte es sich natürlich um die Küche. Meine Blicke huschten rasch über das Inventar: ein schlichter Holztisch mit vier Stühlen in der Mitte, ein riesiger Kochherd in der Ecke und verschiedene Schränke an den Wänden, vermutlich mit Tischwäsche und Kochgeschirr gefüllt. Oder nein, vermutlich waren die Schränke leer, weil sich überall schmutziges Geschirr stapelte: auf dem Tisch, auf dem Boden und auf den Anrichteplatten der Schränke. Offenbar hielt der Baron nicht viel von Reinlichkeit in der Küche.

Ein Blick durch die Tür zur Rechten belegte, daß er dafür um so mehr auf die Reinlichkeit seines Körpers bedacht zu sein schien. Die Nebelschwaden in dem nüchtern eingerichteten Badezimmer mit der großen Kupferwanne, die überall herumliegenden feuchten Handtücher und die Holzscheite, die trotz der Hitze draußen immer noch in dem riesigen Heizofen brannten, ließen darauf schließen, daß der Baron oft und gern badete.

Da das Badezimmer eine Sackgasse war, wandten wir uns der zweiten Tür zu, die aus der Küche hinausführte. Auch diese Tür war geschlossen, und mir kam der Gedanke, daß mir wahrscheinlich das Öl ausgehen würde, bevor ich das Schlafzimmer des Barons erreichte, wenn alle Türen in diesem Haus geschlossen waren.

Die Küchentür öffnete sich in einen geräumigen Salon, in dem die Finsternis nicht ganz so undurchdringlich war, was, wie ich zu meiner Verblüffung bemerkte, an der dunkelroten Glut lag, die in dem großen gemauerten Kamin an der linken Wand schwelte. Ein Kaminfeuer? Bei dieser Hitze?

Plötzlich beschlich mich ein Gefühl äußersten Unbehagens, ein Gefühl drohenden Unheils. Ich spürte, wie sich mir die Nackenhaare aufrichteten, während mein Blick durch das rötliche Dunkel des Salons huschte und ich die Szenerie aufnahm: mehrere kleine Brücken und Läufer auf dem Boden; hier und da ein Wandteppich an den weißgekalkten Wänden und ein Wappen zwischen den Spitzen zweier gekreuzter Hellebarden über dem Kamin; mehrere Vitrinen in allen Größen und eine riesige Eichentruhe an den Wänden; eine riesige Tafel für mindestens sechzehn Personen samt den dazugehörigen Stühlen in der Mitte; zwei ausladende Ohrensessel mit Fußbänkchen vor dem Kamin und einem kleinen Beistelltisch dazwischen.

Mein Blick verharrte auf den Sesseln. Der eine war leer, von dem anderen sah ich nur die Rückenlehne, und diese Rückenlehne schien meinen Blick wie magisch anzuziehen. Mich beschlich ein jähes, unheimliches Gefühl, daß dieser Sessel nicht leer war.

Zögernd und unsicher trat ich zwei Schritte in den Salon, wobei ich den Sessel – oder vielmehr die Rückenlehne – nicht aus den Augen ließ. Dennoch wäre mir beinahe die unmerkliche Bewegung entgangen, als wie aus dem Nichts ein ausgestreckter Finger neben der Lehne auftauchte, der auf den Kamin deutete.

Einen Augenblick später fuhr ein dünner Flammenstrahl in den Kamin, und ich schloß geblendet die Augen, als plötzlich die Glut darin jäh aufloderte und den Salon in flackernde, strahlende Helligkeit tauchte.

»So spät empfange ich sonst keine Gäste mehr«, ertönte eine unangenehm schrille Stimme vor mir, die vor spöttischer Häme nur so troff.

Als ich die Augen wieder aufschlug, sah ich den Mann neben dem Ohrensessel stehen, dessen Gesicht Thanos gestern abend angenommen hatte: Baron Wolfherr von Hohenstein. Das flackernde, leise prasselnde Kaminfeuer ließ bizarre Schatten über sein Gesicht huschen, und mit jedem neuen Schatten nahm sein Gesicht einen neuen Ausdruck an, als wäre es ein leeres Blatt, das beständig neu beschrieben würde.

Ich starrte wie gebannt in dieses Gesicht. Das war also der Mann, der Marisha getötet hatte. Die schrille Stimme riß mich aus der Erstarrung.

»Also habt Ihr die Brachen überlebt, Spieler. Dann werde ich jetzt nachholen, was die Dämonen versäumt haben.«

Er hob die rechte Hand zur Schulter und schien sich zu konzentrieren. *Er will einen Zauber wirken!* schrie eine Stimme in meinem Hinterkopf auf. Nackte, panische Angst vor der übernatürlichen Macht der Magie schlug über mir zusammen wie eine Flutwelle und lähmte mir die Glieder.

Plötzlich schob sich Thanos in mein Gesichtsfeld. Er schien einen Kreis abzuschreiten, den er just in dem Augenblick schloß, als die rechte Hand des Barons plötzlich nach vorn schnellte und auf mich deutete.

Aus dem ausgestreckten Zeige- und Mittelfinger des Barons schoß lautlos eine Lanze aus Feuer und gleißendem Licht, die einen halben Schritt vor mir zerstob und Thanos und mich in ein lautloses, gespenstisches Flakkern aus blauem Feuer hüllte. Ich schrie unwillkürlich auf, verspürte seltsamerweise jedoch keinen Schmerz. Ich sah ungläubig an mir hinunter und nahm verständnislos, aber grenzenlos erleichtert zur Kenntnis, daß ich unverletzt war, bis mir plötzlich dämmerte, daß Thanos uns irgendwie vor dem Flammenstrahl geschützt haben mußte.

Diese Einschätzung wurde gleich darauf bestätigt, als der Magier mir atemlos zurief: »Ich kann den Schutzschild nicht länger aufrecht halten! Laßt uns fliehen, bevor er den nächsten Zauber wirkt!«

Und tatsächlich hob der Baron bereits wieder wie zuvor den Arm an die Schulter. Sein Gesicht hatte sich zu einer scheußlichen Fratze der Anstrengung verzerrt, und er sah ebenso erschöpft aus, wie sich Thanos anhörte. Offenbar verbrauchten diese Zauber die Kraft der Magier sehr rasch.

Es wurde Zeit, daß ich etwas unternahm.

Ohne an die möglichen Folgen zu denken, rief ich laut: »*Blakharaz, Herr der Rache, steh mir bei!*«

Der Baron, der etwa fünf Schritte vor mir stand, schien vor Entsetzen starr zu werden und dann seine Bemühungen zu verdoppeln, den Flammenstrahlzauber zu vollenden. Thanos, der einen Schritt hinter mir zu meiner Rechten offenbar stark geschwächt am Boden kniete, stieß ein schreckerfülltes Ächzen aus.

*Was willst du?* hörte ich die Stimme des Dämons in meinem Kopf dröhnen.

*Schütze mich vor dem Zauber des Barons!* dachte ich inbrünstig.

Einen Herzschlag später schnellte erneut der Arm des Barons vorwärts, und aus seinen ausgestreckten Fingern schoß ein weiterer Flammenstrahl.

Diesmal zerstob die Lanze aus gleißendem Feuer nicht, sondern prallte von mir ab wie ein flach geworfener Kiesel von der Oberfläche eines Teichs.

Rechts hinter mir ertönte ein prasselndes Knistern, als würde feuchtes Holz verbrannt, gefolgt von einem gräßlichen Aufschrei, und plötzlich stieg mir der widerlich süße Gestank verbrannten Fleisches in die Nase und ließ mich würgen.

Ich fuhr herum, und meine Augen weiteten sich vor Entsetzen. Wo vor einem Augenblick noch Thanos gekniet hatte, lag jetzt nur noch ein formloser, rauchender, verkohlter Haufen.

# 25. Kapitel

Wolfherr von Hohenstein sank entkräftet in die Knie, da er sich mit seinem zweiten Zauber offenbar völlig verausgabt hatte, aber das bemerkte ich nur am Rande. Ich fühlte mich so, als hätte mir jemand einen Kübel Eiswasser über den Kopf geschüttet.

»Thanos«, flüsterte ich. Mein Blick trübte sich, als mir Tränen in die Augen stiegen. Jetzt erst merkte ich, wie sehr mir der Magier in den zwei Tagen unserer Bekanntschaft ans Herz gewachsen war. Ich war ein Fremder für ihn gewesen, und dennoch hatte er versucht, sich meiner Sorgen anzunehmen und mir nach besten Kräften zu helfen.

Er hatte mich oft genug vor dem Dämon gewarnt. Und wie recht er mit seinen Warnungen gehabt hatte! Ich hatte plötzlich das Gefühl, aus einem Traum zu erwachen. Die Nähe zu dem Erzdämon hatte mich tatsächlich verändert, das erkannte ich jetzt ganz klar. Thanos hatte mir nur helfen wollen, und wie unwirsch hatte ich ihn behandelt! Der Gedanke daran, wie wenig Trauer ich in den letzten Tagen um meine geliebte Marisha empfunden hatte, war wie ein glühender Dolch, der sich in mein Herz bohrte.

Wie hatte Thanos sich ausgedrückt? ›Ihr hängt am Haken.‹ Und ich hatte es nicht einmal bemerkt!

Und was hatte er noch zu mir gesagt? ›Es heißt, daß der Herr der Rache als Preis für seine Dienste die besten Freunde und liebsten Gefährten fordert.‹ Auch das hatte sich bestätigt.

Die kalte Flamme der Rache, die in mir gelodert

hatte, war erloschen. Statt dessen ekelte ich mich – vor mir selbst. Wie bereitwillig ich dem Dämon auf den Leim gegangen war!

Und plötzlich schien etwas in meinem Kopf zu reißen, und meine Angst vor dem Dämon wich kalter Wut.

*Blakharaz!* Ich spie das Wort förmlich aus. *Warum? Warum ausgerechnet Thanos? War das nötig?*

*Hör auf zu jammern, Elender, und mach dich ans Werk! Erfülle deine Bestimmung, dann wirst du deinen Lohn erhalten. Töte ihn!*

*Nein! Warum hast du Thanos getötet? Ich hatte dir doch befohlen, mich zu beschützen.*

*Du hast mir nichts zu befehlen!* hallte es kalt in meinem Schädel. *Wenn überhaupt jemand schuld am Tod dieses alten Narren hat, dann du selbst! Und außerdem kennst du gewiß das alte Sprichwort: Wo gehobelt wird, da fallen Späne.*

Ich war aufrichtig empört. *Ich? Ich soll schuld sein an Thanos' Tod?*

*Gewiß. Oder erinnerst du dich nicht mehr an deine Worte? ›Schütze mich vor dem Zauber des Barons.‹ Ich habe dich beschützt, was jammerst du also? Wenn du gewollt hättest, daß ich Thanos auch beschütze, hättest du dich klarer ausdrücken müssen.*

*Und jetzt* töte den Baron!

Sein letzter Satz schnitt durch meinen Verstand wie ein heißes Messer durch Butter, und sein Echo hallte in meinem Schädel wider wie das Läuten einer riesigen Glocke. Ich hielt mir unwillkürlich die Ohren zu, um die Stimme zum Schweigen zu bringen, aber natürlich war das eine sinnlose Geste.

*Töte ihn töte ihn töte ihn töte ihn töte ihn …*

Ich konnte dieser Stimme keinen Widerstand leisten. Ich tat einen Schritt. Und noch einen. Wie eine Motte, die unwiderstehlich von einer Kerzenflamme angezogen wird, näherte ich mich dem Baron, der völlig erschöpft und halb bewußtlos am Boden lag.

*Töte ihn töte ihn töte ihn töte ihn töte ihn ...*

Noch ein Schritt. Und noch einer. Ich hatte das Gefühl, durch tiefes Wasser zu waten, als ich den letzten Schritt tat und langsam auf die Knie sank. Meine Hände schienen ein Eigenleben zu entwickeln. Wie die Hände eines Fremden glitten sie plötzlich wie große weiße Spinnen in mein Blickfeld, legten sich wie von selbst um den Hals des Barons und schlossen sich darum.

*Töte ihn töte ihn töte ihn töte ihn töte ihn ...*

Das einförmige, messerscharfe Hämmern der Worte in meinem Kopf steigerte sich zu einem ekstatischen, vielstimmigen Chor.

Und gerade als ich zudrücken wollte, sah ich ein Bild vor mir: Ich sah Wolfherr von Hohenstein auf Marisha liegen, die Hände um ihren Hals geschlossen, während dieselbe Stimme seinen Verstand mit denselben Worten erfüllte.

Ich riß die Hände vom Hals des Barons, als hätte ich glühendes Eisen angefaßt, und sank kraftlos neben ihm zu Boden.

*War es bei Marisha auch so?* fragte ich matt, während der Sermon des Dämons in meinem Kopf zu einem Murmeln abschwoll und ich plötzlich meinen keuchenden Atem hörte.

*War es bei ihr auch so? Antworte!*

*Er wollte es,* schleuderte mir die Stimme plötzlich entgegen. *Er wollte es,* und er hat es genossen! *Zugegeben, ich mußte ihm einen kleinen Anstoß in die richtige Richtung geben, denn allein hätte dieser erbärmliche Schwächling es nicht geschafft ... Aber es hat ihm Spaß gemacht.*

*Immerhin war dieser erbärmliche Schwächling, wie du ihn nennst, stark genug, den Pakt mit dir zu lösen, nicht wahr?* Ich frohlockte innerlich, da ich das Gefühl hatte, ihm damit einen Stich zu versetzen.

*Das ist wahr.* Die Stimme des Dämons hatte jetzt einen metallischen Unterton, der mich an Krieg, Seuchen und Fäulnis gemahnte. *Und damit war er zumindest einmal stärker, als du je sein wirst.* Seine Stimme hob sich wieder zu einem Donnergrollen. *Wir haben einen Pakt geschlossen, vergiß das niemals! Du wirst deine Schuld begleichen und ihn TÖTEN!*

*Ich werde den Baron nicht töten!*

Zu meiner Überraschung beruhigte sich die Stimme des Dämons in meinem Kopf, obwohl ich mich soeben ganz offen gegen ihn aufgelehnt hatte. *Was bleibt dir anderes übrig? Wenn du ihn nicht tötest, wird er dich töten, und du kennst das Schicksal, das dich dann erwartet,* sagte der Dämon gelassen.

*Du kannst mir nicht drohen,* widersprach ich. *Wieso sollte er mich töten, wenn ich ihn nicht töte? Er ist im Moment kampfunfähig. Was hindert mich daran, einfach aufzustehen, zu gehen und nie wiederzukommen?*

*Versuch es.*

Ich erhob mich und ging langsamen Schrittes auf die offenstehende Küchentür zu. Als ich an Thanos vorbeikam – vielmehr an den Resten seines Körpers –, stieß ich plötzlich gegen eine unsichtbare Mauer, die mir den Weg versperrte. Ich tastete mich mit ausgestreckten Händen daran entlang, doch die Mauer reichte von Wand zu Wand.

Ich machte kehrt und trat zu einem der größeren Fenster.

*Gib dir keine Mühe,* sagte der Dämon. *Ich habe das Haus versiegelt. Dir bleibt kein Ausweg. Es heißt: du oder er.*

*Ich befehle dir, mich durchzulassen,* sagte ich verzweifelt.

*Du verkennst deine Lage. Du kannst mir nichts befehlen.*

Ich gewann immer mehr den Eindruck, daß der Dämon die Situation genoß. *Warum hast du mich dann überhaupt beschützt, als ich dich rief? Wenn du es nicht getan hättest, wäre ich längst tot und einer deiner Diener.*

*Der Rache gebührt Vorrang,* verkündete der Dämon in erhabenem Tonfall wie ein Hoherpriester, der eine ewige Wahrheit zitiert. *Auge um Auge. Blut um Blut. Leben um Leben. So lautet das ewige Gesetz der Rache. Ich habe dich beschützt, um dir Gelegenheit zu geben, dem Gesetz Genüge zu tun.*

*Das heißt also, daß du mich auch weiterhin vor dem Baron schützen wirst, wenn er wieder bei Kräften ist,* sagte ich triumphierend. *Wie kann er mich da töten?*

*Du irrst dich,* erwiderte der Dämon kalt. *Wenn du jetzt nicht Rache übst, brichst du das Gesetz, und damit erlischt auch meine Verpflichtung dem Gesetz gegenüber.*

Das sah nach einer Sackgasse aus, aber das Vertrackte war, daß der Dämon mir überlegen war.

In dem Maße, wie meine Wut abnahm und der Ratlosigkeit und Verzweiflung wich, regte sich auch die Angst vor der dämonischen Macht des Finsteren wieder in den Tiefen meiner Seele und drohte mich zu überwältigen. Und dann fragte ich mich plötzlich, wie es überhaupt möglich war, daß ich, ein gewöhnlicher Sterblicher, der Macht eines Erzdämons trotzen konnte und er mich nicht einfach hinwegfegte. Warum zerquetschte er mich nicht wie ein lästiges Insekt? Konnte er es vielleicht gar nicht?

*Wir haben überhaupt keinen Pakt miteinander,* dachte ich zögernd. *Du hast mich nur mit deinem Mal gezeichnet, das ist alles.*

*Du irrst dich! Wir haben gespielt, und du hast verloren. Der Pakt gilt!*

*Nein!* Ich schüttelte heftig den Kopf. *Der Pakt gilt nicht! Du hast bei dem Spiel betrogen! Unter den drei Karten war kein As des Feuers.*

*Du irrst dich!* wiederholte der Dämon.

*Ich glaube nicht.* Und plötzlich kam mir ein Gedanke. Es heißt, daß Phex den Mutigen belohnt, und vielleicht war dieser Gedanke seine Belohnung dafür, daß ich dem Erzdämon mutig – wohl eher tolldreist – die Stirn bot. Jedenfalls vergrub ich sie sofort ganz tief in meinem Innersten und bemühte mich, nicht daran zu denken, da ich wußte, daß der Dämon meine Gedanken lesen konnte.

*Also gut*, sagte ich. *Dann unterbreite ich dir jetzt einen Vorschlag, wie wir alle Zweifel beseitigen können. Wir wiederholen das Spiel.*

*Ich habe dir einmal deinen Willen gelassen, und du hast verloren.* Die Stimme des Dämons hatte jetzt wieder den verächtlichen, geringschätzigen Unterton. *Warum sollte ich noch einmal mit dir spielen?*

*Weil du beim ersten Spiel betrogen hast und es daher ungültig ist.* Ich hielt inne, aber der Dämon antwortete nicht.

Ich tastete in meiner Hosentasche nach Drogoschs Kartenspiel, das ich einer alten Gewohnheit folgend eingesteckt hatte, bevor Thanos und ich uns auf den Weg hierher gemacht hatten. Während ich langsam zu der großen Tafel trat, suchte ich die drei Karten heraus, die ich bei diesem Spiel immer benutzte: das As des Feuers, die Wahrsagerin der Luft und den Magier der Kälte. Ich setzte mich auf einen Stuhl, legte die drei Karten offen vor mich auf den Tisch und warf die übrigen Karten achtlos beiseite.

*Du kennst das Spiel*, erklärte ich. *Hier ist mein Angebot: Ein einziges Spiel, ich vertausche die Karten, du wählst eine davon. Wenn diese Karte das As des Feuers ist, gewinnst du. Wenn nicht, hast du verloren.* Ich holte tief Luft. *Verlierst du, erweist du mir noch einen letzten Gefallen, nimmst das Mal von mir und läßt mich gehen. Gewinnst du, töte ich den Baron, und wir erneuern den Pakt. Ich weiß, was mich in diesem Fall nach meinem Tod erwartet, und bin bereit, mich mit meinem Schicksal abzufinden – wenn ich verliere, gehört meine Seele dir!*

*Sie gehört mir sowieso schon*, meldete sich jetzt der Dämon wieder zu Wort, aber seine Stimme hallte weder wie Donner in meinem Kopf, noch klang sie überlegen, sondern hatte einen heiseren Unterton der Gier, als laufe ihm beim Anblick eines köstlichen

Leckerbissens das Wasser im Mund zusammen. Der Herr der Rache kicherte leise, und ich schüttelte mich vor Ekel.

Aus dem Augenwinkel sah ich, daß in den Baron, der bisher reglos dagelegen hatte, wieder Leben zu kommen schien. Er bewegte sich unmerklich, und aus seinem Mund drang ein leises Stöhnen. Die Zeit wurde knapp.

*Du sagtest, wenn du gewinnst, muß ich dir noch einen letzten Gefallen erweisen,* ertönte es barsch in meinem Kopf. *Welch ein Gefallen soll das sein?*

*Ich will, daß du mich für die Dauer meiner Anwesenheit in diesem Haus mit demselben Schutzschild umgibst, dem Thanos zum Opfer gefallen ist, aber er soll so wirken, daß ein Zauber, Flammenstrahl oder was auch immer, der von ihm abgewehrt wird, auf denjenigen zurückfällt, der den Zauber gewirkt hat. Ist das möglich?*

*Selbstverständlich.* Der Dämon schwieg, und in diesem Augenblick kam es mir so vor, als hielten die Zwölfe selbst den Atem an.

*ES SEI!* donnerte plötzlich die Stimme des Dämons in meinem Kopf, und das ungezügelte Frohlocken darin verriet mir, daß ich dem Dämon wieder auf den Leim gegangen war. Offenbar hatte ich recht mit meiner Annahme gehabt, daß unser erster Pakt ungültig war, weil der Dämon betrogen hatte, aber dieser neue Pakt, und daran konnte es keinen Zweifel geben, würde Bestand haben. Dies war kein Traum, sondern nackte Wirklichkeit.

*Erscheine,* sagte ich zu ihm. *Ich will dich vor mir sehen, wenn ich mit dir spiele.*

Vor mir flimmerte die Luft, und es erschien nicht etwa die Riesengestalt auf dem Thron, sondern die schwarzhäutige, schwarzgekleidete menschliche Gestalt mit dem wallenden grauen Nichts anstelle eines Gesichts hinter der roten Kapuze. Beim Anblick des Henkersbeils in seiner Hand und der weißen Schlangen, die einen Galgenstrick um seinen Hals bildeten, überlief mich das kalte Grausen.

Ich konzentrierte mich auf die drei Karten, die offen vor mir lagen. Wahrsagerin der Luft, Magier der Kälte und in der Mitte das As des Feuers.

Ganz am Rande nahm ich wahr, daß der Baron sich mittlerweile so weit erholt zu haben schien, daß er den Vorgängen an der Tafel seines Salons mit weitaufgerissenen Augen folgen konnte. Darüber hinaus schien er vor Schreck erstarrt zu sein.

»Fertig?« fragte ich laut, während ich die drei Karten mit behutsamen, beinahe zärtlichen Bewegungen umdrehte.

*Fertig*, bestätigte der Dämon in meinem Kopf.

Ich schloß die Augen, während meine Hände die drei Karten so schnell vertauschten, wie es mir nur möglich war. Ich wußte, daß ich mich auf meine Hände verlassen konnte. Ich brauchte nicht hinzusehen. Sie würden keinen Fehler machen und keine Karte aufdecken. Und ich wollte gar nicht wissen, was meine Hände taten. Also dachte ich an alles mögliche, an Marisha, an den toten Thanos, sogar an Baldur von Hohenstein und sein letztes Boltanspiel, nur nicht an das As des Feuers und an meine Hände, die scheinbar ein Eigenleben entwickelten und so schnell über den Tisch huschten, daß sie ein menschliches Auge nur noch schemenhaft hätte erkennen können.

Der Dämon hätte den Bewegungen vermutlich folgen können, aber ich hoffte darauf, daß er es unterlassen hätte, weil er glaubte, die Lösung aus meinen Gedanken erfahren zu können. Wenn mein Plan aufging, hatte ich wenigstens die Möglichkeit zu gewinnen – und nicht einmal eine schlechte.

Ich kann nicht sagen, wie lange ich die Karten vertauschte, vielleicht nicht länger als bei einem gewöhnlichen Spiel auf dem Markt, aber für mich dauerte es eine Ewigkeit und einen Augenblick zugleich.

Als ich die Augen wieder öffnete, lagen die drei Karten in einer Reihe vor mir auf dem Tisch.

»Nun?« flüsterte ich.

Einen Augenblick lang herrschte Schweigen, dann donnerte es nicht nur in meinem Kopf, sondern laut, so daß auch der Baron hören konnte, was der Dämon sagte.

»Du hast mich betrogen!«

»Ich soll dich betrogen haben?« fragte ich ungläubig. Ich nahm die restlichen neunundsechzig Karten des Spiels und warf sie ihm vor die Füße. »Sieh dir die Karten an, und du wirst feststellen, daß genau drei Karten fehlen, das As des Feuers, die Wahrsagerin der Luft und die Magierin der Kälte. Ich betrüge nicht! Und du hast – anders als ich bei unserem ersten Spiel – immerhin noch die Möglichkeit zu gewinnen. Du kannst schließlich *raten*. Eine dieser drei Karten ist tatsächlich das As des Feuers. Und jetzt wähle!«

Das graue Nichts unter der roten Kapuze geriet in Wallung, und plötzlich brach der Erzdämon in schallendes Gelächter aus, ein brüllendes Geräusch, das mir in den Ohren weh tat. Dann endete das Lachen ebenso jäh, wie es begonnen hatte.

»Tatsächlich, Halgor das As! Ich hatte mich schon gefragt, warum dir die Leute diesen Beinamen gegeben haben. Nun weiß ich es.« Eine kurze Pause. »Aber noch hast du nicht gewonnen.« Er tat einen Schritt auf die Tafel zu.

Ich streckte abwehrend die Hände aus. »Halt! Bleib, wo du bist. Wähl deine Karte.«

»Hast du Angst, Halgor? *Angst, ich könnte alle drei Karten umdrehen und dir so das As des Feuers zeigen?*« Bei diesen letzten Worten tat er zwei weitere rasche Schritte. Er stand jetzt auf der anderen Seite der Tafel, stützte die Hände auf die Tischplatte, wobei die Axt einen häßlichen Kratzer darauf hinterließ, und beugte sich weit vor, so daß das graue Nichts unter seiner Kapuze nur noch einen halben Schritt von meinem Gesicht entfernt war.

Und ich hatte Angst. Todesangst. Ich hatte Angst, wie ich sie noch nie in meinem Leben verspürt hatte und auch nie wieder verspüren will. Ich schwitzte und zitterte am ganzen Körper wie im Fieber.

Und dann zählte irgendein Winkel meines Verstandes zwei und zwei zusammen, und obwohl meine Angst nicht nachließ, zwang ich mich, in das wallende graue Nichts zu sehen und seinem Blick, wenn man überhaupt von einem Blick reden konnte, zu begegnen. »Ja«, sagte ich, »ich habe Angst. Aber du darfst die Karten nicht umdrehen und schon gar nicht drei, weil du damit gegen die Abmachung verstießest. Ich weiß mittlerweile, wie wichtig der genaue Wortlaut bei einer Abmachung ist, und ich habe ihn nicht vergessen.« Ich schloß die Augen und rezitierte aus dem Gedächtnis. »›Ein einziges Spiel, ich vertausche die Karten, du wählst eine davon. Wenn diese Karte das As des Feuers ist, gewinnst du. Wenn nicht, hast du verloren.‹ *Du wählst eine Karte.*« Ich hielt für einen Augenblick inne, dann fügte ich flüsternd hinzu: »Also wähle.«

Das graue Nichts starrte einen Augenblick auf die drei Karten, die stumm und gleichgültig vor ihm lagen, dann sagte der Dämon ebenfalls im Flüsterton: »Ich wähle die mittlere.«

Und plötzlich konnte ich mich nicht mehr bewegen, wollte mich nicht mehr bewegen, wollte für immer reglos auf dem Stuhl sitzenbleiben, wollte, daß ganz einfach die Zeit stehenblieb. Alles, nur nicht die Karte umdrehen, die wirklich und wahrhaftig mein Schicksal war.

»Worauf wartest du noch?« fragte der Dämon. »Dreh die Karte um. Oder soll ich es für dich tun?«

Ich schüttelte den Kopf. Langsam streckte ich die Hand aus, und als meine Finger den Rücken der Karte berührten, durchzuckte mich ein Schlag, als hätte mich der Flammenstrahl des Barons getroffen.

Mein Herzschlag dröhnte mir in den Ohren, als ich die Karte ergriff und umdrehte, und ich schwöre, daß er für einen Augenblick aussetzte, als mich das liebliche Gesicht der Wahrsagerin der Luft anlächelte.

Ich riß die Augen von diesem unsagbar erleichternden Anblick los und richtete den Blick auf den Dämon – oder vielmehr auf die Stelle, wo er eben noch gestanden hatte. Denn der Herr der Rache war so spurlos verschwunden, als hätte er nur in meiner Einbildung existiert. Für immer, wie ich hoffte.

»Eine bemerkenswerte Vorstellung, Spieler«, sagte plötzlich eine Stimme neben mir. »Irre ich mich, oder habt Ihr soeben mit einem Erzdämon um Eure Seele gespielt und gewonnen?«

Ich nickte müde.

»Unglaublich! Wie kommt es, daß Ihr ein solch enges Verhältnis zu einem Erzdämon habt? Ihr besitzt doch keinerlei magische Fähigkeiten, oder sollte ich mich da täuschen?« Der Baron schien sich erholt zu haben, denn seine Stimme troff vor Spott.

»Ihr täuscht Euch nicht, aber die Geschichte ist zu lang, um sie Euch zu erzählen.« Als ich mich erhob, hatte ich ein Gefühl in den Beinen, als wäre ich um dreißig Lenze gealtert. »Ich werde Euch jetzt verlassen.«

»Wie, Ihr wollt schon gehen? Ja, wollt Ihr denn nicht den Tod Eurer *Hure* rächen?« Der Baron kicherte irre. »Wißt Ihr, es hat mir tatsächlich Spaß gemacht, sie zu erwürgen. Zuerst wollte ich es nicht wahrhaben, aber der Dämon hatte recht. Ja, ich gebe es zu, ich habe es genossen.«

Er sah mich aufreizend an, aber ich empfand nichts als Ekel und Verachtung für ihn.

»Ihr seid krank, Baron, ein krankes, widerwärtiges

Scheusal. Ich denke nicht daran, mir an Euch und Eurem erbärmlichen Leben die Hände schmutzig zu machen. Wenn ich mir vorstelle, daß Ihr mit Eurem kranken, widerwärtigen Geist leben müßt, glaube ich, das Leben ist eine viel größere Strafe für Euch als der Tod. Ich wünsche Euch angenehme Träume.«

Ich würdigte ihn keines Blickes, als ich an ihm vorbei auf die Küchentür zuging.

»Augenblick, Augenblick, nicht so hastig, Spieler! Wollt Ihr mir weismachen, daß Ihr mich ungeschoren davonkommen lassen wollt? Vielleicht wollt Ihr mich nicht mehr persönlich töten, aber schließlich verdächtigt man Euch immer noch des Doppelmordes. Ihr wollt nicht zur Garde gehen und Euch von diesem Verdacht befreien? Wie wollt Ihr mit diesem Verdacht leben?«

Ich blieb stehen, drehte mich jedoch nicht zu ihm um. »Gar nicht. Halgor das As ist tot, gestorben in der Dämonenbrache. So soll es auch bleiben. Es gibt noch andere Städte außer Gareth. Städte, in denen noch nie jemand von Halgor dem As gehört hat, geschweige denn weiß, wie er aussieht.«

»Ich glaube Euch nicht!« Seine Stimme klang schrill und aufgeregt, und mir war klar, was kommen würde.

Jetzt wandte ich doch den Kopf zu ihm um und musterte ihn von oben bis unten. »Glaubt, was Ihr wollt.« Dann wandte ich mich wieder ab und ging gemessenen Schrittes zur Tür.

Ich glaubte ein Murmeln hinter mir zu hören, aber ich ging einfach nur weiter. Er hatte nicht einmal mehr die Zeit, einen Schrei auszustoßen, so schnell und gründlich verbrannte ihn der vom Schutzschild des Erzdämons abprallende Flammenstrahl.

Während ich durch die Küche und hinaus in die Nacht ging, die weit im Osten am Rande des Horizonts bereits dem neuen Tag wich, ging mir noch einmal durch den Kopf, was der Dämon über die Gerechtigkeit gesagt hatte. Vielleicht hatte er recht, und Gerechtigkeit war nur ein unerfüllbarer Traum. Und vielleicht hatte der Dämon am Ende sogar triumphiert und seine Rache, die auch meine war, doch noch bekommen. Aber die Art und Weise, *wie* der Baron sein Leben ausgehaucht hatte, kam meiner Vorstellung von Gerechtigkeit sehr, sehr nahe.

# Epilog

Der größte Teil der Bevölkerung des kleinen Örtchens Ragath an der Straße zwischen Gareth und Punin litt noch unter den Nachwirkungen der tagelangen ausgelassenen Feier anläßlich des Endes der Namenlosen Tage und des Beginns des neuen Jahres, und so kümmerte sich niemand um den staubigen, berittenen Fremden, der kurz vor Sonnenuntergang über die Hauptstraße ritt.

Als der Fremde einen Fußgänger nach dem Weg zu den Tempeln des Praios und des Phex fragte, erhielt er eine höfliche, wenn auch etwas knappe Auskunft. Der Fußgänger, ein Schuster, der den ganzen Tag unter gräßlichen Kopfschmerzen gelitten hatte und nur noch ins Bett wollte, vergaß den Fremden, kaum daß dieser weitergeritten war, und die anderen Ragather, die den Fremden auf seinem Weg zum Praios-Tempel sahen, waren zu sehr mit sich selbst beschäftigt, um ihm mehr als einen oberflächlichen Blick zu gönnen.

In Gareth hätte es ein paar Leute gegeben, darunter auch den Besitzer eines über die Stadtgrenzen hinaus bekannten Bordells, die das Gesicht des Fremden erkannt und ihn nicht nur mit neugierigen Blicken verfolgt, sondern wahrscheinlich sogar angesprochen hätten, einige davon in der Absicht, ihm ein paar Fragen hinsichtlich einiger ungeklärter Todesfälle einschließlich seines eigenen zu stellen, aber in Ragath war der Fremde ein gänzlich unbeschriebenes Blatt.

Und so kam es, daß niemand auf sein merkwürdiges Verhalten beim Betreten des Praios-Tempels achtete, niemandem die zögernden, beinahe ängstlichen Schritte auffielen, mit denen sich der Fremde der Schwelle des Tempels näherte, niemand die Behutsamkeit bemerkte, mit der der Fremde einen Fuß hob, um ihn dann mit quälender Langsamkeit über die Schwelle des Tempels zu schieben, und auch niemand die unsägliche Erleichterung und die Freudentränen auf dem Gesicht des Fremden sah, als dieser gleich hinter der Schwelle auf die Knie fiel, die gefalteten Hände in den Himmel reckte und zum erstenmal in seinem Leben – und das nicht einmal zu seinem bevorzugten Gott Phex – ein wahrhaft tiefempfundenes Dankesgebet sprach, in dem auch ein kürzlich verstorbener Magier Erwähnung fand, der den Fremden in einem früheren Leben ein kleines Stück seines Weges begleitet hatte.

# Anhang

**Erklärung aventurischer Begriffe**

*Die Götter und Monate*

1. Praios = Gott der Sonne und des Gesetzes (entspricht dem Juli)
2. Rondra = Göttin des Krieges und des Sturmes (entspricht dem August)
3. Efferd = Gott des Wassers, des Windes und der Seefahrt (entspricht dem September)
4. Travia = Göttin des Herdfeuers, der Gastfreundschaft und der ehelichen Liebe (entspricht dem Oktober)
5. Boron = Gott des Todes und des Schlafs (entspricht dem November)
6. Hesinde = Göttin der Gelehrsamkeit, der Künste und der Magie (entspricht dem Dezember)
7. Firun = Gott des Winters und der Jagd (entspricht dem Januar)
8. Tsa = Göttin der Geburt und der Erneuerung (entspricht dem Februar)
9. Phex = Gott der Diebe und Händler (entspricht dem März)
10. Peraine = Göttin des Ackerbaus und der Heilkunde (entspricht dem April)
11. Ingerimm = Gott des Feuers und des Handwerks (entspricht dem Mai)
12. Rahja = Göttin des Weines, des Rausches und der Liebe (entspricht dem Juni)

Die Zwölf = die Gesamtheit der Götter
Der Namenlose = der Widersacher der Zwölf

Die Namenlosen Tage = Zeitraum von fünf Tagen zwischen dem 30. Rahja und dem 1. Praios.

## Die Erzdämonen

Die zwölf Erzdämonen sind nach menschlicher Vorstellung die Perversion und Verballhornung der Zwölfgötter und ihrer Prinzipien.

1. Blakharaz = der Herr der Rache und der Folter
2. Belhalhar = der Herr des Massakers, des Blutrauschs und der sinnlosen Zerstörung
3. Charyptoroth = die unbarmherzige Ersäuferin, die über Schiffsuntergänge, Sturmfluten und Seeungeheuer gebietet
4. Lolgramoth = der Herr der Ruhelosigkeit, Friedlosigkeit, Untreue und des Verrats, aber auch der Bewegung
5. Thargunithot = die Herrin der Alpträume und der verdammten Seelen
6. Amazeroth = der Herr des Irrsinns und des Wahns, der endgültige Meister der Illusion und der Bewahrer verbotenen Wissens und alter Zauberkünste
7. Belshirash = der eisige Jäger
8. Calijnaar = die Herrin des Chaos, der ständigen sinn- und ziellosen Verwandlung
9. Tasfarelel = der Herr des Geizes, des Neides, der Goldgier und der Habgier
10. Belzhorash = die Herrin der Pestilenz, des Siechtums, der Unfruchtbarkeit und der Mißernten
11. Widharcal = der Herr der vier Elemente Feuer, Luft, Erz und Humus (der Herr des Wassers ist Charyptoroth und der Herr des Eises Belshirash)
12. Belkelel = die Herrin der egoistischen Liebe, der Vergewaltigung, der tödlichen Ekstase, der blutigsten Perversion und der Macht über das andere Geschlecht

## Maße, Gewichte und Münzen

Meile = 1 km
Schritt = 1 m

Spann = 20 cm
Finger = 2 cm

Dukat (Goldstück) = 250 DM
Silbertaler (Taler, Silberstück) = 25 DM
Heller = 2,50 DM
Kreuzer = 0,25 DM

Unze = 25 g
Stein = 1 kg
Quader = 1 t

*Himmelsrichtungen*

Osten (Rahja), Süden (Praios), Westen (Efferd), Norden (Firun)

*Begriffe, Namen, Orte*

Boltan = ein dem Pokern verwandtes Kartenspiel

Dämonenbrache = Ort der Ersten Dämonenschlacht, im Südwesten Gareths gelegen und bis heute verfluchte und ge-
miedene Stätte ruheloser Geister und grausig veränderter
Natur

Gareth = Hauptstadt des Mittelreichs und größte Stadt Aven-
turiens

Inrah-Karten = ein Satz Wahrsagekarten mit 49 ›okkulten‹
(Symbol-) und 72 ›profanen‹ (Trumpf-)Karten. Der profane
Teil (in 6 den Elementen Erz, Feuer, Humus, Wasser, Luft
und Eis zugeordneten Farben mit den Kartenwerten As
bis Sieben, Knappe, Ritter, Wahrsagerin, Magier und Fürst)
wird für das Boltan-Spiel benutzt.

Mittelreich (Neues Reich) = größter aventurischer Staat

Novadi = als Nomaden lebende Wüstenstämme

Raschtulswaller = schwerer Rotwein

Sikrami = eine pikant gewürzte Hartwurst

Aventurien von **A'Layis Hiphon**
(Schloß der Seekönige) bis
**Zzzt** (Echsenmenschenstamm
auf der Insel Aeltikan):
das unentbehrliche Nachschlagewerk
für jeden DSA-Spielleiter und -Spieler.

# AVENTURIEN -
# DAS LEXIKON DES
# SCHWARZEN AUGES

Völker, Sprachen, Regionen, Städte, Götter,
Personen aus Vergangenheit und Gegenwart
und vieles mehr - über 2.000 Einträge beschreiben
die gesamte bekannte Spielwelt auf einen Blick.
Zudem enthält das 368 Seiten starke Buch
eine komplette DSA-Bibliographie, eine Entwicklungs-
geschichte dieses Rollenspiels sowie Angaben zu
vielen wichtigen DSA-Autoren.

**Kunstledereinband mit Goldprägung,
reich illustriert,
24 stimmungsvolle Farbtafeln.**

Ab sofort im Buch- und Fachhandel oder direkt bei

Fantasy Productions GmbH,
Postfach 1416 in 40674 Erkrath

HEYNE
BÜCHER

# DAVID WINGROVE

### Die Chronik des Chung Kuo
### Nach dem Untergang der westlichen Zivilisation der
### Aufstieg Chinas zur Weltherrschaft

Im 22. Jahrhundert ist die Welt der Hung Mao, der »Westmenschen«, vergangen. Das große Reich der Han, der Chinesen, ist wiedererstanden. Chung Kuo, das Reich der Mitte, umspannt die ganze Erde. Sieben gewaltige Städte, Hunderte von Ebenen hoch, überwölben die Kontinente, um die riesigen Bevölkerungsmassen zu beherbergen. Sieben T'ang, Kaiser von gottgleicher Macht, herrschen über sie.

**Das Reich der Mitte**
06/5251

**Die Domäne**
06/5252

**Die Kunst des Krieges**
06/5253

**Schutt und Asche**
06/5254

Wilhelm Heyne Verlag
München

# Terry Pratchett

»Pratchetts Romane - der Stoff, aus dem Kultromane gewoben sind.«
PUBLISHERS WEEKLY

»Wirklich witzige Bücher sind rar. Und diese Romane sind nicht nur geistreich, sondern auch wunderbar erzählt. Terry Pratchett ist der Douglas Adams der Fantasy.«
THE GUARDIAN

Wilhelm Heyne Verlag
München

# Shadowrun

Mitte des 21. Jahrhunderts sind die Nationalstaaten zerfallen, haben Megakonzerne neben der wirtschaftlichen auch die politische Macht übernommen. Aber auch die Bewohner dieser Welt haben sich verändert. Durch die Regoblinisierung funktioniert die Zauberei wieder, und es tauchen Trolle, Elfen, Werwölfe und Drachen auf inmitten einer computerisierten Hightech-Welt.

06/5294

## Wilhelm Heyne Verlag
## München